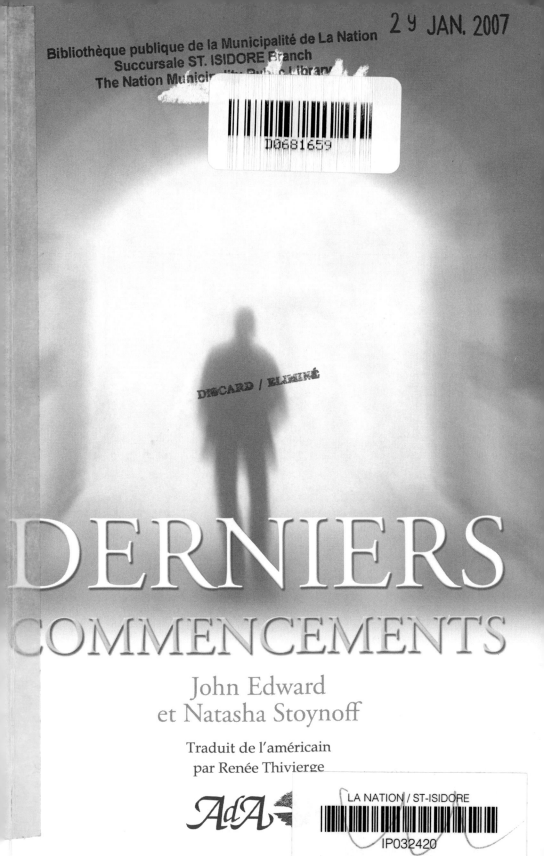

DERNIERS
COMMENCEMENTS

John Edward
et Natasha Stoynoff

Traduit de l'américain
par Renée Thivierge

AdA

Copyright © 2004 par John Edward et Natasha Stoynoff
Titre original anglais : Final beginnings
Copyright © 2006 Éditions AdA Inc. pour la traduction française
Cette publication est publiée en accord avec Hay House, Inc.

Syntonisez radio Hay House au www.hayhouseradio.com

Éditeur : François Doucet
Traduction : Renée Thivierge
Révision linguistique : Féminin pluriel
Révision : Nancy Coulombe, Suzanne Turcotte
Conception de la couverture : Christy Salinas
Graphisme : Sébastien Rougeau
ISBN 2-89565-439-5
Première impression : 2006
Dépôt légal : 2006
Bibliothèque et Archives nationales du Québec
Bibliothèque Nationale du Canada

Éditions AdA Inc.
1385, boul. Lionel-Boulet
Varennes, Québec, Canada, J3X 1P7
Téléphone : 450-929-0296
Télécopieur : 450-929-0220
www.ada-inc.com
info@ada-inc.com

Diffusion
Canada :   Éditions AdA Inc.
France :   D.G. Diffusion
                ZI de Bogues
                31750 Escalquens Cedex-France
                Téléphone : 05.61.00.09.99
Suisse :   Transat - 23.42.77.40
Belgique :   D.G. Diffusion - 05.61.00.09.99

Imprimé au Canada

Participation de la SODEC.
Nous reconnaissons l'aide financière du gouvernement du Canada par l'entremise du Programme d'aide au développement de l'industrie de l'édition (PADIÉ) pour nos activités d'édition.
Gouvernement du Québec - Programme de crédit d'impôt pour l'édition de livres - Gestion SODEC.

Catalogage avant publication de Bibliothèque et Archives Canada

Edward, John (John J.)

    Derniers commencements
    Traduction de : Final beginnings.
    ISBN 2-89565-439-5

    I. Thivierge, Renée, 1942- . II. Stoynoff, Natasha. III. Titre.

PS3555.D82F5614 2006   813'.54   C2006-940852-1

Avec amour à Vasilly Shamanduroff.

Pour Isobel, Jim... et Blake.

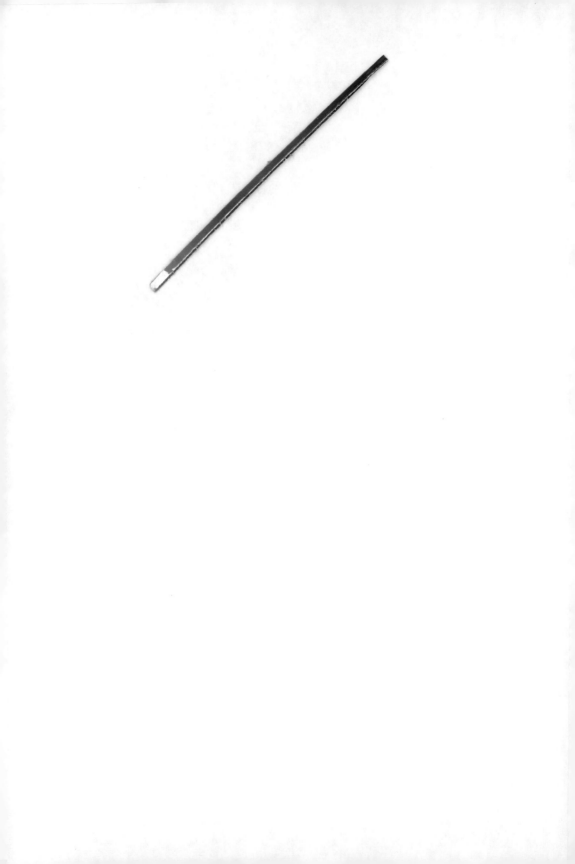

Dans un avenir pas tellement éloigné...

CHAPITRE 1

« ILS APPELLENT ÇA "LA COURONNE DE DIEU" — *la corona di Dio,* », dit Giovanni, plongeant son aviron dans l'eau sombre et lançant délicatement la gondole dans la nuit vénitienne.

La corona di Dio. Pourquoi tout paraît tellement plus romantique en italien ?, se demandait Katherine Haywood, contemplant la lumière turquoise scintillante qui se réfléchissait sur les eaux portuaires. Elle suivit le regard du gondolier levé vers l'éblouissante aurore boréale qui illuminait la voûte céleste d'un cercle de lumière verte.

Qui avait fait tout le chemin vers l'Italie pour voir les lumières boréales ?, se demanda-t-elle.

Elle savait pourquoi elle était venue ici — elle avait eu désespérément besoin d'une pause, choisissant délibérément une destination où elle ne parlerait pas la langue, où on ne la reconnaîtrait pas, et où personne ne l'arrêterait dans la rue pour lui demander de communiquer avec un être cher décédé.

Pendant deux décennies, en tant que médium, aider les gens à soulager leur douleur de la perte d'un être cher avait été son travail et sa vie. Mais après des milliers d'interprétations, Katherine se sentait fatiguée, vidée.

Elle se demanda si elle avait atteint un point d'« épuisement professionnel spirituel ». Peu importe l'ardeur et le cœur qu'elle mettait dans son travail, cela ne semblait jamais suffire.

Si je pouvais faire revenir de la mort tous les êtres chers des gens pour qu'ils apparaissent devant eux, je le ferais, pensa Katherine. *Mais je ne suis que la messagère, pas une faiseuse de miracles. Et je suis une messagère épuisée.*

Elle écoutait les douces vagues de la lagune qui clapotaient contre la gondole, souhaitant que les eaux de l'ancienne cité emportent sa lassitude.

Katherine n'avait jamais eu l'intention de devenir une parapsychologue de renom ; elle voulait simplement se servir de ses talents pour aider les gens. Mais que cela lui plaise ou non, elle était devenue célèbre, et les innombrables demandes pour son temps et pour ses talents avaient rapidement suivi.

Elle espérait qu'en mettant un océan entre elle-même et son domicile, elle pourrait s'évader pendant un moment et décrocher du monde qui l'entourait — et du monde de l'au-delà. Il lui fallait réfléchir au parcours qui l'avait menée à ce point : tout près d'abandonner ce qu'elle considérait comme l'œuvre de sa vie, ce qu'elle avait toujours cru être son destin.

« On dit que ces lumières dans le ciel sont issues du plus gros orage solaire en près de deux cents ans », dit Giovanni, faisant glisser son aviron sur l'eau. Il parlait parfaitement l'anglais, mais avec un fort accent italien.

Elle regarda l'homme d'un air sérieux. Elle l'avait payé 300 dollars pour la promenade en gondole — le double du prix habituel — à la condition qu'il se taise. Durant son vol transatlantique, elle avait déjà lu tout ce qu'on avait écrit sur les orages solaires imprévisibles qui balayaient l'atmosphère terrestre. Elle n'avait pas besoin d'un bulletin de nouvelles servi par un gondolier ; elle voulait simplement parcourir paisiblement les voies fluviales de la ville légendaire.

« Le ciel effraie certaines personnes. Elles disent que c'est la fin du monde. Mais d'autres racontent qu'il s'agit d'un miracle, que la Vierge Marie tend les bras pour... »

« Excusez-moi, Giovanni... »

« Hé, jolie dame, appelez-moi Johnny. »

« Oui, d'accord... Johnny. Je viens juste d'arriver en Italie aujourd'hui, après un très long vol. Je ne veux pas être impolie, mais j'ai payé pour une excursion silencieuse. Donc, s'il vous plaît... En ce moment, je veux simplement un peu de calme pour m'imprégner du spectacle. D'accord ? Merci de votre compréhension. »

« Oh, certainement, jolie dame. Vous ne voulez pas que je parle ? Je ne parlerai pas. Je me tairai comme vous le demandez. »

Dans un éclair, Katherine pouvait voir que le monde des esprits n'avait pas l'intention de la laisser se cacher. Pendant un instant, le gondolier souriant ne portait pas la chemise et le chapeau rayés traditionnels dont il était vêtu lorsqu'elle est embarquée dans le bateau. La vision ne dura qu'une seconde, mais c'était clair comme le jour : l'homme portait un chandail de hockey des Bruins de Boston.

Plus tôt, sur l'embarcadère, il s'était approché d'elle avec un pompeux « *Ciao, bella donna.* » Il l'avait assurée qu'il était un pur Vénitien et qu'il lui procurerait la meilleure excursion nautique que l'argent pouvait acheter. Mais maintenant, elle se rendait compte que son fort accent italien et son attitude de gondolier dragueur n'étaient au fond qu'un stratagème typique pour attirer les touristes.

Elle repoussa la vision, espérant que ses guides spirituels ne se préparaient pas à ramener les parents du gondolier indubitablement bavards qui étaient passés de l'Au-delà.

Ils quittèrent la lagune principale, passant sous une passerelle, et se dirigeant vers le cœur de l'ancienne ville.

« Il y a des centaines d'années, mes ancêtres ont nommé ce pont "le pont des Soupirs" », expliqua Giovanni, « parce que les hommes condamnés soupiraient pendant leur traversée vers la tour de la prison. » Le mot « tour » rebondit contre les murs du tunnel et se répercuta dans les oreilles de Katherine comme une cloche résonnante.

« S'il vous plaît, Giovanni... un peu de silence ? »

« Oh, jolie dame, appelez-moi Johnny ! »

« Oui... Johnny, maintenant *s'il vous plaît...* » Katherine parla de manière plus insistante : « ... et si vous voulez prétendre que vous êtes un Vénitien plutôt qu'un Bostonien, vous devriez au moins apprendre l'histoire locale. Ce ne sont pas *vos* ancêtres qui ont baptisé ce pont, mais bien le poète anglais Lord Byron. Et on conduisait les prisonniers condamnés à travers le pont vers un *donjon*, pas une tour ».

« Je n'ai pas dit *tour...* j'ai dit *donjon,* insista Giovanni, son accent italien disparaissant soudainement. J'ai effectué cette excursion un millier de fois, et je n'ai jamais prononcé le mot *tour*. Et comment diable savez-vous que j'étais de Boston ? Je fais ce travail depuis dix ans, et vous êtes la première personne à le deviner. »

« Je ne "devine" jamais. »

J'étais certaine qu'il avait dit « tour », pensa Katherine, alors qu'ils glissaient silencieusement à travers les anciens canaux.

Katherine avait espéré que ce voyage en Italie rechargerait ses batteries émotionnelles, mais déjà elle se sentait plus mal que lorsqu'elle était embarquée dans cet avion à New York.

Je souffre simplement du décalage horaire. Tout ce dont j'ai besoin, c'est d'une bonne nuit de sommeil, décida-t-elle, se sentant soudainement claustrophobe.

Alors qu'ils se déplaçaient lentement sur l'eau, les murs des édifices alignés le long du canal semblaient se refermer sur elle. Elle essaya de se concentrer sur le luisant ciel de nuit, mais sa vision commença à se brouiller. Un tas d'images déconnectées jaillirent dans son esprit ; un beau gentleman aux cheveux foncés étreignant une petite fille souriante ; un jeune homme fatigué s'injectant un produit avec une aiguille à l'apparence bizarre ; un panier de pique-nique ; et le canon fumant d'un fusil. Un moment plus tard, la gondole entrait dans le large passage du Grand Canal, et les images s'évanouirent.

Katherine frissonna.

« Giovanni, veuillez m'excuser — il ne s'agit pas de vous… je me sens malade soudainement. Pouvez-vous me ramener au débarcadère ? Je veux aller à mon hôtel. »

« Pas de problème, jolie dame. Mais je crois que je vous ai irritée… Permettez-moi de me racheter… Demain, je fais une longue excursion tranquille à travers la Toscane et je passe la nuit dans notre villa familiale. Si vous n'avez pas de plan, je vous prierais de vous joindre à nous comme mon invitée. »

« Je ne crois pas. »

« Ne vous inquiétez pas », dit-il en riant. « Mon épouse m'accompagnera. Et c'est à peine si elle dit un mot à quiconque, particulièrement à moi… donc vous profiterez d'une excursion calme dans la merveilleuse campagne de la Toscane — des vignobles, des vergers d'oliviers, de superbes collines vallonnées. N'est-ce pas tentant, non ? »

« Bien… »

« Je vais vous dire… nous arrêterons à votre hôtel demain matin et si cela vous tente, alors vous viendrez. Si vous n'en avez pas envie, ne vous inquiétez pas pour ça. Qui ne risque rien n'a rien, d'accord ? »

Des vergers d'oliviers et des vignobles, réfléchit Katherine. *Ça ressemble à l'excursion parfaite.*

« À quelle heure ? »

« Nous serons en face de votre hôtel à huit heures. Où demeurez-vous ? »

« L'hôtel Pisa. »

« Oh, la tour penchée… bel endroit. »

Tour, tour, tour… Le mot résonna dans l'esprit de Katherine.

KATHERINE SE RÉVEILLA À L'AUBE, se sentant étourdie et irritable. Elle se dirigeait vers l'extérieur pour prendre un peu d'air frais lorsque le concierge de l'hôtel lui tendit une télécopie.

Fameux, on m'envoie une télécopie, et personne n'est même censé savoir où je me trouve, pensa-t-elle. Elle allait en faire une boule de papier et la lancer dans le Grand Canal sans la lire, mais elle décida de la mettre dans son sac à main jusqu'à ce qu'elle trouve un café ouvert et un triple expresso pour se réveiller.

Alors qu'elle marchait dans les rues pavées en cailloutis bordant le canal, un groupe de travailleurs italiens lève-tôt commencèrent à siffler et à lui crier des propositions.

« *Buon giorno, signora bella ! Mama mia ! Bello dai capilli rossi !* Vous voulez un rendez-vous avec moi ce soir, s'il vous plaît ? »

Dans n'importe quelle foule, Katherine se faisait remarquer — une femme rousse bien mise d'un peu plus d'un mètre quatre-vingt était difficile à manquer. En public, elle préférait des costumes bien taillés, mais aujourd'hui elle portait des vêtements convenant à son séjour à la campagne — des jeans et un t-shirt.

« Désolé, Messieurs, je suis mariée », mentit-elle, tendant l'anneau de mariage qu'elle portait toujours, cinq ans après son divorce, pour se garder des soupirants non désirés.

« C'est, comment vous dites, dommage. Une telle beauté ne devrait jamais appartenir à un seul homme », cria l'un d'eux, alors que Katherine se glissait dans un café.

Après avoir bu sa seconde tasse d'expresso, elle commença à lire la télécopie. Il s'agissait d'une demande de Daniel Dinnick à New York qui l'invitait à sa station de radio plus tard cette semaine. L'invitation concernait l'émission la mieux cotée de la ville, même malgré son nom ridicule — *The Jungle Hour* — et son hôte particulièrement odieux, à laquelle Katherine avait participé de nombreuses fois. Comme l'émission était largement diffusée, il s'agissait d'un moyen rapide et facile d'atteindre autant de gens qu'elle le pouvait.

La télécopie était rédigée selon la formule standard de requête : *S'il vous plaît, joignez-vous à nous pour l'émission de vendredi matin…*

Mais il était bizarre que Daniel Dinnick, dont le père était l'un des hommes les plus riches du monde, lui envoie une invitation personnelle. Ces choses étaient habituellement traitées par des impresarios ou des internes, pas par des milliardaires.

Et comment diable savait-il où me trouver ?, se demanda Katherine.

Elle plia la télécopie et était sur le point de la remettre dans son sac à main lorsqu'elle sentit un picotement irritant à la base de son cou — un signe certain qu'elle recevrait bientôt un message de l'Au-delà. Un moment plus tard, elle reçut une image d'elle-même assise avec son père — décédé depuis cinq ans — dans une chambre d'hôpital. Il était ratatiné et frêle, souffrant, reposant sur son lit, branché par des tubes qui entraient et sortaient de ses bras. Elle tenait sa main, l'embrassait sur la joue, lui murmurant qu'il pouvait partir… que la famille l'attendait. L'image se transforma en une autre — une jeune fille recevant un traitement de chimio, demandant sa mère, mais ne recevant aucune réponse.

Puis les images disparurent. Elle était de retour dans le café, fixant les bateaux-taxis qui se déplaçaient à toute allure dans le Grand Canal. Il était fréquent pour elle de recevoir de soudaines images imprévues qu'elle ne comprenait pas — leur signification finirait par se clarifier. L'Au-delà cherchait à lui dire quelque chose… peut-être qu'on avait besoin d'elle quelque part pour aider quelqu'un à partir… peut-être qu'une jeune fille avait besoin de son aide. Pour le moment, elle l'ignorait, mais elle finirait tôt ou tard par le savoir.

Elle regarda la télécopie dans sa main. *Non… J'en ai assez de tout cela*, se dit-elle.

Des apparitions dans les médias l'avaient aidée à répandre son message et elle avait, avec un peu de chance, soulagé les souffrances de milliers de personnes en deuil. Mais qu'avait-elle reçu en retour de cette célébrité ? Un mariage brisé, un appartement vide à Manhattan et une solitude encore plus insupportable du fait qu'elle était actuellement seule dans l'une des villes les plus romantiques du monde.

Elle observa un couple de jeunes amoureux qui s'embrassaient passionnément, appuyés contre le pont du Canal. Elle commença à déchirer la télécopie quand ses yeux tombèrent sur une simple phrase qui la glaça : *à notre nouvel emplacement, dans la Tour BioWorld.*

Katherine secoua la tête, levant les yeux vers le ciel vénitien sans nuages.

Voyons, qu'est-ce qui arrive avec toutes ces références à des tours ?
Elle paya son café et se dirigea vers son hôtel.

Katherine se promena dans les rues étroites, regardant les vitrines des boutiques qui venaient juste d'ouvrir et respirant l'arôme sucré des *biscotti* fraîchement sortis du four. Un groupe d'écoliers italiens la dépassa, rieurs et insouciants. Ils rappelaient à Katherine sa propre enfance et le jour où elle s'était rendu compte la première fois qu'elle était différente des autres enfants, qu'elle chevauchait deux mondes — le monde où vivaient ses parents et ses amis, et l'autre monde, l'endroit où les gens décédés… vivaient.

Elle venait de traverser une rue achalandée en se rendant à l'école dans son voisinage de Queens lorsqu'elle laissa tomber l'un de ses livres de classe. Une grosse rafale de vent avait emporté le livre dans la rue, et elle s'apprêtait à courir pour le récupérer quand elle entendit : *Kathy, tu as oublié de regarder des deux côtés* !

Elle se retourna, et vit sa grand-mère, décédée il y avait plus d'un an. Un moment plus tard, sa grand-mère s'évanouit.

Katherine secoua la tête, croyant que son imagination lui jouait des tours, puis elle se retourna pour récupérer son livre, aplati par un autobus passant en trombe. Elle recula d'un bond sur le trottoir, se rendant compte qu'elle était venue tout près de se retrouver elle-même sous l'autobus.

« Merci, grand-mère », dit Katherine à haute voix.

Il n'y a pas de quoi, ma petite Kathy, entendit-elle une voix dans sa tête. Dans son esprit, elle vit une rapide image rosée inondée des sensations d'un amour qu'elle et sa grand-mère avaient toujours partagé.

À mesure qu'elle grandissait, l'habileté de Katherine à recevoir de l'information de l'Au-delà, comme elle commença à l'appeler, s'accentua de plus en plus. Elle savait souvent qui appelait avant que quiconque ne réponde au téléphone, et ses meilleurs amis savaient que s'ils perdaient quelque chose — un anneau, un cahier de notes ou un animal en peluche — elle pouvait visualiser l'objet dans sa tête et découvrir l'endroit où il se trouvait.

Mais le soir de son treizième anniversaire, elle prit conscience à la fois du pouvoir et du fardeau de son habileté. Elle était en train d'éteindre les chandelles de son gâteau et regardait sa meilleure amie Caitlin, qui lui souriait du bout de la table. Soudainement, la pièce s'assombrit et elle entendit un crissement sur un pavé. Il y eut un éclair… puis une brève, mais très nette image de la mère de Caitlin passant à travers un pare-brise, étendue morte sur le côté de la route.

La vision s'évanouit aussi rapidement qu'elle était arrivée. Tout était redevenu normal. Tous chantaient *Bonne fête*, et Caitlin souriait, lui tendant un gros morceau de gâteau. *Qu'est-ce que je fais maintenant ?*, se demanda Katherine, fixant d'un air triste son amie qui était en train de mettre une boule de crème glacée au chocolat dans son assiette. *Suis-je censée le lui dire ?*

Après la fête, Katherine marchait avec Caitlin en direction de son domicile et fit ce qu'elle croyait être la bonne chose à faire : elle lui parla de sa vision, suppliant Caitlin d'avertir sa mère de ne pas conduire.

« Pourquoi dois-tu me dire de tels trucs ? », demanda Caitlin, évidemment dérangée par les paroles de Katherine. « Je ne veux pas l'entendre. »

Une semaine plus tard, l'accident arriva exactement selon la vision de Katherine.

Lorsque Caitlin finit par retourner à l'école, elle ne parla plus à Katherine, refusant même d'avoir un contact visuel avec elle. Puis, un jour, Caitlin la coinça dans la salle de bain des filles. « Qui es-tu, *un monstre ?* ! », cria-t-elle à sa supposée meilleure amie. « Pourquoi n'as-tu rien fait pour empêcher ça ? »

Katherine ne savait pas quoi dire — elle n'avait pas de réponse. Elle en eut l'estomac tout à l'envers et partit vers la maison en larmes, s'enfermant dans sa chambre et demeurant couchée sur son lit pendant des heures, fixant le plafond et essayant de trouver un sens à tout ce qui lui arrivait.

« Quelque chose va sérieusement mal avec moi, papa », dit-elle à son père lorsqu'il revint pour le souper ce soir-là et la trouva en larmes. Elle lui raconta ce qui était arrivé, et comment ses visions commençaient à la terrifier. « Pourquoi est-ce que je vois des choses comme ça que personne d'autre ne voit ? »

« Ne t'inquiète pas », lui dit-il, tamponnant ses yeux avec le coin de sa taie d'oreiller. « Il n'y a rien de mal avec toi. Tu es spéciale. Peut-être que je ne te l'ai jamais dit, mais ma mère était aussi spéciale que toi. » Il sourit. « Je pense qu'il te faudra simplement du temps pour savoir comment te *servir* de ton côté spécial. »

LORSQUE KATHERINE REVINT à l'hôtel, Giovanni et son épouse l'attendaient dans leur Mini Austin.

« Voici Vanessa, ma superbe épouse », dit Giovanni, accueillant Katherine.

« Oh mon Dieu… vous êtes le médium de la TV ! », cria Vanessa au visage de Katherine. Elle se retourna et donna un coup de poing sur le bras de Giovanni. « Pourquoi ne m'as-tu pas dit que c'était Katherine Haywood, espèce d'idiot ? »

Vanessa se retourna vers Katherine en disant : « Je suis votre plus grande fan… peut-être pourriez-vous parler à mon oncle Gino qui… »

« Excusez mon épouse, Mademoiselle », dit Giovanni. « Elle ne dit habituellement rien à personne. J'ai promis qu'elle ne vous casserait pas les oreilles pendant le voyage. J'ignorais même que vous étiez une célébrité. »

« Oh, ça doit vous arriver chaque fois. Je suis si désolée », dit Vanessa, posant ses doigts sur ses lèvres. « Ma bouche est cousue à partir de maintenant. »

« Montez », invita Giovanni. « Nous vous emmenons dans l'une des plus merveilleuses anciennes cités de Toscane — San Gimignano. On la nomme *la citta delle belle torri*. »

« Qu'est-ce que ça veut dire ? », demanda Katherine.

« La ville des superbes tours. Elle possède plus de tours médiévales que n'importe quelle ville en Italie… treize en tout. »

Le visage de Katherine se décolora. Elle s'appuya contre le toit de la Mini pour retrouver ses sens et reçut une image mentale soudaine d'une voiture explosant en flammes et tombant dans une rivière.

C'est l'East River, se rendit compte Katherine, sa tête commençant à lui marteler.

« Est-ce que ça va ? », lui demanda Vanessa.

« Euh… je vais bien », répondit Katherine, alors qu'une autre image surgit devant elle. Cette fois-ci, c'était une petite fille — elle pensa que ça pouvait être sa nièce, étendue sur un terrain gazonneux, avec les gratte-ciel new-yorkais en arrière-plan. La fillette luttait pour respirer — un masque à oxygène était attaché sur son visage. Elle se retourna et regarda Katherine, ses yeux la suppliant de l'aider.

Katherine eut l'impression de suffoquer. Elle était incapable de retrouver son souffle.

Quelque chose de terriblement mauvais, pensa-t-elle.

Elle recula de la voiture et prit quelques profondes respirations.

« J'apprécie votre offre, Giovanni, je suis très sincère », dit-elle rapidement, « mais quelque chose est survenu… une urgence familiale. Je me demande si vous seriez assez gentil de m'attendre pendant que je récupère mes bagages dans ma chambre puis de me conduire à l'aéroport ? Je dois retourner à New York. »

Je dois retourner à la maison.

CHAPITRE 2

EN QUELQUES SECONDES, L'AVION PERDIT UNE CENTAINE DE MÈTRES d'altitude, faisant voler les assiettes et culbuter les agents de bord dans les allées.

« Mesdames, Messieurs, ici votre commandant. Nul besoin de vous inquiéter, nous avons tout simplement frappé une zone de turbulence imprévue. » La voix du pilote était calme et contenue, voulant manifestement rassurer ses passagers inquiets, mais Katherine détecta la nervosité et la peur de l'homme.

« Hum… c'est l'orage solaire dont vous avez entendu parler — celui qui nous donne ces merveilleux firmaments nocturnes — qui nous cause ce petit problème, continua le commandant. Il semble s'aggraver, et il dérègle légèrement quelques-uns de nos instruments. Rien pour vous inquiéter, remarquez, mais notre vol sera un peu plus cahoteux qu'à l'accoutumée. Donc, demeurez à votre siège, gardez votre ceinture attachée et nous devrions vous emmener à JFK en moins de trois heures. Détendez-vous et profitez bien du reste du film. »

Avant le décollage de l'avion, Katherine avait essayé de téléphoner à la maison pour s'assurer que sa nièce allait bien, mais l'orage solaire avait perturbé les lignes téléphoniques et elle n'était jamais arrivée à obtenir la communication. Elle regardait maintenant le petit écran au-dessus de sa tête. Bruce Willis mitraillait des méchants au sommet d'un gratte-ciel, quelque part.

Une autre tour, pensa-t-elle, penchant sa tête contre la vitre, captant des visions fugitives et clairsemées de l'océan Atlantique à travers une mosaïque fractionnée de nuages.

Des tours, des tours, des tours.

Quel que put être le message, il capta son attention.

Son esprit dériva vers le jour où l'image d'une tour avait été significative pour la première fois dans sa vie. Elle avait dix-huit ans, elle était encore inexpérimentée et incertaine de ses talents de voyance. Elle se rendait en voiture vers le centre commercial pour acheter des fournitures pour sa première journée à l'Université de New York, la semaine suivante. Elle baissa la vitre et était en train de chanter avec John Lennon l'une de ses chansons préférées qui montait des haut-parleurs de la radio... *Juuuliaaa... Juuuliaaa... I sing my song of love... to reach you...*

Katherine accéléra pour attraper un feu jaune, mais il tourna au rouge avant qu'elle n'arrive au coin de la rue. Elle appliqua les freins, s'arrêtant en face du centre communautaire local, lorsqu'elle vit une bannière tendue devant la porte d'entrée faisant la publicité d'une foire de médiums qui avait lieu ce jour-là. Mue par une impulsion, elle entra dans le parc de stationnement du centre et acheta un billet à l'entrée pour une lecture par un médium, écrivant son nom en gros caractères sur le petit morceau de papier.

Lorsqu'elle pénétra dans le grand gymnase, elle vit d'abord une longue rangée de médiums — certains se servant de cartes de tarot, d'autres utilisant la numérologie — tous assis derrière des tables de bridge pliantes. Les lecteurs de tarot retournaient les cartes sur la table comme s'ils jouaient au solitaire. Katherine était stupéfiée, regardant les voyants qui faisaient rouler les cartes entre leurs doigts, les faisant atterrir sur leur nappe avec un fort claquement !

Elle se promena devant une douzaine de lecteurs de cartes, avec la mélodie des Beatles qui résonnait toujours dans sa tête… *Juuuuliaaaa… calls meeee…* lorsque son regard se posa sur une affichette collée sur l'un des tables de bridge : Julia Asher, médium.

Katherine arrêta devant la table et John Lennon cessa de chanter dans sa tête.

D'accord, en supposant qu'il existe des signes dans ce monde, ça doit en être un, pensa Katherine. Elle s'assit devant la femme et lui tendit son billet.

Le médium n'avait aucunement l'air de ce à quoi Katherine s'était attendu — il ne s'agissait pas d'une diseuse de bonne aventure de carnaval de second ordre. La femme assise devant elle était élégante et professionnelle, elle portait une simple jupe marine et une blouse blanche, ses cheveux noirs lustrés étaient savamment ramassés en un nœud français. Même sans maquillage, elle avait un visage superbe et un sourire qui mit instantanément Katherine à l'aise.

La femme regarda le nom de Katherine écrit sur le morceau de papier et sourit.

« Allo, Katherine, mon nom est Julia… et vous êtes la personne. »

« Je vous demande pardon ? », demanda Katherine d'un ton hésitant.

« Chaque fois que je participe à l'une de ces foires, ou que je donne un séminaire ou une lecture de groupe, j'ai l'intuition que je suis censée rencontrer une personne spéciale », expliqua-t-elle. « Aujourd'hui, vous êtes cette personne spéciale. Je peux le sentir. Maintenant, puis-je tenir votre anneau pour un moment ? »

Katherine glissa l'anneau argenté de son pouce directement dans la paume de Julia.

« Ce que je fais porte le nom de *psychométrie* », dit la femme, tenant l'anneau dans le creux de ses mains. « Je reçois l'énergie de votre anneau et je perçois que vous avez une forte connexion psychique… mais vous le savez déjà, n'est-ce pas ? »

« Bien… je suis capable de… voir des choses », dit Katherine, incertaine de ce qu'elle devrait révéler à son sujet.

« Vos guides spirituels sont hautement évolués — des guides qui travaillent pour le plus grand bien de l'humanité. Je crois que vous êtes investie d'une mission importante… »

Katherine remua inconfortablement sur son siège. Elle se sentait comme si on la recrutait dans une sorte de culte, mais pourtant… elle commençait à faire instinctivement confiance à cette femme.

« Il existe des forces puissantes autour de vous, Katherine. Vous aurez à traiter avec beaucoup de morts dans votre vie, mais vous devez vous rappeler que même le tunnel le plus obscur peut s'ouvrir sur la plus brillante des lumières. »

« Que voulez-vous dire ? », demanda nerveusement Katherine.

« Je veux dire que chaque fin est aussi un commencement… rien n'est final… tout est éternel. »

« Sainte Mère », murmura Katherine, sidérée par l'intensité de la plus vieille femme.

Julia rit en rendant son anneau à Katherine. « Est-ce que je vous fais peur ? Habituellement, lors d'une première lecture, je ne suis pas si aride. Mais, mon enfant, vous avez des guides puissants autour de vous. »

« Vraiment ? »

« Aucun doute à ce sujet… et je peux dire que ce sera l'œuvre de votre vie. Vous êtes née médium. En fait, je crois qu'un jour vous deviendrez célèbre — télévision, radio, livres et toute la panoplie. »

« Vous blaguez ? », demanda Katherine.

« Absolument pas, mais tout cela est dans votre avenir. Vous avez beaucoup de travail à accomplir entre maintenant et ce futur, et il est temps pour vous d'apprendre les outils de votre métier. On les appelle les cartes de tarot », dit Julia, en brassant le jeu de cartes exotiques.

Pendant plus d'une demi-heure, la voyante tourna carte après carte et parla de l'avenir de Katherine. Elle mentionna le mariage, le divorce, les voyages et, encore une fois, la célébrité et la fortune. Puis, elle arrêta et regarda Katherine avec une expression sérieuse. « C'est la partie la plus importante de la lecture. Elle vous révélera le moment où commencera votre véritable mission dans la vie… et c'est la raison pour laquelle nous sommes toutes les deux ici aujourd'hui. J'ai besoin que vous posiez une question à voix haute : une question à laquelle vous voulez *vraiment* une réponse. »

Katherine demeura silencieuse.

« Le chat vous a mangé la langue ? », sourit Julia.

« Cela semble si… important. Je ne sais pas quoi demander. »

« Je la poserai pour vous alors. D'accord ? »

« D'accord. »

Julia ferma les yeux et dit : « S'il vous plaît, donnez-moi un symbole qui permettra à Katherine de connaître le moment du début de sa mission. »

Julia retourna la dernière carte et la déposa au centre de la table. C'était une image d'un grand édifice avec des flammes jaillissant des fenêtres.

« C'est la carte de la Tour », lui dit Julia.

« MESDAMES ET MESSIEURS, nous commençons notre approche finale vers JFK. Veuillez vous assurer que vos tables-plateaux sont verrouillées en position relevée et que votre siège est redressé… »

Katherine sortit de son rêve éveillé.

La carte de la Tour, se rappela-t-elle. Son estomac se serra de remords alors qu'elle se demandait — pour la millième fois — si elle avait déjà failli à sa mission dans la vie en n'arrêtant pas, d'une manière ou d'une autre, la tragédie du 11 septembre.

Cet horrible matin, il y a six ans, elle se trouvait elle-même dans un avion au moment où les tours jumelles étaient attaquées. Même si elle avait eu des prémonitions que quelque chose de catastrophique allait arriver à New York, impliquant peut-être même un avion, les intuitions étaient trop vagues pour qu'elle puisse les interpréter ou en tenir compte.

Dans son for intérieur, elle savait qu'elle n'aurait rien pu faire pour prévenir l'événement — ce jour-là, l'univers possédait ses propres plans qui ne la concernaient pas. Mais ceci n'avait pas arrêté les sceptiques et les critiques de lui reprocher constamment sa « défaillance intuitive ».

« Si vous avez de tels dons de médium, comment ne l'avez-vous pas vu venir ? Pourquoi ne l'avez-vous pas arrêté ? », lui disait-on d'un ton accusateur.

Elle leur répondait en disant qu'on lui montrait seulement ce qu'elle devait voir… que personne ne pouvait voir le plan supérieur de Dieu.

« Je dois vous inviter à relever votre siège, Mademoiselle », dit un agent de bord à Katherine, interrompant sa rêverie.

Elle ajusta son siège, baissa les yeux sur la ligne d'horizon de Manhattan et sourit, savourant encore le souvenir de sa première rencontre avec Julia — qui devint plus tard son mentor et une grande amie pendant de longues années.

À part le fait d'être médium, Julia enseignait aussi la poésie à temps partiel à l'Université de New York. Elles sortaient souvent ensemble toutes deux après la classe et parlaient de livres, de philosophie, et bien sûr de tout ce qui concernait la voyance.

Il y eut aussi de nombreux weekends de plaisir où Julia invitait toute sa classe de poésie à lui rendre visite dans sa maison de campagne de Hampton. Habituellement, seules les filles s'y rendaient. Elles se grisaient en buvant du vin, et riaient et chantaient, pendant que Julia tentait de les convaincre d'écouter ses airs favoris de Frank Sinatra sur un vieux tourne-disque usé jusqu'à la corde.

« N'écoutez-vous pas de la musique de *ce* siècle ? », l'agaçaient les filles.

« Eh, ne critiquez pas Frankie », disait Julia. « Il m'a accompagnée dans pas mal de moments difficiles. Et "Summer Wind" est l'une des chansons les plus extraordinaires jamais écrites. »

Avec les années, de façon détendue, sans jamais lui mettre de pression, Julia affermit lentement la confiance de Katherine en ses propres habiletés de médium et la prépara pour une carrière comme médium professionnel.

Katherine se construisit une solide réputation en tant qu'honnête et extrêmement talentueux médium. Elle était tellement compétente que la célébrité suivit rapidement, en même temps que toutes ses complications. Elle était souvent trop occupée à travailler pour consacrer du temps à autre chose. Après quelques années tendues de mariage, son époux la quitta, se plaignant qu'elle passait plus de temps à mettre en contact des étrangers avec des personnes décédées qu'elle n'en prenait pour entretenir les liens avec lui.

Rapidement après son divorce, Katherine perdit aussi Julia. Jusqu'à la toute fin, et malgré leur intimité, son amie ne lui avait jamais confié qu'elle se mourait du cancer. Le décès de Julia laissa dans le cœur de Katherine une blessure qui ne s'est jamais vraiment cicatrisée.

Katherine avait essayé à maintes reprises de prendre contact avec son mentor de l'Au-delà, mais elle n'avait jamais réussi. Elle ne pouvait en comprendre la raison — elle avait aidé tellement d'autres personnes à atteindre leurs êtres chers perdus ; pourtant, il lui était impossible d'y arriver pour elle-même.

Les pneus du 747 rebondirent sur la piste. Aussitôt qu'elle fut débarquée et qu'elle se retrouva à l'intérieur de l'aérogare, Katherine téléphona à sa sœur pour voir si tout allait bien avec sa nièce.

« Pas de problème ici », lui dit sa sœur.

Alors que diable fais-je de retour à New York ?, se demanda Katherine.

En route vers la maison, la radio dans le taxi était réglée sur WARP, la station que possédait la famille Dinnick, qui diffusait chaque matin *The Jungle Hour*.

Il n'est pas question que j'aille à cette émission !, pensa Katherine.

Mais aussitôt que l'idée eut traversé son esprit, elle entendit ensuite le DJ de nuit annoncer : « Assurez-vous d'écouter notre émission demain matin. Dans notre studio tout neuf de la Tour Dinnick BioWorld, vous entendrez le médium du siècle, Katherine Haywood, prendre les appels à *The Jungle Hour*, avec votre hôte, Tarzan. »

Katherine ne pouvait en croire ses oreilles.

Je prendrai des appels ? Je ne crois pas… Je n'ai même pas accepté cette offre de venir à l'émission ! Elle téléphona immédiatement à son agente de publicité pour l'engueuler.

« Kathy ? Je suis tellement désolée. Nous avions une stagiaire dans le bureau ce jour-là et elle a dû leur donner vos coordonnées. J'ai tenté de vous joindre, mais les téléphones ne fonctionnaient pas. » L'agente de Katherine se confondit en excuses.

Katherine raccrocha et regarda à travers la fenêtre du taxi. Un autobus passa à côté d'eux, avec un immense panneau d'affichage sur le côté, faisant la publicité des magasins de musique Tower Records.

De nouveau la tour, pensa-t-elle. *Ce doit être la raison pour laquelle je suis ici. Il semble après tout que je serai à la Tour BioWorld demain pour faire leur émission de radio. Comme Julia l'a toujours dit, chaque présentation ou chaque lecture cache un objectif... quelqu'un quelque part doit avoir besoin de mon aide.*

TÔT LE MATIN SUIVANT, en entrant dans la Tour BioWorld, Katherine fut accueillie par une jeune femme. L'édifice constituait un phénomène d'après-11 septembre, fermé hermétiquement pour contrer toute forme d'attaque toxique, en plus d'être muni d'un poste de surveillance équipé d'un détecteur de métal, d'un appareil de radioscopie et d'un dispositif servant à recueillir un échantillon d'ADN avant de permettre l'entrée à quiconque.

« Salut, Katherine, je suis Bronwyn, l'assistante à la production de l'émission. Ne vous inquiétez pas de ces folles mesures de sécurité — c'est tellement James Bond, vraiment ridicule... mais je suppose que c'est à cause de l'époque où nous vivons, hein ? Je me suis assurée que vous obteniez un laissez-passer en tant que célébrité, pour éviter toute cette procédure », dit Bronwyn, guidant directement Katherine vers le studio.

« J'ai une confession à vous faire... ça pourrait me coûter mon emploi, mais je dois vous le dire », continua Bronwyn. « C'est moi qui vous ai envoyé une télécopie en Italie. J'y ai même signé le nom du patron. Je ne pouvais m'en empêcher — j'ai rêvé chaque nuit pendant une semaine que je devais vous réserver pour l'émission d'aujourd'hui... c'était tellement bizarre. Mais j'ai simplement dû le faire... alors, c'est ça. Ça ne me fait rien si vous me faites congédier, mais je suis toujours mon intuition, peu importe ce qu'elle me suggère. Je suis par contre vraiment, vraiment désolée d'avoir gâché vos vacances. » Bronwyn guida Katherine dans le studio avant que le médium ait eu le temps de répondre.

Une minute plus tard, elle était installée avec une paire d'écouteurs et était assise devant Tarzan, un minuscule homme chauve à la voix tonitruante, qui était devenu, d'une certaine manière, le disc-jockey le plus populaire de la ville de New York.

« AhhhEEEeee AhhhEEEEeeee Ahhhhhhhh ! »

Tarzan beugla dans le microphone et à travers les écouteurs son exécrable marque de commerce, une pauvre imitation de Johnny Weissmuller. Le crâne de Katherine commença immédiatement à lui marteler, et elle eut instantanément mal à la tête.

Tarzan recouvrit le microphone d'une main et murmura d'un air contrit : « Désolé pour cette intro, Katherine. Vous savez à quel point les New-Yorkais aiment que leurs DJs soient farfelus. »

Sa main quitta le micro, et il revint à son personnage, émettant quelques grognements de singe avant de présenter le programme matinal. Katherine pensa qu'il avait l'air ridicule, mais le numéro de Tarzan fonctionnait très bien dans son cas. Pour des raisons que Katherine était incapable de comprendre, son émission du matin demeurait depuis des années le numéro un dans le plus gros marché radiophonique du pays.

« AhhhEEEeee AhhhEEEEeeee Ahhhhhhhh ! »

Katherine se tint délicatement la tête de ses mains alors que le cri hurlé de Tarzan explosait dans ses écouteurs.

« Bonjour, New York ! Je suis Tarzan et nous avons un cadeau aujourd'hui pour vous tous animaux de la jungle là-bas. Avec moi dans la cabane de l'arbre, il y a Katherine Haywood, l'un des médiums les plus renommés du monde. Elle prendra les appels dans seulement quelques minutes, mais d'abord un bref compte rendu concernant l'orage solaire qui nous a apporté des lumières nordiques spectaculaires, il y a quelques nuits.

« Il semble que personne ne l'avait prévu, et ce phénomène a provoqué des dégâts dans les communications autour de la planète… écoutez ceci, certains savants soutiennent que si cet orage s'intensifie, il battra le dernier record de 1859 — le pire record. Ce dernier orage a littéralement fait *fondre* les fils télégraphiques, et incendié des édifices autour du monde... donc attendez-vous à de réels problèmes de communication aujourd'hui, Mesdames, Messieurs... mais heureusement cela n'empêchera pas notre première invitée, la charmante Katherine Haywood, de communiquer avec l'Au-delà... Bonjour, Katherine, heureux de vous revoir à l'émission. »

« Merci. Je suis heureuse d'être ici. »

« Je comprends que vous revenez de vacances en Italie. Ça semble amusant. »

« Hum... c'était un très court voyage. »

« Bien, je suis vraiment content de vous voir ici avec nous, et je vois que la console s'illumine comme un arbre de Noël, donc pourquoi ne pas aller directement aux appels. Premier appelant, vous êtes en ligne avec Katherine Haywood. »

« Salut, Katherine, c'est Evelyn. »

« Comment Katherine peut-elle vous aider aujourd'hui ?, demanda Tarzan. L'argent ? Le travail ? La vie amoureuse ? »

Katherine commença à parler avant qu'Evelyn ait une chance de répondre.

« Je vois un homme de l'Au-delà avec de superbes yeux bleus... Je sens une masse noire dans le pancréas et dans la tête... Il est décédé jeune, peut-être au début ou à la mi-quarantaine. J'ai l'impression qu'il veut que je vous dise qu'il voit ce qui se passe dans votre vie... Je crois qu'il essaie de me parler de vos fiançailles ou possiblement d'un mariage. »

Il y eut le bruit d'un léger sanglot à l'autre bout de la ligne.

« Il me dit que Camille est avec lui », continua Katherine. « Ils seront tous les deux présents à cet événement... je pense que c'est votre père qui parle. Est-ce que ça a du sens pour vous ? »

« Oh, oui, absolument. Mon père est décédé à quarante-quatre ans d'un cancer à l'estomac et au cerveau… Et ma mère, Camille, a succombé à une crise cardiaque il y a deux mois… et je me marie le mois prochain ! » Evelyn pleura dans le téléphone. « Merci, un grand merci, Katherine. »

« Wow !… en plein dans le mille », dit Tarzan. « Passons directement à un autre appel. Appelant numéro deux, quel est votre nom et comment Katherine peut-elle vous aider aujourd'hui ? »

« Salut, Katherine… mon nom est Farah, et je veux juste vous dire que je suis l'une de vos grandes admiratrices, et que j'ai des amies qui ont perdu des maris qui faisaient partie des pompiers de New York quand… bien, vous savez. Elles ont assisté à l'un de vos séminaires et vous leur avez été tellement utile. »

« Merci, c'est un travail spécial pour moi, et c'est gentil à vous de le dire. Appelez-vous avec une question à propos d'un nom avec les lettres K et N… Karen, peut-être ? »

« Oui, exactement. Ma sœur, elle… »

« Ne me dites rien. Je sens un traumatisme à la tête… mais aussi du liquide dans les poumons… comme si elle était morte noyée. »

« Oui, oui », dit Farah. « Nous l'avons retrouvée dans le lac près de notre chalet. »

« La police a-t-elle été impliquée dans cette histoire… comme une enquête criminelle ? »

« Oui, il y a eu enquête. C'était tellement une bonne nageuse que nous avons cru… »

« Qu'elle avait peut-être été assassinée ou qu'elle s'était suicidée ? »

« Oui, Katherine, c'est ce qui nous a hantés. »

« Je vois une falaise et de l'eau… et mon impression, c'est qu'elle marchait ou faisait de la randonnée et qu'elle a glissé. Elle me montre qu'elle est tombée dans l'eau et qu'elle a perdu conscience et s'est noyée. »

« C'est ce que le coroner a dit, mais l'entendre de vous signifie beaucoup plus… merci. »

« Attendez… votre sœur me montre des roses roses, ce qui veut dire qu'elle vous envoie son amour… mais je reçois aussi… »

De rapides images étincelantes de carcasses de voitures et de ponts emportés défilèrent dans le cerveau de Katherine.

« Je crois qu'elle me suggère que vous ne conduisiez pas aujourd'hui. Allez-vous quelque part avec votre voiture ? »

« Juste de l'autre côté du pont Queensboro à Manhattan pour…»

« Holà », l'interrompit Katherine. « Je ne vous dis pas quoi faire, mais j'ai un assez bon pressentiment que vous devriez faire vérifier votre voiture ou prendre le métro aujourd'hui. »

« D'accord, merci encore », dit Farah.

« Très bien. » Tarzan raccrocha. « Appel numéro trois, vous êtes en ligne. »

« Salut Katherine, mon nom est Bob. Ceci peut vous paraître idiot comparé à vos autres appelants, mais mon chien est vraiment vieux, et je me demande si lorsque les animaux de compagnie meurent… »

« Désolé de vous interrompre, Bob… mais… m'appelez-vous de votre voiture ? »

« Ouais, je suis… »

Katherine ne cessait de recevoir des images de carcasses de voitures… puis de l'effondrement d'un tunnel.

« Êtes-vous dans un tunnel ? »

« Non, mais je me dirige justement vers le tunnel Lincoln… »

« Je n'arrive pas à me faire une idée claire de qui m'envoie tout cela, mais j'ai l'impression que quelqu'un me dit que vous devriez peut-être éviter le tunnel aujourd'hui. S'il y a une route de rechange, peut-être devriez-vous envisager... »

« D'accord, je le ferai... mais ma question... »

« Est-ce que le nom de votre chien est Jay ou Joe ou... ? »

« Oui, Joe. »

« Bien, je l'entends japper. Il y a aussi des animaux de l'Au-delà. Donc, si vous vous inquiétez de ne plus le revoir, cessez de vous en faire. Mais vraiment, reconsidérez une autre route au tunnel. »

« Je le ferai. Merci encore, Katherine. »

« Il semble que vous obteniez pas mal de rapports de circulation de l'Au-delà aujourd'hui, Katherine. Voyons-nous un modèle de voyance ici ? », demanda Tarzan.

« Je ne suis pas certaine de ce dont il s'agit », dit Katherine, frottant sa tempe, sa tête lui martelant toujours. « Je continue à recevoir ces images de... bien, des images de problèmes de circulation, disons. »

« Intéressant », dit Tarzan. « Vous tous, animaux qui conduisez, vous feriez mieux de faire plus d'attention à la route. Donc, Katherine, ne restons pas accrochés à la circulation locale puisque nous avons des auditeurs dans tout le pays. Avez-vous des prédictions pour les Oscars de la prochaine année ? »

« Non, je ne reçois vraiment pas de nouvelles de célébrités aujourd'hui... mais je reçois beaucoup d'images de carcasses de voitures, de feu — il y a un pont qui brûle quelque part... »

« Vraiment ? Une sorte de désastre... aucune idée où ça se trouve ? »

« Je... simplement... je vois la ville d'Oklahoma bombardée... et je reçois le mois de septembre... je ne comprends pas tout ceci... et on me montre un écrasement d'hélicoptère... et une paire de menottes... tout est mêlé maintenant, et... je... je ne sais pas encore. »

« D'accord, bien, allons à notre prochain appelant… un homme de Brooklyn. Quel est votre nom, Monsieur, et comment Katherine peut-elle vous aider ? »

« M'aider ? Elle est absolument incapable de m'aider. J'ai simplement appelé pour dire que je crois qu'il est dégoûtant qu'elle prétende… »

« Maintenant, calmez-vous, Monsieur, pas besoin d'être grossier. Mme Haywood a une impeccable… »

Katherine se redressa net sur son siège et interrompit : « Appelant, portez-vous un uniforme ? » Elle essayait de se concentrer sur une image devant elle.

« Qu'est-ce que vous dites ? »

« Portez-vous un uniforme ? »

« Vous savez très bien que j'en porte un. J'ai dit à votre réceptionniste que j'étais… »

« Ils me montrent que vous portez un uniforme — ou que vous en portez un habituellement. J'ai quelqu'un qui a un message fort et clair de l'Au-delà pour vous. Je vois une voiture de pompiers et une médaille… un uniforme et un revolver. Est-ce que ça vous dit quelque chose ? »

« Écoutez, ma petite dame, qu'est-ce que vous êtes en train de faire ? Vous savez déjà que je travaille pour le… »

« Attendez… êtes-vous sur une remontée mécanique rouge ? Ou quelque chose comme… une caverne ? Je vois une caverne sombre… Je suis perplexe ici… est-ce que ces choses ont une signification pour vous ? »

« Je ne fais pas de ski, et la seule caverne que je connaisse, c'est celle dont vous avez dû sortir en rampant… J'ai appelé pour dire que de gagner sa vie avec les chagrins des autres est la chose la plus vile… »

« Je vois du feu tout autour de vous… il y a de la fumée, j'étouffe… »

« Vous devriez vous étouffer avec vos mots, ma petite dame ! Vous devriez avoir honte. Allez vous faire voir en même temps que le balai sur lequel vous volez ! »

Il y eut le son de la tonalité.

« Attendez… Susan arrive… elle dit que ce n'est pas votre faute… lâchez le revolver… Appelant ? Appelant ? Êtes-vous là ? »

Tarzan faisait silencieusement signe à Katherine d'oublier l'appelant. « Pourquoi ne continuons-nous pas… ? »

« Non. Cet homme a besoin d'aide. Pouvez-vous retracer cet appel ? Le ramener en ligne ! »

« Bien, nous ne pouvons pas vraiment faire cela, et nous sommes sur le point d'arrêter pour la pause commerciale. »

« Non, ne le faites pas, s'il vous plaît… vous devez ramener l'homme à l'uniforme en ligne. Je dois lui dire que Susan… » Katherine commença à tousser. Sa tête lui élançait.

« Il y a de la fumée… tellement de fumée », continua-t-elle. Et ensuite elle laissa échapper un avertissement qu'elle ne pouvait croire qu'elle faisait en pleine diffusion en direct, mais il sortit de sa bouche avant qu'elle ne puisse le retenir.

« Oh, mon Dieu… oh mon Dieu ! C'est une explosion… plein d'explosions… mon Dieu, non… on dirait que c'est une autre attaque. Les explosions vont se produire ici, à New York. Oh mon Dieu, cela va arriver aujourd'hui ! »

Quelqu'un ferma un commutateur dans la salle de contrôle, et le studio devint silencieux. Pendant un bref moment, plus rien ne fut diffusé sur des millions de récepteurs radio à travers tout le pays.

Rien que le silence.

CHAPITRE 3

JACK MORGAN OUVRIT LES YEUX ET FIT UNE GRIMACE. La fulgurante douleur familière lui labourait la hanche et dardait vers son épaule le long de sa colonne vertébrale — la même qu'il ressentait chaque matin.

Il avait rêvé à Susan. Il pouvait encore sentir le savon parfumé au lilas qu'elle aimait tant. Mais maintenant il était ici, éveillé et seul. Rassemblant ses forces, il se roula hors du lit et se mit sur ses pieds. Une plainte à peine audible sortit de ses lèvres.

Assez. Arrête de te plaindre, pensa Jack, en se mordant l'intérieur de sa joue jusqu'à ce qu'il goûte le sang.

Il détestait particulièrement les matins — les premières minutes de conscience avant qu'il ne prenne le contrôle de sa douleur physique à peu près continuelle et de sa solitude chronique. Le matin, il se sentait faible, et il détestait la faiblesse.

Il retira la literie du canapé et la rangea dans le coffre d'osier, qui était une lingerie. Il avait pris l'habitude de dormir dans la chambre d'invités depuis le départ de Susan. Il ne pouvait supporter de se retrouver dans sa chambre, pas même pour une minute.

Il passa une heure à s'obliger de faire cent abdominaux et deux cents pompes. La douleur était atroce, mais c'était sa routine, et la routine était tout ce qui lui permettait de fonctionner. Il mit son uniforme — des jeans et une chemise blanche habillée bien pressée et des bottes de l'armée — puis marcha en boitant vers la petite salle de bain dans un coin de la pièce pour se laver. Il voyait bien peu de gens ces jours-ci, mais lorsqu'il travaillait, il s'assurait de paraître présentable et professionnel.

Il était toujours un flic, et il voulait conserver l'impression d'en être un.

Même s'il était dans la cinquantaine, Jack avait toujours la tête couverte de cheveux noirs, et même s'il les coupait lui-même, il les gardait toujours bien coiffés et taillés selon les règles. Maintenant, il se lava le visage sans regarder dans le miroir — il y a longtemps qu'il avait cessé de se regarder, ne remarquant pas les rides profondes que des années de douleur avaient gravées sur son visage. Mais les rides n'avaient pas détruit l'expression naturellement puérile qui avait toujours été la sienne — et qu'il avait détestée pendant toute sa vie.

Susan n'arrêtait jamais de se moquer de lui à ce propos. « Cesse d'essayer de le cacher, mon chéri », disait-elle, chaque fois qu'il essayait de se faire pousser une moustache. « Tu as toujours l'air d'un adorable gamin de dix ans. Quelle femme ne voudrait pas te dévorer à force de t'aimer ? »

Jack s'assécha et se retourna pour faire face à la journée.

Le soleil du matin illuminait la chambre d'invités. Les rideaux étaient habituellement tirés à travers la maison toute la journée, mais il avait dû les avoir laissé ouverts la veille lorsqu'il avait tout nettoyé — il avait lavé la place de fond en comble afin que ce soit impeccable lorsqu'on le retrouverait.

Il tirait les rideaux lorsqu'il remarqua Mme Tirella — Mme T. — qui poussait son chariot d'acier rempli de journaux sur la rue. Elle avait soixante-douze ans, mais insistait pour qu'on l'appelle « le garçon des journaux ». Elle marchait avec la démarche facile et la vitesse téméraire d'une adolescente. Ses longs cheveux gris étaient toujours attachés sous une ancienne casquette de baseball des Dodgers de Brooklyn.

Mme T. faisait partie de la poignée de petits escrocs criminels de troisième ordre avec lesquels Jack s'était lié d'amitié dans son voisinage de Brooklyn, connu sous le nom de Park Slope. Il savait que Mme T. ne dépensait pas plus que la valeur d'un dollar en pièces de vingt-cinq cents dans les boîtes de journaux chaque matin, mais elle réussissait toujours à remplir jusqu'au bord son chariot de nouveaux journaux. Jack ne s'en souciait pas, et il demeurait aveugle à ses petits larcins lorsqu'il faisait sa ronde dans Park Slope parce qu'il savait que Mme T. avait traversé des moments difficiles. Elle s'était retrouvée veuve juste quelques semaines après son arrivée au pays, alors que son mari avait joué de malchance sur le chemin de retour à la maison en marchant, après son quart de travail au cimetière comme veilleur de nuit au Brooklyn Navy Yard. Il avait survécu assez longtemps pour raconter l'histoire.

Un jour de Noël, Jack et Susan avaient invité Mme T. pour leur souper à la dinde. Mme T. apportait toujours son propre vin maison parce que Jack ne gardait aucun pinard chez lui. Après qu'elle eut pris quelques verres de trop, Mme T. leur parla des contacts de son mari avec Dieu.

D'après son histoire, Vito Tirella habitait juste à deux pâtés de maisons de son appartement de la 7e Avenue lorsqu'un DC-8 avait explosé dans une immense boule de feu, tellement près de lui que ses sourcils furent roussis et que le bout de plastique de ses lacets fondit.

« Il est arrivé à la porte et m'a dit qu'il avait vu les âmes de personnes décédées quitter leur corps et s'envoler vers le ciel », avait confié Mme T. à Jack et Susan dans un murmure entendu, faisant le signe de la croix de sa main droite et caressant le verre de vin de sa gauche.

« C'est pourquoi Dieu me l'a enlevé. Vito avait vu trop de choses. Après qu'il m'ait eu raconté l'histoire… il m'a embrassée, il a embrassé les bébés, et puis — Santa Maria — il est tombé mort sur le plancher, à mes pieds. Mais Capitano Jack, je le jure… Vito, il vient me voir chaque jour pour me donner la force de continuer. »

Jack n'avait fait que hocher la tête lorsque Mme T. lui avait raconté sa longue tirade sur son mari décédé, et il lui avait retiré son verre de vin. Il n'avait jamais été un partisan de l'au-delà. Pour lui, une fois que vous étiez mort, vous étiez mort — point, fin de l'histoire. Mais l'accident d'avion dans Park Slope, bien, ce n'était pas simplement un fait, c'était l'un de ses souvenirs d'enfance les plus vivaces.

L'avion à réaction s'était écrasé le 16 décembre 1960 — deux jours après son septième anniversaire — à peine à quelques pâtés de maisons de l'endroit où il habitait. C'était un vendredi matin, et il avait feint d'être malade pour pouvoir demeurer à la maison et ne pas aller à l'école, et surveiller sa mère qui était « tombée dans les escaliers » et s'était considérablement blessée la nuit précédente après une vive discussion avec son père ivre.

Il était étendu dans son lit, observant de grosses gouttes de pluie glacée frapper contre sa fenêtre comme des formes indistinctes pâteuses lorsque l'avion vrombit dans le ciel et disparut dans une boule de feu. Il se rendit à sa cachette sur le toit et regarda les pompiers transporter hors du site des douzaines de sacs contenant des corps — mais il ne se rappela pas avoir vu aucun esprit voler autour… du moins, il ne cru pas en avoir vu. Il y eut un moment où…

Non…, pensa-t-il, *c'était simplement l'imagination débordante d'un enfant.*

La seule personne qu'il avait vu rendre l'âme cette journée-là, c'était sa mère — elle était tombée dans les escaliers une fois de trop. Jacques supposa que l'écrasement de l'avion lui avait fait prendre conscience à quel point la vie était fragile et qu'elle n'allait pas gaspiller la sienne à être brutalisée par un mari alcoolique.

Il l'avait observée du toit alors qu'elle marchait à travers le voisinage en feu une valise à la main. Cela s'était cependant passé il y a longtemps, et Jack n'aimait pas y penser.

Lorsqu'elle prenait du vin, Mme T. avait tendance à raconter quelques interminables histoires, mais c'était une bonne femme qui avait élevé seule deux garçons. Et lorsque Susan sortait magasiner ou allait rendre visite à sa mère au centre d'hébergement, elle demandait toujours à la vieille femme de surveiller leur fils, Liam.

Jack observa Mme T. qui faisait une vente à deux ou trois jeunes yuppies sur la rue longeant la terrasse de Mimo, l'authentique bistro napolitain. Il se souvenait de l'époque où Mimo s'appelait Mo's Deli, d'après le nom de son propriétaire, Mohammed Shahmah. Mohammed avait découvert que de changer son nom pour un plus branché constituait un moyen parfaitement légal de vendre à 3,50 $ une valeur de cinq sous de café et quelques gouttes de lait chauffé à la vapeur.

C'était jadis un voisinage familial coquet et très abordable, pensa Jack, regardant les yuppies dont l'espèce — sauf quelques exceptions — avait entièrement pris le contrôle de Park Slope.

« *Buon giorno*, Capitano Jack… vous aimeriez que je vous apporte un journal gratuit ? » Mme T. avait aperçu Jack qui se tenait à la fenêtre du deuxième étage et commença à agiter vers lui le journal *The Trumpet*, l'un des célèbres quotidiens populaires de pacotille de New York.

Jack lui répondit silencieusement d'un geste de la tête. Il ne lui avait pas parlé, pas plus qu'à quiconque dans le voisinage depuis des années — il n'allait pas commencer à divertir des visiteurs maintenant, surtout pas aujourd'hui.

« Vous n'avez pas pris de journal depuis qu'ils ont mis votre portrait sur la première page quand Mme Susan a été… »

Mme Tirella coupa sa phrase si abruptement que Jack entendit claquer ses dentiers depuis la rue.

« Je suis si désolée, Capitano… j'ai une grande gueule. Je parle trop. S'il vous plaît, je suis si désolée », continua à s'excuser Mme Tirella, mais Jack avait tiré les rideaux.

Il marcha en boitant de la chambre d'invités au long couloir, où les quelques souvenirs qu'il s'était permis de garder étaient soigneusement disposés sur le mur en une simple rangée de photographies encadrées.

Il appelait cela la « galerie de famille ». Quinze photographies en tout, une pour chaque année de son mariage. Il n'y avait pas une seule photographie de son enfance : aucune photographie de ses parents, de ses vacances d'été ou de ses grands-parents souriants. Pour lui, sa vie avait commencé au moment où il avait rencontré son épouse.

« Nous n'étions pas ce que vous auriez appelé une famille "kid kodak" », avait répondu Jack aux questions de Susan au sujet de la rareté de ses souvenirs. « Tu as entendu parler d'une brute ivrogne ? Mon paternel était une brute sobre et un bâtard meurtrier après quelques verres. Il a battu ma mère jusqu'à ce qu'elle parte, puis il m'a battu jusqu'à ce que je sois capable de le battre à mon tour. Et c'est tout ce que j'ai à dire à propos de ma famille. »

Ce qui étonnait Jack, c'était que, malgré son mépris pour son père, il avait fini par lui ressembler. Il était devenu un flic et un ivrogne amer et cruel — jusqu'à ce qu'il rencontre Susan et abandonne le pinard pour toujours.

Jack poursuivit sa marche dans le couloir comme chaque matin, faisant une pause devant chaque photographie jusqu'à ce que la douleur croissante dans ses jambes l'oblige à avancer.

Il décrocha la première photographie et la tint dans ses mains. La photographie le représentait avec Susan, blottis l'un contre l'autre devant les chutes Niagara durant leur lune de miel. Ils portaient des imperméables et affichaient un sourire genre nous-venons-tout-juste-de-gagner-la-loterie. Jack tenait le poignet gauche de Susan vers la caméra, et Susan forçait son rôle, montrant son annulaire dans un geste dramatique théâtral, comme si le diamant pesait un demi-kilo. Mais Jack était tellement fauché lorsqu'il avait acheté la bague qu'il avait dû se servir d'une loupe pour voir ce qu'il obtenait pour une semaine de salaire. Ce n'était qu'un minuscule fragment de diamant, mais sur la photographie, l'arc-en-ciel dessiné par la chute se reflétait sur la pierre qui brillait comme une étoile. Plus tard, il tenta d'acheter un plus gros diamant, mais Susan n'en voulait pas. C'était sa manière.

« Pourquoi retoucher la perfection ? », disait-elle.

Jack n'avait jamais pu comprendre ce qu'elle avait trouvé en lui. À leur première rencontre, Jack était étendu face contre terre, ivre et inconscient sur la rue, à l'extérieur d'un bar peu recommandable de Flatbush Avenue. Susan eut pitié de lui et le traîna pratiquement dans son appartement, où elle le laissa dormir sur son sofa. Le matin suivant, elle déposa lourdement une grosse tasse de café devant lui et lui dit qu'il ne devrait pas se traiter si durement, car « demain sera un meilleur jour ».

C'était la première chose qu'elle lui avait dite, et elle la lui avait répétée chaque fois que des problèmes d'argent ou de travail le déprimaient. Elle avait dû le lui répéter un million de fois, et il ne s'en était jamais lassé. *Demain sera un meilleur jour.*

Ils se marièrent douze mois plus tard au premier anniversaire de la sobriété de Jack.

Jack remit la photographie de la lune de miel à sa place et continua son chemin dans le couloir.

La photographie suivante était une photo de Susan, sa robe de mariage remontée jusqu'à ses genoux et sa chevelure rebelle noire permanentée dépassant de son casque de moto décoré d'un drapeau américain. Elle avait enfourché la Harley de Jack quelques minutes après qu'ils eurent échangé leurs vœux à l'hôtel de ville. Susan aurait voulu un mariage religieux, mais Jack avait refusé. Il ne croyait pas en Dieu et disait que si le ciel et l'enfer existaient, on pouvait les trouver dans la ville de New York, juste en bas de 14th Street.

La photographie suivante les représentait tous les deux, riant, tenant des seaux au-dessus de leurs têtes pour capter la pluie qui ruisselait du plafond du chalet de Catskill Mountain qu'ils louaient chaque été.

Puis, il y avait la photographie de Susan dans un lit d'hôpital, berçant Liam âgé de deux heures — le visage rose du garçon ridé comme celui d'un vieil homme, et Susan souriant jusqu'aux oreilles malgré un travail de dix-huit heures.

À côté, il y avait la photographie polaroïd de Liam à l'âge de neuf ans — sa tignasse de cheveux auburn explosant dans toutes les directions, vêtu du pyjama de flanelle décoré de cow-boys et d'indiens qu'il aimait tant. Il posait devant l'arbre de Noël qu'ils avaient coupé eux-mêmes au Connecticut, exhibant fièrement son nouveau camion de pompier avec l'« authentique » cloche de cuivre métallique et une échelle extensible.

Jack se souvenait que Liam l'avait supplié pendant au moins un an pour avoir ce camion. Depuis qu'il avait appris à parler, le garçon avait voulu devenir pompier. La dernière photographie sur le mur était celle de Liam dans son nouvel uniforme juste après son entraînement avec le Service d'incendie de New York.

Jack regardait les photographies, mais ne ressentait rien.

Pendant les premières années après la mort de Susan, il avait laissé les images le ramener à travers le temps — au-delà de la douleur vers un endroit où il pouvait brièvement revivre ces moments heureux. Mais il arrêta de le faire après le départ de Liam.

Maintenant, il examinait les images comme des photographies de scène de crime, se concentrant sur les détails : les boucles d'oreilles de Susan, les pansements adhésifs de Liam — cherchant à découvrir quelque chose qui aurait pu fournir un indice caché lui expliquant l'échec de sa vie.

Au bout du couloir, Jack releva le couvercle du bureau à cylindre de son père et saisit un *tabloïd* jaunissant vieux de dix ans avec un titre flamboyant qui hurlait du passé : L'UN DE NOS MEILLEURS FLICS BLESSÉ PAR BALLE ; SA FEMME VIOLÉE ET ASSASSINÉE.

Treize mots. Une simple phrase qui, comme son mariage, s'était terminée par un meurtre. Sous le titre, deux photographies divisaient la une en deux. À gauche, la photo de remise des diplômes du service de police de New York ; à droite, Susan, mais vous ne l'auriez pas su. Elle n'était qu'un autre cadavre anonyme dans une rue de New York — un cercle rouge trempant le drap blanc qui recouvrait son corps.

Jack n'eut pas à lire l'histoire ; il pouvait la réciter aussi facilement qu'il pouvait débiter à toute allure les droits de Miranda :

> *L'épouse d'un capitaine de police de New York a été violée et assassinée à Central Park la nuit dernière, alors que son mari depuis 15 ans, le capitaine Jack Morgan, était étendu baignant dans son sang et impuissant sur le sol à seulement un mètre d'elle.*
>
> *Le porte-parole de la police, David Kelly, a déclaré que les Morgan célébraient leur quinzième anniversaire de mariage en*

faisant un tour de voiture à travers le parc lorsqu'ils ont rencontré quatre jeunes qui attaquaient une femme jogger.

D'après la police et les témoins, le capitaine Morgan a sauté du carrosse et s'est porté à la défense du jogger. L'un des jeunes a sorti un revolver et a tiré le flic héroïque à trois reprises : à la jambe, à la hanche et au dos, manquant de peu la colonne vertébrale.

Les hommes, décrits comme étant de race blanche, fin de l'adolescence ou début de la vingtaine, ont ensuite sorti Mme Morgan du carrosse et l'ont assaillie sexuellement avant de la tirer en plein cœur. Les suspects ont été vus pour la dernière fois en train de s'enfuir à travers le parc vers Strawberry Fields.

« Ce que ces punks ont fait est terrible — ils étaient si heureux dans le carrosse, se tenant la main et s'embrassant comme un couple de jeunes », a dit le conducteur du cabriolet, Nicholas Copland.

« J'ai couru après la jogger pour voir si elle allait bien, et quand je suis revenu sur les lieux il y avait du sang partout et la dame était morte. »

Le capitaine Morgan est maintenu à l'hôpital Roosevelt dans un état critique. Les attaquants sont encore au large, mais la police dit qu'elle possède le nom d'au moins un des suspects.

Jack traça les contours de l'image du corps de Susan avec son doigt. Il ne pouvait se souvenir de quoi que ce soit de cette nuit-là. Il avait dû la rassembler morceau par morceau à partir de ce qu'on lui avait raconté ou de ce qu'il avait lu.

AU DÉBUT, LES JOURNAUX traitèrent Jack en héros ; la cité entière semblait sensible à la douleur de sa perte. Mais la sympathie ne dura pas. Les journaux se retournèrent contre lui avant qu'il ne reçoive son congé de l'hôpital. La chose est arrivée lorsqu'un prêtre se pointa à son chevet quatre semaines après l'attaque, l'assurant que Susan était « au ciel avec Dieu ». Même s'il était sous traction, Jack faillit presque tuer l'homme, fracturant le crâne du prêtre et lui brisant la mâchoire à deux endroits.

Le jour suivant, les titres se lisaient : CRAZY JACK S'ATTAQUE À UN PRÊTRE. L'article expliquait que Jack était fou de douleur lorsqu'il avait attaqué le prêtre, mais le nom de Crazy Jack demeura. Cela n'avait pas aidé qu'une infirmière non identifiée avait été citée, disant que Jack avait craché sur le prêtre et l'avait battu en se servant d'un bassin hygiénique.

Puis il y eut le procès dix-huit mois plus tard. Les garçons qui avaient tué Susan avaient été capturés et accusés de meurtre au second degré, mais Jack refusa de se rendre à la cour, même pour l'énoncé de la sentence. Lorsqu'un reporter se montra à sa maison pour découvrir pourquoi, Jack dit : « Parce qu'ils ne sont pas coupables ; ils ne l'ont pas tuée. »

C'était la dernière fois que Jack avait jamais parlé à quiconque du meurtre de Susan, et la dernière fois qu'il faisait les manchettes d'un *tabloïd*.

CRAZY JACK DÉCLARE QUE LES POLICIERS SE SONT TROMPÉS ; LES ASSASSINS DE SON ÉPOUSE SONT INNOCENTS !

Jack s'en moquait. Pour lui, l'histoire était vraie. Il était celui qui avait emmené Susan dans le parc ce soir-là et avait mis sa vie en danger en jouant au héros. Peu importe le nombre de crapules emprisonnées — dans son esprit, l'assassin de son épouse était encore libre. Jack Morgan avait assassiné Susan ; il n'y avait aucun doute à ce sujet.

Mais ce n'était l'affaire de personne d'autre. Il raccrocha la ligne lorsque des parents inquiets appelèrent et ferma la porte aux voisins qui voulaient le consoler. Jack ne voulait même pas parler du meurtre avec Liam, qui, devenu adulte, arrêtait à la maison chaque weekend pour s'enquérir de son père. Ils parlaient de sport et de la carrière de Liam, mais jamais du meurtre. Puis, un week-end, les visites cessèrent. Jack ne revit jamais son fils.

À cause de ses blessures, Jack fut déclaré inapte pour le travail actif, mais sa retraite était encore très lointaine. Il offrit de donner son temps pour travailler sur de vieux dossiers d'homicide à partir de la maison. Le chef de police était bien trop heureux de rendre service et de soustraire Jack de l'œil du public.

Son salon fut bientôt surchargé de piles de boîtes de carton remplies de dossiers portant sur des meurtres depuis longtemps oubliés. Jack communiqua d'abord ses rapports par téléphone, mais finalement il apprit à se servir d'un ordinateur. Une fois qu'il put communiquer avec Internet, il ne quitta jamais plus la maison.

Cette situation avait débuté il y a dix ans. Elle se terminerait à dix-sept heures aujourd'hui lorsqu'il serait officiellement retraité du Service de police de la ville de New York.

JACK JETA UN DERNIER REGARD au jeune visage qui le fixait sur la page de l'ancien journal, puis laissa tomber le *tabloïd* sur le sol. Sur le bureau devant lui, trois objets étaient soigneusement disposés : son revolver de service et deux médailles d'argent.

La première médaille était arrivée par courrier du Service d'incendie de New York à l'hiver de 2001. Il la glissa dans la poche avant de ses jeans sans la regarder.

L'autre médaille était plus lourde, une récompense commémorative du Service de police de New York pour les blessures subies le soir où Susan avait été tuée. Il regarda les mots latins gravés sur l'endroit : *Fidelis Ad Mortem*… « fidèle jusqu'à la mort », murmura-t-il. « Bien, je l'ai été. » Il déposa la médaille sur le bureau, prit son revolver de service et descendit avec précaution au premier étage.

Jack contourna habilement le cordon de caisses soigneusement empilées le long de son salon avant d'atteindre la cuisine et d'allumer la radio. Il déposa son revolver sur le dessus du comptoir en pensant au *mantra* de Susan : *Demain sera un meilleur jour.*

Bien, pour la première fois en dix ans, demain sera vraiment un meilleur jour, pensa Jack.

Il ouvrit la radio et commença à jouer avec le bouton de réglage. Au début, c'était simplement de la statique, puis il capta un signal clair.

« AhhhhEEEEeee AhhhhEEEEeeeee Ahhhhhhhh ! »

Que diable est-ce ?, se demanda Jack, baissant rapidement le volume. Il allait changer de station quand il entendit le nom de la prochaine invitée : le médium Katherine Haywood.

Il existait trois types de personnes que Jack ne pouvait supporter : les reporters, les prêtres et les médiums. Il se rappelait le nom particulier de ce médium mentionné dans plusieurs anciens dossiers sur lesquels il avait travaillé... Les dossiers disaient tous qu'elle avait effectivement aidé à trouver les corps des victimes, même si les meurtriers n'avaient pas été découverts. Dans tous les cas, les officiers impliqués avaient louangé Katherine Haywood comme une professionnelle et disaient qu'elle avait été extrêmement utile — autant durant l'enquête que pour aider les victimes des familles avec les suites post-traumatiques.

Jack n'en croyait rien. Il pensait qu'elle avait trompé tout le monde et qu'elle gagnait probablement bien sa vie avec la souffrance des autres. Pour ce qu'il en savait, elle pouvait avoir commis elle-même les crimes pour obtenir de la publicité.

Il haussa le volume de la radio, serrant les dents tout en écoutant.

« Il me dit que Camille est avec lui. Ils seront tous les deux à cet événement... je pense que c'est votre père qui parle. Est-ce que ça a du sens pour vous ? »

C'est obscène, fulmina Jack. *Écoutez cette arnaqueuse de chagrin, s'abreuvant à la douleur de cette femme.*

Il haussa encore le volume de la radio.

« …ma mère, Camille, a succombé à une crise cardiaque, il y a deux mois… et je me marie le mois prochain ! Merci, merci beaucoup, Katherine. »

Jack prit le téléphone, composa le 411 et obtint le numéro de WARP. Son cœur battait comme s'il était un agent de police débutant qui effectuait sa première arrestation lorsque la réceptionniste prit l'appel.

« Bonjour, WARP. Comment puis-je vous aider ? », demanda la femme.

« C'est à propos du soi-disant médium que vous avez en ondes. Je suis un policier, et je connais les personnes manquantes et les cas de meurtre sur lesquels elle a travaillé… »

« D'où appelez-vous, Monsieur ? »

« Quoi ? Quelle différence — de Brooklyn, mais… »

« S'il vous plaît, restez en ligne. »

« Restez en ligne ? Non. Je ne resterai pas en ligne. Je veux juste que vous sachiez que cette femme est un charlatan et une menteuse, et vos gens devraient avoir honte de la laisser… Allo ? Allo ? »

« … un homme de Brooklyn. Quel est votre nom, Monsieur, et comment Katherine peut-elle vous aider ? »

« M'aider ? Elle est absolument incapable de m'aider. J'ai simplement appelé pour dire que je crois qu'il est dégoûtant qu'elle prétende… »

« Maintenant, calmez-vous, Monsieur, pas besoin d'être grossier. Mme Haywood a une impeccable… »

Katherine interrompit : « Appelant, portez-vous un uniforme ? »

« Qu'est-ce que vous dites ? »

« Portez-vous un uniforme ? »

« Vous savez très bien que j'en porte un. J'ai dit à votre réceptionniste que j'étais... »

« Ils me montrent que vous portez un uniforme — ou que vous en portez un habituellement. J'ai quelqu'un qui a un message fort et clair de l'Au-delà pour vous. Je vois une voiture de pompiers et une médaille... un uniforme et un revolver. Est-ce que ça vous dit quelque chose ? »

« Écoutez, ma petite dame, qu'est-ce que vous êtes en train de faire ? Vous savez déjà que je travaille pour le... »

« Attendez... êtes-vous sur une remontée mécanique rouge ? Ou quelque chose comme... une caverne ? Je vois une caverne sombre... Je suis perplexe ici... est-ce que ces choses ont une signification pour vous ? »

« Je ne fais pas de ski, et la seule caverne que je connaisse, c'est celle dont vous avez dû sortir en rampant... J'ai appelé pour dire que de gagner sa vie avec les chagrins des autres est la chose la plus vile... »

« Je vois du feu tout autour de vous... il y a de la fumée, j'étouffe... »

« Vous devriez vous étouffer avec vos mots, ma petite dame ! Vous devriez avoir honte. Allez vous faire voir en même temps que le balai sur lequel vous volez ! »

Jack fit claquer le récepteur.

Bien sûr qu'elle a dit qu'elle voyait un uniforme. Je l'ai dit à la réceptionniste que j'étais un flic. Maudite charlatan ! Je ne peux croire que je l'ai laissée m'utiliser de cette manière.

Jack prit son revolver sur le comptoir et s'avança aussi rapidement qu'il le put vers le salon. Il ouvrit le six cylindres de son .38 et y laissa tomber la seule balle qu'il avait conservée depuis une décennie. Il avait planifié de partir à dix-sept heures pile — la fin de sa journée de travail et de sa carrière —, mais le médium l'avait tellement énervé qu'il ne pouvait attendre une seconde de plus pour en finir avec tout cela.

Il se rendit vers le large drap de plastique qu'il avait étendu sur le sol après avoir nettoyé la maison, et planta le canon du .38 contre la chair tendre entre son menton et sa pomme d'Adam. Fermant les yeux, il appuya son doigt sur la gâchette... puis il entendit la voix de Katherine qui hurlait et faisait écho de la cuisine.

« *Oh, mon Dieu... oh mon Dieu ! C'est une explosion... plein d'explosions... Mon Dieu, non... on dirait que c'est une autre attaque. Les explosions vont se produire ici, à New York. Oh mon Dieu, cela va arriver aujourd'hui !* »

Jack figea. En un instant, toutes les émotions qu'il avait réprimées pendant des années surgirent dans son corps.

« Maintenant, vous êtes allée trop loin, ma petite dame ! », cria-t-il en direction de la cuisine. « Vous vous nourrissez de toutes les peurs d'une ville entière ! »

Jack avança en trébuchant vers le placard du couloir, y retira sa veste de cuir et son casque. Il inséra son revolver dans son veston.

« Je vais inoculer la peur de Dieu à cette chienne frauduleuse ! », cria-t-il, sortant de sa maison avec un véritable but pour la première fois depuis des années.

CHAPITRE 4

« Nous avons un corps qui flotte sur l'East River... »

Les doigts de Zoé Crane se figèrent au beau milieu d'une frappe, le claquage staccato de plastique de son clavier devenant soudainement silencieux.

« M'avez-vous reçu, Central ? »

Zoé dressa l'oreille vers la salle de réception radio de la police de l'autre côté de la cloison de son bureau. Ses yeux se fixèrent sur le réveil de voyage près de son ordinateur, ses mains suspendues au-dessus du clavier. Elle se mordit la lèvre inférieure.

Elle devait livrer sa chronique *AstroChart* dans trois heures et elle n'était même pas encore rendue aux signes de terre. Le rédacteur en chef était à l'affût de n'importe quelle excuse pour la crucifier, et si elle remettait son texte en retard, cela équivaudrait à fournir les clous pour sa croix. Mais elle ne pouvait s'en empêcher. Elle était un reporter aux affaires policières jusqu'au bout des ongles, et une accro des nouvelles chaudes, une fanatique du bavardage sur les fréquences policières. Par ailleurs, un bon corps flottant était un coup médiatique garanti pour la une.

Sérieuse journaliste de métier, Zoé avait été cantonnée aux horoscopes et aux textes frivoles pour la section *Styles de vie* du journal. Elle ne croyait à aucune de ces absurdités du zodiaque et

laissait habituellement Carolyn, son assistante, une vraie passion-
née de l'astrologie, rédiger tous les horoscopes. Mais Carolyn
s'était rapportée malade aujourd'hui, laissant Zoé dans un véritable pétrin.

« Répétez, Unité portuaire numéro 2… Vous parliez d'un
"hors-bord" sur l'East River ? »

« Négatif, Central… un corps qui flotte… 1029 possible. Nous
sommes à quelques centaines de mètres de l'endroit, mais dans
nos binoculaires, cela semble être une femme, probablement
DOA*. Elle est coincée dans les rochers à la base de l'appui du
pont. »

« Le pont Queensboro — est-ce affirmatif, Unité 2 ? »

« Affirmatif, Central — le pont Queensboro Bridge, au niveau
du pilier du côté de Manhattan de l'île Roosevelt. »

« Okay. 10-4, Unité 2… un corps flottant sur l'East River sous
le pont Queensboro, du côté ouest de l'île Roosevelt. Allez vérifier
et faites-nous un rapport. »

« 10-4, Central… mais… euh… nous sommes postés ici
comme premier détachement de sécurité pour l'arrivée du maire
et du gouverneur… Unité 2, terminé. »

« Bien reçu, Unité 2… restez en ligne pour des instructions. »

*Sous le pont Queensboro ? C'est pratiquement juste sous notre
édifice… je gage que je peux le voir de la salle de réception radio*, songea
Zoé.

Ses doigts tombèrent sur les touches de son clavier, ses yeux
se concentrant sur la carte planétaire bon marché que Carolyn
avait collée sur le pourtour de son écran. Elle prit une profonde
inspiration, elle expira lentement et commença à taper.

*Sagittaire : Vous faites preuve d'une complaisance envers vous-
même depuis trop longtemps ! De ressasser vos problèmes tout en igno-
rant les besoins des autres vous a lessivé sur les plans spirituel et émotionnel. Nourrissez votre âme en faisant une bonne action ou un geste*

---

* NDT : Dead on arrival (mort à l'arrivée).

désintéressé pour quelqu'un d'autre — et faites-le rapidement ! Le travail aussi vous pèse lourd cette semaine — n'est-ce pas le temps de penser à un changement de carrière ?

Zoé cessa de taper et se mit à rire. *Je ne peux croire à quel point ces choses peuvent finalement se révéler exactes. Je suis une Sagittaire et cette prédiction est tout à fait juste. J'ai vraiment besoin d'un changement de carrière et il semble que je ne l'obtiendrai pas ici.*

Mais si elle voulait continuer à travailler pour le *New York Daily Trumpet,* elle devait se résigner à terminer son texte et signer ces frivolités, au moins jusqu'à ce qu'elle puisse mettre la main sur une autre *vraie* nouvelle. Et cela n'arriverait pas à moins que ne survienne l'une ou l'autre de ces éventualités : soit que le rédacteur en chef tombe raide mort d'une attaque cardiaque, soit qu'une histoire gagnante du prix Pulitzer atterrisse sur ses genoux.

Ce qui l'exaspérait le plus, c'était qu'elle ne croyait pas un seul mot du charabia psychique sur lequel elle devait écrire.

Zoé se leva et s'étira, sentant une crampe musculaire aux mollets à la suite de la séance de mise en forme que son entraîneur de boxe lui avait imposée ce matin. Elle aimait en fait la douleur ; cela voulait dire qu'elle devenait plus forte, et elle détestait l'idée d'être en position de faiblesse. De plus, la boxe lui permettait de garder son esprit aiguisé et elle en avait besoin, particulièrement cette semaine.

Elle vérifia son horaire de travail, grognant en voyant la lourde charge. Il y avait des horoscopes hebdomadaires dus pour midi, un article sur le Manhattan Ghost Finders' Club dû à dix-huit heures, et la participation à un atelier de lecture des lignes de la main pour qu'elle puisse écrire un article cinglant sur ces charlatans de médiums qui foisonnaient à Manhattan. Puis, il y avait tout ce courrier de ses « fans » auquel elle devait répondre.

Zoé ramassa la première lettre d'une large pile d'enveloppes sur son bureau et son estomac se noua légèrement. De toute évidence, la lettre avait été écrite par un enfant. Elle ne comportait pas d'adresse de retour, il y avait l'image d'un poney dessinée sur l'enveloppe au crayon et elle était couverte de petites étoiles autocollantes. Elle lut la lettre mal orthographiée :

Chère Zoé,

J'adore votre cronique sur l'oroscope et je la lit tous les jours. Je vie dans un centre d'accueil mintenan, mais je vivait sur une ferme et j'ai un poney comme celui-la. Si je déménage dans une autre ferme, j'auré un autre poney et je l'appelleré Lucky Stars, tout comme votre cronique.

Votre grande fan,
Cassandra

Zoé fixa la lettre pendant plusieurs minutes. « Cassandra » était le nom préféré de Zoé. Elle s'en servait même comme mot de passe pour se connecter à son ordinateur.

Si un jour j'ai une fille, si j'avais seulement été capable de... arrête ça ! Assez de sentiment — le passé est le passé, se rappela-t-elle, replaçant la lettre dans l'enveloppe et la jetant à la poubelle.

Un instant plus tard, elle la récupéra.

Bien, c'est tellement gentil, pensa-t-elle, et elle l'épingla sur son tableau d'affichage, près de la photographie de son chien, Rewrite, un petit colley écossais qu'elle avait depuis son déménagement à New York. Elle l'avait trouvé dans la rue près de l'université Columbia, frissonnant et à demi mort de faim.

« Tu es un animal errant comme moi », avait dit Zoé, lorsqu'elle le ramena à sa chambre. Rewrite était tout ce qu'elle avait réellement aimé depuis son départ du New Jersey. Mais il était devenu vieux et avait développé un cancer, et elle avait dû le faire euthanasier tout juste la semaine dernière.

Ne pense pas à ça… Au travail, qu'ai-je d'autre à faire ? Oh oui, je ne peux oublier cette ultime artiste qui raconte des conneries ? Elle se rappela que, dans cinq minutes, le célèbre médium Katherine Haywood passerait à la radio.

Mettre au jour la fraude du médium le plus notoire et le plus respecté du pays serait un billet aller vers du reportage sérieux.

Zoé avait déjà attrapé quelques médiums frauduleux la main dans le sac depuis qu'elle était captive de ce secteur, mais ils étaient du type de votre diseur de bonne aventure ou de ces 1-900-contactez-un-médium.

Peu importe à quel point elle avait étudié le style de Katherine Haywood à la radio, à la télévision ou dans des séminaires, Zoé n'avait jamais pu découvrir sa stratégie. Mais elle ne la croyait toujours pas — tant qu'elle ne verrait pas de preuves évidentes. Elle était convaincue que Katherine avait un système d'arnaque artistique et que, tôt ou tard, elle le découvrirait. Elle avait même fait de telles insinuations dans l'une de ses chroniques, mais n'avait toujours pas trouvé les faits incontestables pour la bannir du métier.

« Unité 2… vous êtes libres d'aller vérifier votre corps flottant. L'Unité 3 prend la relève comme détachement de sécurité…. »

« 10-4, Central. Procédons vers le pilier du pont. »

« Et Unité 2, n'emportez pas le corps sur l'île, transportez-le à Manhattan par bateau — nous ne voulons pas ruiner la cérémonie d'inauguration du maire au nouveau Centre BioWorld en traînant un cadavre devant les caméras de télévision. »

« Bien reçu. Nous le ferons, Central. Nous cacherons le macchabée de la vue du maire et des caméras. Unité 2, terminé. »

Zoé recula dans sa chaise, passé le bord de son bureau à cloisons, regardant fixement les deux journalistes du quart de nuit assignés à la salle de réception radio. Elle les nommait Sleepy et Dopey, parce que peu importe le volume du jacassage sur les fréquences policières, ils continuaient à faire leur somme. Aujourd'hui ne constituait pas une exception. Un cadavre dans la rivière, et ils dormaient dans leur chaise pivotante — deux vétérans au visage terreux qui rêvaient à leur retraite.

Un cadavre était un homicide ou un suicide — et ça pouvait même être une énorme histoire. Ça se passe juste sous leur fenêtre et ils ne sont même pas au courant de l'événement. Zoé prit un air renfrogné, attrapant son nouvel ordinateur de poche muni d'une lentille superzoom et pénétrant nonchalamment dans la salle de réception radio.

À travers la fenêtre, Zoé pouvait voir que le pont Queensboro était plus affairé qu'à l'accoutumée. Elle baissa les yeux sur l'East River et au loin vers l'île Roosevelt, où une foule se rassemblait pour l'ouverture du nouveau *Supercomputer Re-Creation Center* de Bioworld.

Zoé fit un zoom sur la foule. Il y avait pas mal de policiers, un gros paquet de ballons, ce qui ressemblait à un quatuor à cordes, et peut-être une douzaine ou plus de membres du conseil municipal qu'elle reconnut. Elle fit la mise au point sur le pilier de soutien du pont, qu'elle suivit en direction de l'eau.

« Bingo… en plein dans le mille ! », murmura-t-elle, ramenant le bateau du Service de police de New York dans le réticule de la lentille. Un officier lançait un crochet vers le rivage de l'île. Zoé pressa le bouton de l'obturateur et la caméra émit une série de faibles bips à mesure qu'elle suivait la corde vers le cadavre.

Ça semble bizarre, pensa-t-elle, prenant quelques autres prises avant que la radio de police ne reprenne vie.

« Central, ici Unité 2. »

Sleepy et Dopey s'agitèrent sur leur chaise alors que Zoé se glissait près d'eux pour revenir à son bureau.

« Allez-y, Unité 2. »

« Central, négatif pour le 1029. Le cadavre est une Mlle Bloomingdale. Elle est prise dans une vieille ligne de pêche ou quelque chose du genre. Ça nous prendra un moment pour la libérer du pilier du pont. »

« D'accord, bien reçu, Unité 2. Laissez-nous savoir quand vous aurez fini. Et les gars, soyez délicats avec elle. Central, terminé. »

Et voilà pour la une, conclut Zoé. Une « Mlle Bloomingdale » signifie un mannequin d'étalage d'un magasin à rayons.

Mais ç'aurait pu être Jimmy Hoffa qu'ils ont trouvé dans la rivière, et ces deux types auraient dormi tout le long ! Et ces losers *sont mes remplaçants ?*

Zoé avait parcouru beaucoup de chemin depuis Trenton, New Jersey. Jusqu'à il y a un an et demi, elle avait été la principale reporter aux affaires policières de New York et avait révélé plus d'histoires de crimes que toute autre journaliste dans la ville — probablement dans le pays entier. Et elle n'eut pas à s'encanailler dans les bars de flics ni à coucher avec les sergents de service pour y arriver. Elle ne tira jamais profit de son apparence pour avancer — elle avait laissé tout cela derrière elle au New Jersey.

Elle avait vu trop d'histoires de malheur à New York pour se plaindre d'être née blonde et superbe. Mais en vérité... sa belle apparence avait toujours constitué son plus grand handicap.

À partir de l'âge de quatre ans, la mère adoptive de Zoé — la « belle-mère malfaisante », comme Zoé l'appelait — l'avait obligée à participer à un concours de beauté après l'autre. Zoé ne voulait qu'aller à vélo et faire du sport comme les autres enfants, mais ce n'était pas son lot.

« Tu as une belle apparence, et c'est ce qui paie le loyer. Donc, cesse de te plaindre. Peut-être que tu rencontreras un bon garçon » était tout ce qu'elle avait à me dire.

Juste avant son seizième anniversaire, elle rencontra un bon gars, étudiant au collège local. Il lui proposa de l'épouser lorsqu'elle lui annonça qu'elle était enceinte, et ils projetèrent de se marier avant la naissance de l'enfant, mais la mère de Zoé mit un terme à toute l'affaire. Elle voulait que sa fille se rende jusqu'au concours Miss America.

« Et tu ne pourras y arriver avec un enfant », disait-elle.

Sa mère menaça d'accuser son petit ami de détournement de mineure s'il ne disparaissait pas. Puis, elle obligea Zoé à abandonner le bébé pour adoption. On ne permit pas à Zoé de voir le nouveau-né et elle ne sut même jamais si elle avait donné naissance à un garçon ou à une fille.

Zoé parla à peine à sa mère au cours des deux années qui suivirent.

Aussitôt qu'elle obtint son diplôme du collège, elle coupa ses longs cheveux blonds, prit l'argent qu'il lui restait de ses victoires à des concours, prit un autobus pour se rendre à New York et dit adieu pour toujours à Trenton et à sa mère.

Elle étudia le journalisme à l'université Columbia et se concentra ensuite uniquement sur sa carrière. Elle renonça pour toujours aux hommes, et la seule détente qu'elle s'accordait était une séance quotidienne de deux heures de boxe dans un gymnase local. Son coach de boxe, un vieil Irlandais maigre qui se surnommait lui-même Wildcat, avait été autrefois champion poids plume. Il était maintenant gardien de nuit à temps partiel à la morgue de la ville et permettait occasionnellement à Zoé de se glisser furtivement après les heures pour étudier des rapports d'expertise. Elle était déterminée à devenir le meilleur reporter aux affaires criminelles de la ville et elle imaginait qu'apprendre à quoi ressemblait le crime de près constituait l'un des meilleurs moyens pour arriver à ses fins.

Zoé décrocha son premier véritable emploi comme coursière au *New York Daily Trumpet*, le *tabloïd* le plus populaire de la ville de New York. Elle entretenait de plus grandes ambitions, mais c'était un bon endroit pour commencer. Quelques années plus tard, elle obtint sa grosse chance — couvrir une fusillade au volant d'une voiture à Spanish Harlem, qui avait laissé trois jeunes frères étendus morts à l'entrée de leur complexe d'habitation.

D'après la police, les jeunes avaient été pris au beau milieu d'un feu croisé entre narcotrafiquants rivaux — mauvais endroit, mauvais moment. Chaque organe d'information de la ville rivalisait pour obtenir une entrevue avec la famille, mais la police avait interdit l'accès à l'immeuble.

C'était le jour de congé de Zoé, mais elle se rendit tout de même dans le nord de la ville pour voir de quoi il en retournait. Elle se tenait à l'écart du groupe de reporters qui encerclaient l'appartement des victimes lorsqu'elle remarqua un livreur de pizza qui effectuait une livraison à un voisin.

« Cinquante piastres pour ta pizza et ton chapeau », dit-elle.

« Cette pizza a été commandée, ma petite dame, et le chapeau est la propriété de Tony's Pizzeria — pour usage exclusif de la compagnie », dit le livreur de pizza, passant rapidement à côté de Zoé.

« Disons cent dollars », cria Zoé dans son dos. Le livreur se retourna et dit : « Bien, quand vous parlez comme ça, tout ce que je peux dire est... vendu ! »

Quelques minutes plus tard, Zoé portait l'uniforme officiel de la compagnie de pizza, debout à côté du ruban jaune restreignant l'accès aux scènes de crime, faisant signe à l'agent de police.

« Pour la famille », dit-elle, élevant la boîte à pizza.

« Allez-y », dit l'agent de police, soulevant le ruban et la laissant passer. « Surveillez ces animaux des médias. Ils vous voleront la pizza de votre bouche et le chapeau de votre tête si vous leur en donnez la chance. »

« Vous ne me le faites pas dire », dit Zoé, et elle entra sans se presser dans le complexe d'habitation.

Lorsque les parents en deuil ouvrirent la porte — serrant leur seul enfant survivant en couches entre eux —, Zoé se servit de son espagnol de collège pour leur dire qu'elle travaillait pour *The Trumpet*.

« ¡Oh si ! La trompeta », dit la mère, se tournant vers Zoé pour quelque forme de justice.

Entre son anglais très limité et l'espagnol rouillé de Zoé, ils conclurent un marché où Zoé pouvait les aider à trouver les hommes qui avaient tué leurs fils si les parents coopéraient avec elle pour son article.

Zoé ramassa toutes les photographies existantes des garçons, s'assurant de n'en laisser aucune pour tout journal rival. Puis elle s'assit et écouta les parents lui raconter comment des policiers avaient accepté de l'argent pour laisser les gangs vendre des drogues à l'extérieur de leur immeuble.

C'était sa première grosse histoire. Le titre de la une au-dessus des photographies des garçons décédés annonçait : DES FLICS CORROMPUS ET LES ROIS DE LA DROGUE TUENT DES ENFANTS !

Environ une demi-douzaine de policiers furent arrêtés, de nombreux officiers supérieurs furent forcés de démissionner, et Zoé fut immédiatement promue au secteur des affaires policières au détriment de bon nombre de reporters chevronnés. En une année, le New York l'avait surnommée « la reine du crime » pour ses enquêtes acharnées portant autant sur les criminels que sur les policiers. À vingt-neuf ans, Zoé était à l'apogée de sa carrière... mais cette carrière connut une fin abrupte.

Après avoir obtenu un tuyau sur un sergent du service de police de New York en congé de maladie qui vendait de la drogue près d'une cour d'école du Bronx, Zoé fut convaincue qu'elle détenait une autre manchette sur des policiers touchant des pots-de-vin. Elle trouva la maison du sergent et le fila pendant des semaines jusqu'à ce qu'il se présente à proximité d'une cour d'école remplie d'enfants hurlants. Elle se trouvait à un demi-pâté de maisons avec sa caméra lorsque le sergent échangea des paquets avec un homme que Zoé identifia comme étant un trafiquant reconnu pour entretenir des liens avec la mafia. Elle prit une photographie de la transaction et put pratiquement goûter au prix Pulitzer.

Malheureusement, elle fut incapable d'obtenir tout commentaire du porte-parole du service de police.

Deux jours avant la publication de l'article, le chef de police l'appela à la maison à minuit et laissa un message sur son répondeur.

« Zoé, j'apprécierais si vous reteniez cette histoire jusqu'à la semaine prochaine », demanda le chef. « Nous menons notre propre enquête, et n'importe quel élément publié pourrait constituer un sacré désastre. Je vous expliquerai tout cela dans quelques mois. »

Ouais, d'accord... quelques mois pour couvrir un autre mauvais flic, pensa Zoé. *Cette histoire sortira demain.*

Et elle sortit le lendemain, en plein à la une. Zoé arriva tôt au travail, s'attendant presque à recevoir des appels du New York Times ou du Washington Post pour des offres d'emploi. Mais lorsque le téléphone sonna, ce fut son rédacteur en chef qui la convoquait dans son bureau de verre.

Son visage rondelet était rouge betterave, et elle sut qu'elle avait de sérieux problèmes. « On m'a dit que le chef de police vous a téléphoné la nuit dernière et vous a demandé de retenir l'histoire. Est-ce vrai ? »

« Hum… quelqu'un a téléphoné, mais mon répondeur ne fonctionne pas. Y a-t-il… un problème ? »

« Pas vraiment, sauf que votre soi-disant sale flic était un agent secret, enquêtant sur un réseau de drogue soupçonné d'acheminer de l'argent à des terroristes. Mais devinez quoi ? Grâce à vous, il n'est plus sur l'affaire parce que sa photographie est sur la une de mon sacré journal ! »

Il se tint là, luttant pour reprendre son souffle, s'épongeant le visage avec une serviette du Dunkin Donuts. « Je veux votre démission sur mon bureau dans une heure ! », cracha-t-il.

« Je ne partirai pas. Vous voulez me congédier, alors congédiez-moi. Mais vous avez approuvé l'article, et si je pars, je vous emmène », dit Zoé.

Le visage de l'homme tourna au gris. Zoé crut qu'il avait une attaque.

« D'accord, Mlle Crane, faites-le à votre manière. Ne partez pas. En fait, prenez le reste de la journée et profitez-en. Mais soyez ici demain matin tôt pour une réaffectation. Maintenant, disparaissez de ma vue. »

Le jour suivant, la réceptionniste guida Zoé vers son nouveau bureau à cloisons exigu près de la salle de réception radio de la police. Il y avait un guide pratique de poche sur son bureau intitulé *Astrologie pour les nuls*.

Le livre était signé par le rédacteur en chef : *Tous mes vœux à une « reporter vedette ». L'article est dû chaque vendredi — ne soyez pas en retard.*

Une coupure de presse de la section Styles de vie du jour était glissée à l'intérieur des pages du livre.

Aux fins de distraction seulement ! The Trumpet est heureux de présenter dans cette section une nouvelle chronique intitulée : « Lucky Stars ». Cette chronique vous informera des dernières nouvelles dans le monde du Nouvel Âge, en même temps qu'elle vous fournira votre horoscope quotidien et un article du reporter de « Lucky Stars », Zoé Crane.

« J'ai très hâte de commencer », a déclaré Zoé. « De-puis le début de ma carrière, je me suis préparée pour ce travail, et maintenant que je suis responsable du secteur du Nouvel Âge, je ne crois pas être jamais capable de partir. Je polis ma boule de cristal et je compte mes étoiles chanceuses*. »

Zoé s'affala sur son siège. Elle savait que, en restant à *The Trumpet*, ça pouvait signifier la fin de sa carrière comme journalis-te sérieuse. Mais partir constituerait un signe de faiblesse — et les autres journaux ne risquaient pas exactement de se bousculer pour l'embaucher après un important cafouillage sur la une.

Elle ouvrit « *Astrologie pour les nuls* » à la première page et commença à lire. Si ce n'avait été de son assistante, Carolyn, elle aurait été complètement perdue. Heureusement, la jeune femme était obsédée par tout ce qui concernait le Nouvel Âge et elle s'était lancée dans la recherche sur le sujet, donnant tout le temps à Zoé pour s'occuper d'histoires d'enquêtes, comme suivre la trace de médiums bidon.

« CENTRAL, ICI UNITÉ 2. Il y a des trucs bizarres sur le manne-quin... »

La radio bourdonna encore.

Zoé jeta un regard à la salle des flics et vit que Sleepy et Dopey s'étaient encore endormis.

« Ici Central, Unité 2, je n'ai pas reçu ça... répétez. »

---

*NDT : En anglais, « Lucky Stars » signifie littéralement « étoiles chanceuses ».

« Il y a une sorte de graffiti bizarre ou quelque chose de peint sur ce mannequin — ça ressemble à une tour qui explose ou quelque chose du genre. »

« Unité 2, ne perdez pas de temps sur cette affaire. Coupez les cordes, sortez-le de l'eau, et retournez à votre poste. Central, terminé. »

« Bien compris, Central… Unité 2, terminé. »

Journée affairée sur la rivière, pensa Zoé, retournant à sa chronique et commençant à taper :

Capricorne : Vous pouvez avoir oublié quelque chose…

Elle regarda l'horloge.

Oh non alors, parlant d'avoir oublié quelque chose — j'ai presque oublié le sujet de la chronique de la semaine prochaine.

Elle ouvrit la radio et la régla sur WARP. La statique était terrible, mais aussitôt que la réception se fut éclaircie, elle put entendre Katherine qui donnait de mauvaises nouvelles à ce qui semblait être un appelant très en colère.

« Je vois du feu autour de vous… il y a de la fumée, j'étouffe… »

« Vous devriez vous étouffer avec vos mots, ma petite dame ! Vous devriez avoir honte. Allez vous faire voir en même temps que le balai sur lequel vous volez ! »

Zoé rit. Mais quelques secondes plus tard, elle se rendit compte que ce qu'elle entendait n'était absolument pas drôle : « Oh, mon Dieu… oh mon Dieu ! C'est une explosion… plein d'explosions… Mon Dieu, non… on dirait que c'est une autre attaque. Les explosions vont se produire ici, à New York. Oh mon Dieu, cela va arriver aujourd'hui ! »

Zoé figea, et ses instincts de reporter passèrent en cinquième vitesse. *Sainte merde, ne vient-elle pas de prédire une autre attaque terroriste ? Et à la radio nationale ?*

Zoé prit sous son bureau son sac à dos qu'elle tenait prêt depuis le 11 septembre. Il était rempli de tout ce dont avait besoin un reporter sur le terrain pour faire face à toute situation dangereuse — des pansements adhésifs au fusil hypodermique.

Elle attrapa son ordinateur de poche et courut vers l'ascenseur. *Soit que Katherine est devenue folle, soit qu'elle possède une sorte d'information privilégiée sur une éventuelle attaque terroriste*, pensa-t-elle. *De toute manière, j'ai une histoire importante. Si je me dépêche, je peux être à la station de radio dans moins de cinq minutes.*

Elle était déjà dans la rue, à mi-chemin vers la tour BioWorld, lorsque la radio de police de son bureau s'anima de nouveau. Cette fois-ci, personne n'écoutait.

« Central, ici Unité 2. Les fils sur ce mannequin sont… oh non… il y a du feu dans le trou… notre réservoir d'essence vient juste… oh mon Dieu, il y a …. »

Il y eut une brusque rafale de bruits parasites, puis la radio se fit silencieuse.

CHAPITRE 5

FRANK DELL DONNA UN COUP DE PIED sur sa vieille camionnette Dodge et le hayon s'ouvrit dans un lourd bruit métallique. Se penchant vers l'avant, il laissa glisser de ses épaules deux sacs de quarante-cinq kilos d'engrais sur le plateau du camion, répandant dans l'air un nuage de poussière et faisant s'entrechoquer les outils d'aménagement paysager empilés à côté du passage de roue.

Il était encore tôt et il avait accompli très peu de travail pénible, mais la sueur ruisselait déjà dans ses yeux et sa chemise de travail était trempée. Il traversa la nouvelle pelouse vers la cabane à outils de la compagnie, évitant le soleil en marchant dans l'ombre projetée par le pont juste au-dessus de lui.

Mince alors, c'en est une chaude — comme dans le foutu désert. À midi, tout le monde dans la ville sera cuit... il doit s'agir de cet orage solaire dont tout le monde parle, pensa-t-il, claquant violemment la porte du hangar et la fermant au moyen d'un gros cadenas de titane.

Frank essuya la sueur de son front et baissa les yeux sur toute la longueur de l'île.

C'était un grand homme — dépassant largement un mètre quatre-vingts, mince et le teint bronzé, avec la musculature d'un individu qui avait passé sa vie à travailler à l'extérieur. Même s'il était au début de la quarantaine, il avait le corps musclé et se déplaçait avec l'énergie confiante d'un athlète du collège.

Frank se pencha et toucha l'extrémité des brins en forme de bateau des jeunes pâturins des prés qu'il avait étendus six semaines auparavant. L'île Roosevelt mesurait un peu plus de trois kilomètres de long et à peine trois cents mètres de largeur. Il avait complété presque la moitié de son aménagement paysager, et c'était de loin le travail le plus important auquel il ne s'était jamais attaqué par lui-même. Mais le travail était naturel pour lui. Ses ancêtres avaient accompli des miracles — ayant transformé des terres desséchées et arides de Sicile en de riches vignobles — à l'époque où leur famille était toujours connue sous le nom de Delvecchio.

Il aspira une gorgée d'air et savoura l'arôme terreux, éprouvant de la fierté pour ce qu'il avait accompli. La pelouse s'étirait au nord sur un peu plus d'un kilomètre et demi, depuis les ruines de l'ancien hôpital réservé aux cas de variole à l'extrémité sud de l'île, jusqu'en dessous du pont Queensboro où elle engouffrait le rutilant nouveau Supercomputer Re-Creation Center, dont l'inauguration était prévue ce matin.

L'aménagement paysager était simple et, pensa Frank, élégant : quelques jardins de pierres japonais disposés stratégiquement et brisant la monotonie de la mer de vert, un sentier de lilas descendant vers le centre et une centaine de cerisiers alignés sur la promenade d'asphalte ceinturant la moitié la moins élevée de l'île. Des acres de pelouse remplaçaient ce qui avait été un terrain bétonné à l'abandon, où gisaient des hôpitaux incendiés et des laboratoires en ruines, désertés et oubliés depuis des décennies. Au centre de la pelouse, se trouvait un rosier bleu géant que Conrad Dinnick avait personnellement exigé.

Comme l'arbre au milieu de l'Eden, approuva silencieusement Frank.

Il savait qu'il était chanceux — il ne faisait de l'aménagement paysager que depuis six ans et, vraiment, il n'aurait jamais dû décrocher un si gros contrat. Mais il avait reçu un appel d'un ancien général qui s'occupait maintenant de la sécurité du BioWorld, disant qu'il avait besoin d'un brave homme en qui il pouvait avoir confiance, et que le dossier de Frank dans l'Armée était « exemplaire ». La prochaine chose que sut Frank, c'est qu'il avait en poche un chèque de 30 000 dollars et la promesse de 200 000 dollars supplémentaires quand l'ensemble du travail serait terminé.

Lorsqu'il ne passait pas de temps avec sa fille Samantha, il travaillait des quarts de vingt heures pour bien exécuter le travail et le terminer à temps. Non seulement avait-il besoin de cet argent, mais il savait que tout le monde dans la ville pourrait voir son travail. L'île Roosevelt était située au beau milieu de l'East River, entre Manhattan et Queens, et des millions de gens la voyaient chaque jour.

Il prit une profonde respiration et sourit. *Je ne l'ai pas bâclé — c'est superbe, et c'est un panneau d'affichage organique gratuit qui annonce mon œuvre à la plus grosse ville américaine.*

Et Dieu sait que Frank avait besoin de ce contrat. Ses comptes de banque étaient presque à sec, sa marge de crédit était presque à zéro, l'hypothèque était plus que due et sa pension de l'Armée n'arrivait pas à couvrir les factures médicales de Samantha pour les traitements plus sophistiqués dont elle avait besoin.

Il s'assit sur le sol et retira d'un coup ses bottes de construction couvertes de boue et ses bas usés. Avant d'enfiler ses baskets, il enfonça ses pieds dans la pelouse grasse et humide, appréciant le contact d'une chose vivante contre sa peau après tant d'années passées dans des endroits de poussière et de mort.

Oh, Jésus, je suis en retard. Je dois aller chercher Sam, pensa Frank, vérifiant sa montre et levant les yeux vers le pont Queensboro, duquel d'incessants coups de klaxon retentissaient au-dessus de sa tête. On aurait dit une volée grouillante d'oies canadiennes psychotiques, ce qui signifiait que toute tentative de le traverser ce matin se transformerait en un cauchemar d'une journée entière.

Il lui fallait faire un détour s'il voulait arriver à la clinique à temps. Au lieu du Queensboro, il devrait se diriger vers le nord et se rendre à Manhattan par le pont Triboro, puis dans East Harlem, avant de rebrousser chemin sur quarante pâtés de maisons vers l'établissement de soins. *Ça peut prendre une foutue heure de plus,* se rendit-il compte, et il sauta dans le camion.

« Vous finissez tôt, Frank ? », demanda un gardien, lorsqu'il atteignit le poste de contrôle près du Supercomputer Re-Creation Center.

Le garde se pencha de sa guérite et examina attentivement l'arrière du camion pendant que Frank tendait son laissez-passer encodé de son ADN. L'île grouillait aujourd'hui de la force de sécurité pseudo-policière à chemise brune de Conrad Dinnick, et cette seule pensée donna à Frank la chair de poule.

Certainement, ça fait longtemps que j'ai porté un uniforme, mais au moins, j'ai gagné le droit d'en porter un. Mais ces punks ?, pensa amèrement Frank.

Il ne pouvait supporter la vue de ces agents de sécurité loués marchant en se saluant les uns les autres comme un groupe de néo-nazis. Et il semblait qu'ils se répandaient partout dans la ville, à mesure que BioWorld construisait de plus en plus d'immeubles à New York.

« J'ai dit, vous avez terminé plus tôt aujourd'hui, Frank ? », répéta le gardien.

« Euh ? Oh ouais, bien, j'ai vraiment terminé le travail principal hier. Je devais simplement m'assurer que tout était *cool* avant la cérémonie de ce matin. Je ne veux pas que les arroseurs démarrent accidentellement et pleuvent sur la parade du patron. »

« Je suis certain que M. Dinnick l'appréciera, Frank. De toute façon, la pelouse est très belle. Je ne peux croire que vous avez fait l'aménagement de la moitié de l'île à vous seul », dit le gardien, glissant la carte d'identification de Frank dans une petite boîte noire et la lui remettant par la fenêtre.

« Je suppose que je n'aime pas remettre des chèques de paie à quiconque sauf à moi-même. Puis-je partir ? »

« Juste une seconde… je n'ai pu m'empêcher de remarquer du fertilisant, quelques plaques de gazon, un râteau et quelques pelles à l'arrière de votre camion. Est-ce que vous avez l'intention de les sortir de l'île ? »

« C'est mon camion, et ce sont mes affaires. Peut-être n'avez-vous pas remarqué, mais je gère une compagnie d'aménagement paysager. Si vous voulez faire un inventaire de tout ce qu'il y a dans la cabane d'entreposage, allez-y. Mais je n'ai pas le temps de rester ici à attendre. Si quelque chose manque, appelez les flics et faites un rapport sur moi. D'accord, mon ami ? »

« Pas besoin d'être brusque, Frank. C'est mon travail de prendre note de ces trucs. »

« Vous avez un bon emploi ici. Maintenant, ouvrez la porte *s'il vous plaît* », dit Frank sans regarder l'homme.

« Certainement, Frank, et bonne journée. »

Frank mit les gaz, la Dodge laissant une longue trace noire de caoutchouc sur la route fraîchement pavée, et il cria : « Sieg heil* ! », alors qu'il s'éloignait à toute vitesse.

Les murs élégants d'acier inoxydable du Supercomputer Recreation Center se dressaient abruptement à sa droite, réfléchissant la lumière du matin, alors qu'elle gagnait la base du pont

---

* NDT : Il s'agit du cri scandé accompagnant le salut nazi (bras tendu, paume vers le bas).

Queensboro — chaque panneau mural était gravé d'une unique rose bleue.

Une caravane de traiteur était garée en face de l'édifice, la porte arrière grande ouverte exposant des piles de chaises pliantes et de boîtes de flûtes de champagne de cristal enveloppées dans du plastique. Un quatuor à cordes était en train de s'installer sur une petite scène, et au moins une douzaine d'agents de la sûreté de l'État et des services secrets marchaient en compagnie de chiens renifleurs de bombes autour du périmètre de l'édifice.

« Sacrés enfants de chienne de bons à rien de crétins ! », cria Frank. « Ces chiens bâtards à quatre pattes sont mieux de ne pas chier sur ma nouvelle pelouse. »

Une veine au-dessus de l'œil gauche de Frank se mit à battre, un signe certain de la brusque montée de sa tension artérielle. Le bref échange avec le gardien l'avait sérieusement exaspéré, et il savait que Samantha détecterait son stress instantanément — et que ce serait même pire pour elle que s'il était un peu en retard.

Se garant sur le côté de la route, Frank sortit du camion pendant une minute pour faire les exercices de détente que Samantha lui avait enseignés, ceux qu'elle avait appris pendant ses séances de contrôle de la douleur. Inspirant lentement par le nez, il laissa l'air emplir son ventre, puis il exhala lentement par la bouche, essayant tout ce temps de visualiser un « endroit heureux ». Mais l'air à proximité de l'eau puait le poisson mort et tout ce qu'il pouvait visualiser, c'était les gratte-ciel du centre-ville de Manhattan de l'autre côté de la rivière, vibrant dans le smog brumeux et la lumière crue jaunâtre d'un matin trop chaud de New York.

Un bateau de police avançait vers l'île depuis le milieu de la rivière. Un gros policier se tenait à la proue faisant tournoyer un grappin, comme un cowboy obèse essayant d'attraper une vache marine au lasso.

Frank leva les yeux vers le pont Queensboro vieux d'un siècle — cinquante mille tonnes de structures d'acier entrelacées de manière complexe, paraissant si majestueux que Simon et Garfunkel avaient écrit une chanson sur lui.

Je ne peux croire que la ville a finalement vendu ce superbe gros morceau de métal juste pour établir la balance de ses comptes, pensa-t-il, alors que le tramway de l'île Roosevelt glissait le long du tablier du pont, suspendu à soixante-quinze mètres au-dessus de la rivière par des câbles qui s'étiraient depuis l'île jusqu'en haut de la passerelle sur la 2e Avenue.

Si je n'avais pas le camion, j'aurais pu simplement sauter sur le tramway et être à Manhattan en huit minutes, pensa Frank, revenant vers la Dodge.

Il traversa l'île et se dirigea au nord sur Main Street vers le pont East Channel conduisant à Queens. Dans le rétroviseur, il remarqua une Lincoln Town Car qui le suivait de près. Un tel type de voiture signifiait habituellement qu'il s'agissait de détectives du Service de police de New York ; il se tassa donc par courtoisie pour les laisser passer.

En attendant qu'ils passent devant, Frank examina les ruines du célèbre asile d'aliénés du dix-neuvième siècle et se rappela le jour où il avait emmené Sarah dans l'île pour une chasse à l'appartement. Ils étaient mariés seulement depuis une année, et lui-même venait tout juste de terminer sa dernière incursion dans le Golfe. L'Armée l'avait prêté aux Nations Unies pendant deux ou trois ans, et il pensait que l'île serait un endroit convenable et peu onéreux pour vivre.

« Ce n'est pas exactement grouillant de boîtes de nuit branchées, mais les loyers sont la moitié moins chers que de l'autre côté de la rivière, et je peux me rendre aux Nations Unies en quinze minutes », avait-il dit à Sarah.

Selon son habitude, Sarah était arrivée préparée, avec un dossier rempli de prix de maisons et de l'histoire locale.

« Tu as trouvé un bon quartier, Franklin Madison Dell. Juste ici, c'était l'endroit où la ville se débarrassait de ses victimes de la variole. Là, se trouvait l'infâme asile de pauvres de la ville de New York, mais c'était avant qu'ils ne construisent le pénitencier pour les criminels vraiment fouteurs de merde. Voici ma citation favorite d'une revue de 1930 : "L'île Roosevelt est le misérable égout où l'on jetait le pitoyable rebut de New York." Oh ouais — on avait l'habitude de l'appeler *l'île de l'assistance sociale*, où ils rassemblaient tous les pauvres gens comme nous…. Et puis il y avait un asile d'aliénés avec une longue histoire d'abus et de torture et… »

« D'accord, ma chérie, j'ai compris. Nous achèterons la maison que tu aimes au New Jersey. »

« Merci, Frank », avait répondu Sarah, cherchant sa main et la mettant à plat sur son ventre. « À part ça, ce n'est vraiment pas le genre d'endroit où tu voudrais élever ton enfant, n'est-ce pas ? »

« Quoi ? Tu n'es pas… ? », avait demandé Frank avec étonnement.

« Non, Frank… *Je* ne suis pas. Mais *nous* sommes. »

La Town Car le dépassa et Frank la suivit à travers un second poste de contrôle, puis sur le pont et dans Queens.

Quarante-cinq minutes plus tard, il s'arrêta devant le centre anticancéreux. C'était la première fois qu'il n'avait pas tenu la main de Samantha durant un traitement de chimio, et cela l'ennuyait. Mais que pouvait-il faire ? Ce contrat signifiait de l'argent pour plus de chimiothérapie et de médicaments expérimentaux.

Il la trouva dans la salle d'attente avec une infirmière.

« Comment ça va, championne ? »

« Super bien », répondit Samantha.

Frank remercia l'infirmière et se pencha pour prendre Samantha dans ses bras.

« Je ne suis pas handicapée, Frank », dit-elle, repoussant mollement son bras. « Prends simplement mon sac à dégueuler, s'il te plaît. »

Lorsqu'ils atteignirent le camion, Frank ouvrit la porte et attendit pendant que Samantha s'installait péniblement sur le siège. Il était en train de refermer doucement la porte derrière elle lorsqu'il remarqua la Lincoln garée de l'autre côté de la rue. Il reconnut le drapeau américain déchiré claquant sur l'antenne pliée et il sut immédiatement qu'il s'agissait de la même voiture qu'il avait suivie en sortant de l'île.

C'est étrange, pensa-t-il en grimpant derrière le volant. « Donc, fillette, qu'est-ce que tu penserais si ça suffisait pour la journée et que nous rentrions à la maison ? Nous pouvons ramasser le *Roi lion* et inviter tes amis Ben et Jerry. »

Samantha demeura silencieuse.

« Je sais que j'ai promis, Sammy, mais il fait tellement chaud à l'extérieur et, honnêtement, chérie, tu as l'air… bien… juste un petit peu fatiguée. »

Toujours muette, Samantha attacha sa ceinture de sécurité.

« D'accord, Sam », dit Frank, faisant démarrer le camion. « St-Pat ou la mosquée ? »

« C'est vendredi. Emmène-moi à la mosquée. »

L'APPEL À LA PRIÈRE MUSULMANE RITUELLE gémit de la tour du minaret de la plus grosse mosquée de Manhattan, à l'angle de la 3e Avenue et de la 96e Rue. C'était le moment de la prière officielle et le cri plaintif et invitant faisait écho dans la rue.

« Ils m'appellent, Franklin. Je dois y aller. »

Frank regarda sa fille de onze ans qui tirait impatiemment sur le long levier argenté de la porte. Il savait qu'elle ne se servait de son prénom complet que lorsqu'elle était fâchée contre lui. Il imagina qu'elle était en rogne parce qu'il était arrivé tard pour la chercher à l'établissement de soins. Il ne la blâmait pas ; il était lui-même fâché contre lui.

Ils suivaient la même routine chaque mardi et chaque vendredi depuis des mois : un trajet de quarante-cinq minutes de leur maison sur l'autre rive de l'Hudson River vers Newark, puis d'une heure à quatre-vingt-dix minutes vers la clinique. Ensuite, à moins que Samantha ne soit vraiment malade, ils arrêtaient à la cathédrale St. Patrick pour qu'elle puisse dire une prière et allumer un cierge pour sa mère ; ou encore ils allaient faire une excursion de prière dans un temple, une synagogue ou une mosquée, avant de reprendre le tunnel sous la rivière et de se diriger vers la maison.

Frank avait depuis longtemps accepté l'étrange fascination de Samantha pour les religions du monde, même s'il n'avait pas mis le pied dans un lieu de culte depuis que Sarah avait été tuée. Mais sa fille insistait pour qu'il attende à l'extérieur où qu'elle soit et chaque fois que l'idée de prier lui prenait. Et dernièrement, cette idée lui prenait de plus en plus souvent.

Il n'était pas certain du moment où tout cela avait commencé, mais il supposait que cela devait avoir débuté l'avant-dernière veille de Noël où Sarah était vivante. Son épouse avait essayé d'expliquer le concept du père Noël à Samantha, mais, étant musulmane, elle avait beaucoup de difficulté avec l'histoire de Saint Nicolas.

« Il possède un élan magique qui le tire dans un gros wagon à travers le ciel autour de la planète entière, et ils arrêtent sur les toits, alors qu'il saute dans les cheminées et dépose des présents sous des plantes en pots pour toutes les filles et tous les garçons du monde », avait expliqué Sarah avec hésitation, cherchant le soutien de Frank, mais n'en obtenant aucun.

« Et le père Noël est censé faire ça en une seule nuit ? Je n'en crois rien ! », avait répondu Samantha, les faisant tous les deux éclater de rire. Même à cinq ans, elle était précoce, avec un sens de l'humour empreint d'une ironie satirique, une curiosité insatiable et une mémoire phénoménale. Elle n'oubliait jamais un seul détail de ce qu'elle entendait, même minime ou insignifiant. Elle rejeta d'emblée l'histoire du père Noël et pendant le reste de cette veille de Noël, tous trois demeurèrent assis à emballer des cadeaux, à boire du cacao et à discuter des nombreuses croyances religieuses des gens de différentes cultures.

Frank remarqua que, après cette nuit-là, Samantha n'en avait jamais assez de la religion. Il y eut des lectures obligatoires de la Bible au moment du coucher, tout comme des histoires de la Torah et du Coran. Plus tard, elle insista pour se faire raconter des contes de la mythologie grecque, et les batailles sanglantes menées par les dieux hindous la captivaient.

L'ensemble de maison de plage de Barbie de Samantha devint une scène surréaliste de la nativité, où bébé Jésus avait un grand frère nommé Bouddha, et où Ken et Barbie emmenaient tout le monde à la Mecque pour pique-niquer. Pendant les deux années suivantes, Samantha insista pour que sa mère l'accompagne à la mosquée chaque vendredi, et que Frank la conduise à la messe chaque dimanche. Elle s'arrangeait pour que ses deux parents l'attendent à l'extérieur du temple le samedi.

« C'est vraiment une enfant bizarre, Sarah. Peut-être devrions-nous l'emmener chez un psy. En connais-tu des enfants qui veulent aller à l'église une fois par semaine, encore moins deux ou trois fois ? », avait demandé Frank à Sarah pendant qu'ils attendaient la fin de la classe d'étude de la Bible de Samantha un dimanche après-midi, un mois avant le départ de Sarah.

« Voyons, Frank. Elle est simplement curieuse… et tellement intelligente que c'en est épeurant. Sais-tu qu'elle peut réciter les noms de tous les livres de la Bible, citer le Coran et débiter les noms et les pouvoirs spéciaux de tous les dieux du mont Olympe ? Elle est remarquable, pas bizarre, et elle s'amuse. Je crois que nous devons juste la laisser explorer. À part ça, pense à tout l'argent que tu épargnes en leçons de ballet. »

« C'est ce que je veux dire. Les petites filles veulent habituellement devenir ballerines, mais notre enfant veut devenir pape ou quelque chose comme ça. Je ne pense même pas qu'elle croie vraiment la moitié des trucs qu'elle lit. »

« Elle développe ses propres croyances et c'est vraiment spécial — particulièrement à cet âge. » Sarah s'était rapprochée de lui et avait appuyé sa tête contre son épaule.

« Tu sais ce qu'elle m'a dit lorsque je l'ai bordée hier soir ? », continua-t-elle. « Qu'elle croyait que les différentes religions n'étaient que des langues différentes que les gens parlaient au ciel, et qu'il lui fallait toutes les apprendre au cas où Dieu aurait besoin de lui parler un jour. Elle appelle ça "le langage de Dieu". Est-ce que ça ne te fend pas le cœur ? »

« Non, Sarah, ce qui me brise le cœur, c'est que tu retournes dans cet enfer. »

« S'il te plaît… ne commence pas. Ce n'est que pour deux semaines. Ce n'est pas comme s'il y avait trop de travailleurs humanitaires qui parlaient l'arabe. Tu sais combien il y a d'orphelins là-bas, maintenant ? »

« Nous avons notre propre fille dont il faut prendre soin, et nous avons tous les deux fait notre temps de service. N'avons-nous pas assez donné ? »

« S'il te plaît, Frank… »

« Sarah, j'ai un mauvais pressentiment à ce sujet. »

« Je promets que je ferai très, très attention. D'ailleurs, je serai avec les bons types, tu te rappelles ? »

« D'accord… d'accord. Reviens sans faute pour Pâques. Sam veut absolument que tu la voies à la reconstitution historique de Pâques. »

« Je le promets. Rien ne pourrait m'en empêcher. »

Rien, sauf un fantassin sanguinaire avec un M16, pensa Frank.

Aux funérailles de Sarah, Frank laissa tomber dans le cercueil le crucifix que sa mère lui avait donné.

« Papa, est-ce que ce n'était pas Mamie qui te l'avait offert ? Pourquoi le donnes-tu à Maman ? », lui avait demandé Samantha, alors qu'ils quittaient le cimetière.

« Je n'en ai plus besoin. Je ne le veux plus. Je ne crois plus à rien de tout cela. »

L'incessant appel à la prière le ramena dans le présent. Samantha était assise près de lui, se battant contre la poignée de porte.

Pendant ces quatre années depuis la mort de Sarah, Frank avait essayé de s'assurer que Samantha ne manque jamais ses séances de prière. Même la maladie n'avait pas refréné son enthousiasme, et il s'imaginait que sa passion constituait un bon remède, tant que cela ne la fatiguait pas trop. Jusqu'à présent, ce n'était pas le cas, mais la voir mener une bataille perdue contre la poignée de porte lui fit penser qu'il était temps pour elle de ralentir.

« Oh, cesse de paraître si inquiet, papa. Je finirai par l'ouvrir… tôt ou tard », dit Samantha, regardant son père et frappant le levier avec son poing fermé.

Frank examina son visage. La chimiothérapie avait terni le chaud teint olive dont elle avait hérité de sa mère, la faisant paraître crayeuse. Les cercles noirs autour de ses yeux et le foulard rouge qu'elle portait pour cacher ses boucles foncées disparues lui donnaient l'air d'un pirate qui avait le mal de mer. Mais toute malade qu'elle était, Frank savait qu'elle pouvait allumer un sourire de mille watts si elle était heureuse. Et il n'en fallait pas beaucoup pour lui faire plaisir : une chanson favorite à la radio, une belle histoire à propos de sa mère, un bol de crème glacée Chunky Monkey.

Mais elle ne souriait pas ce matin ; elle n'était pas du tout contente de Frank. Et il se rendit compte que cela n'avait rien à voir avec son retard.

« Laisse-moi t'aider », offrit-il, se penchant pour ouvrir la porte.

« Je n'ai pas besoin de ton aide. »

« Je veux juste… »

« Je sais ce que tu veux, papa, mais tu ne peux pas l'avoir. »

« Je ne sais pas de quoi tu parles, Sammy. »

« Oui, tu le sais, papa, »

« Non. »

« Tu mens. Tu m'as promis que tu ne me mentirais jamais et maintenant tu me mens tout le temps. Tu es un menteur, Franklin. »

« Je ne suis pas… Je… si c'est la chimio… tu sais que tu dois recevoir les traitements. »

« Pourquoi ? Ils me rendent juste plus malade. Ils me font vomir et ils me rendent chauve. »

« Je sais qu'ils le font, ma chérie, mais tu sais que tu en as besoin pour aller mieux. »

« Je ne suis pas stupide, Frank. *Je* sais que je n'irai pas mieux et *tu* sais que je n'irai pas mieux. Alors, cesse de me mentir et cesse de te mentir à toi-même. Je suis en train de mourir. »

« Ne dis jamais cela. »

« Mais c'est la vérité. »

« Ne dis pas ça. »

« C'est vrai. »

Frank arrêta de parler. Il fixait sa fille, qui regardait à travers la vitre dans la cour de la mosquée où une demi-douzaine de femmes et de filles, la tête et le visage couverts, étaient en train de prier en silence.

Frank et Samantha luttaient contre sa leucémie depuis deux ans. Elle avait eu des rémissions, mais la maladie revenait toujours. Il y a deux semaines, l'oncologue de Samantha avait dit à Frank qu'ils avaient fait tout leur possible pour elle, que même en continuant avec la chimio et les médicaments les plus nouveaux et les plus coûteux, tout ce qu'on pouvait espérer faire pour elle, c'était d'assurer son confort. Le médecin avait dit qu'elle avait peu de chances de survivre à cette année, et suggéra que la chose la plus humaine à faire dans son cas était de mettre fin à la chimio et de laisser Samantha profiter du temps qui lui restait.

« Très petite chance ne veut pas dire *pas* de chance », avait dit Frank au médecin, mû par l'impérieuse envie de lui briser le cou. Plus tard, il dit à Samantha que le cancer s'en allait, mais que les médecins avaient déclaré qu'il lui faudrait plus de temps que prévu. Ils devaient être courageux et continuer les traitements. Samantha lui avait jeté un regard interrogateur et lui avait dit : « D'accord, papa, si c'est ce que tu penses qui est le mieux. »

Mais aujourd'hui, Samantha paraissait plus épuisée que jamais, et il se demanda si c'était le mieux qu'il pouvait faire pour elle.

« Écoute, Sammy, je sais que je ne suis pas bon pour… je veux dire, ta mère… »

L'appel à la prière appelait encore une fois.

« Ça va, papa, ne t'en fais pas pour ça. Nous en parlerons plus tard, d'accord ? Mais je dois y aller. »

Samantha serra les dents et tira le levier de toutes ses forces. La porte s'ouvrit d'un coup sec. Frank se pencha, posant doucement sa main sur le bras de sa fille, avant qu'elle ne glisse hors de la cabine.

« Attends une seconde, Sammy. Allah est peut-être extraordinaire, mais il n'est pas si pressé qu'une petite fille ne puisse embrasser son père avant les prières. »

Il enlaça sa fille, et elle lui donna un baiser sur la joue avant se libérer de son étreinte et de retirer son petit tapis de prière du compartiment à gants.

« Honnêtement, papa, je ne vais nulle part. Je serai comme à trois mètres d'ici, et tu pourras me surveiller tout le temps à travers la barrière. Maintenant, je dois réellement partir. Et pour l'amour de Dieu, essaie de réparer la poignée de porte avant que je ne revienne. »

Frank rit. Il la surveilla dans le rétroviseur pendant qu'elle entrait par la porte principale de la mosquée, puis il la vit de nouveau : la Lincoln avec l'antenne pliée et le drapeau déchiré.

D'accord. Deux, c'est une coïncidence, trois fois, c'est certainement une filature, pensa Frank.

Il ouvrit la radio du camion pour les nouvelles sur la circulation afin de planifier le trajet de sa fuite. Mais ce qu'il entendit par le haut-parleur n'avait rien d'un rapport de circulation — de loin.

Oh, mon Dieu… oh mon Dieu ! C'est une explosion… plein d'explosions… Mon Dieu, non… on dirait que c'est une autre attaque. Les explosions vont se produire ici, à New York. Oh mon Dieu, cela va arriver aujourd'hui !

Frank regarda à travers la barrière et vit Samantha en train d'étendre son tapis de prière sur le sol. Il n'était pas exactement certain de ce qu'il venait d'entendre à la radio, mais cela avait l'air sérieux — et il ne prenait aucune chance quand sa fille était concernée. Il attrapa la poignée de porte.

Je dois la sortir d'ici.

CHAPITRE 6

CONRAD DINNICK ÉLOIGNA DE SA GORGE LA LAME TRANCHANTE du lourd rasoir droit, lançant un regard furieux vers l'hélicoptère qui faisait du surplace devant sa fenêtre. Il pouvait dire par la couleur et par les inscriptions sur le fuselage qu'il ne s'agissait pas de l'un de ses appareils.

J'ai construit une tour multimilliardaire et j'ai des voyeurs ? Pour l'amour de Dieu… et aujourd'hui entre tous les autres jours ! Il déposa le rasoir sur le lavabo et pressa l'un des nombreux boutons rouges de l'interphone dispersés dans la suite asymétrique de son *penthouse*, au sommet de la Tour BioWorld, à Manhattan.

« Que fait cet hélicoptère d'un organe de presse à l'extérieur de la fenêtre de ma chambre ? », demanda-t-il.

En quelques secondes, une voix provenant du poste de sécurité principal de l'immeuble diffusa dans tous les haut-parleurs dissimulés de la suite : « Ici le chef de la sécurité Wilson, Monsieur. Il semble y avoir quelques nouvelles de dernière heure dans le voisinage — un énorme bouchon de circulation sur le pont Queensboro et de l'activité policière sur la rivière juste devant l'île Roosevelt. »

« De l'activité policière en face de l'île ? Est-ce que ça causera un problème pour la cérémonie ? », demanda Conrad.

« Non. Aucun problème, Monsieur. Le secteur est sûr — c'est simplement un incident de bateau sans importance impliquant l'une des unités portuaires. On devrait dégager le tout rapidement, mais les hélicoptères d'organes de presse grouillent autour du site comme des mouches. J'ai téléphoné à l'unité aérienne du Service de police de New York et j'ai reçu l'assurance que l'espace aérien serait dégagé dans un instant », rapporta Wilson de façon efficace et directe.

Alors que le chef de la sécurité finissait de parler, un hélicoptère bleu et blanc de la police surgit dans le champ de vision de Conrad. Conrad ne pouvait rien entendre de l'autre côté de la fenêtre en UltraPlexi qu'il avait personnellement conçue pour le protéger du bruit indésirable et des balles inopinées. Peu importe le contenu des échanges silencieux entre les deux avions, ils portèrent fruits.

« Oubliez ça », dit Conrad, appuyant de nouveau sur le bouton de l'interphone. « Il est parti. Assignez un autre détachement de sécurité sur la rivière et dégagez mon pont. »

« Tout de suite, Monsieur… Wilson, terminé. »

Conrad revint au lavabo de sa table de toilette et continua à se raser en effectuant des mouvements savamment calculés. Il avait presque soixante ans, mais donnait l'impression d'être au crépuscule de la quarantaine. Un récent portrait publié dans le *New York Times* le décrivait comme « l'éternellement jeune fondateur de BioWorld Security — une machine de génétique valant un maigre et misérable billion de dollars. » L'article attribuait sa vitalité à son enfance passée à travailler sur une ferme de l'Iowa, à un régime alimentaire draconien, à une vie exempte de tabac, d'alcool et de drogues et à une aversion monacale pour les imbroglios émotionnels — sauf, notait le reporter, un divorce pénible et hautement publicisé.

Lorsque Conrad lut le portrait, il fut étonné de voir à quel point des journalistes soi-disant professionnels pouvaient être si ignorants sur des sujets qu'ils devaient traiter et pour lesquels ils étaient payés. Oui, son mariage s'était terminé par un divorce et avait fait les manchettes à cause de l'ampleur du règlement, mais il n'avait pas été pénible du tout. Il avait géré le divorce de la même manière que tout le reste : avec une efficacité clinique. Il avait simplement épousé la mauvaise femme — quelqu'un qui ne pouvait accepter que son travail passe avant n'importe quoi d'autre, et qui était submergée par les responsabilités de la maternité.

Elle était devenue un fardeau émotionnel, exigeant constamment qu'il lui consacre plus de temps et dérangeant ses recherches. Il lui avait donc offert une somme de dix millions de dollars en échange d'un divorce sans contestation, puis elle disparut de sa vie pour toujours.

L'anecdote du garçon de ferme tenait aussi de la fabulation. La seule tâche qu'on attendait de lui dans son enfance, c'était de terminer ses livres de bibliothèque avant la date d'échéance. En ce qui concerne son apparence, elle n'était pas le résultat d'une vie saine, mais plutôt de bons gènes. Ce fait avait constitué la vérité directrice de sa vie depuis que sa mère, à son huitième anniversaire, l'avait convoqué dans sa serre par un froid après-midi de février.

« Sais-tu, Connie, que même la simple épouse d'un fermier peut jouer le rôle de Dieu ? », lui avait demandé sa mère, penchée sur un arbuste plus grand que lui. « J'aimerais te présenter Mlle Rosa Blanda. Elle est assez jolie pour devenir la fleur officielle de l'État de l'Iowa. Mais comme beaucoup de jolies choses, elle est faible, Connie. » Elle prit dans ses mains une des délicates fleurs roses de la plante et inséra une paire de pinces fines dans son centre.

« Tout ce que j'ai à faire, c'est d'emprunter quelques cellules de la jolie Mlle Rosa et de les donner à une robuste mais moins superbe rose domestique — et j'ai créé une nouvelle fleur à la fois superbe et robuste. Mon propre acte de création cosmique, Connie », avait-elle expliqué, laissant tomber le pollen de la rose sauvage dans un petit contenant de verre et tendant les pinces à Conrad.

« Voici une tulipe bleue et une rose blanche », dit-elle. « C'est à ton tour d'essayer. Si la femme d'un fermier peut jouer le rôle de Dieu, je ne vois pas pourquoi le fils d'un fermier n'en serait pas capable, qu'en penses-tu ? »

Conrad fut ramené au présent par le bruit des portes coulissantes de l'ascenseur privé express de la suite, qui s'ouvrit dans un sifflement d'air pressurisé, rapidement suivi de pas lourds. Un homme dans la mi-trentaine qui ressemblait de manière frappante à Conrad pénétra dans la pièce en titubant, le visage rouge, à bout de souffle, et trébuchant sur ses mots.

« Hum, euh… seigneur. À la radio, à la radio, ouais », lâcha l'homme, fixant ses souliers et aspirant bruyamment l'air par la bouche.

Conrad le regarda, et, comme toujours, s'étonna de la différence de tempérament et de comportement entre ses deux fils, si l'on considérait qu'ils étaient nés jumeaux identiques, et qu'il avait été complètement impossible de les distinguer l'un de l'autre sur le plan physique.

À la naissance de Michael et de Daniel, ses collègues du temps avaient surnommé Conrad « le parrain », car des jumeaux monozygotes — identiques — sont souvent considérés comme des clones de Dieu puisqu'ils partagent un même code de l'ADN.

Quelles étaient les chances, plaisantaient-ils, *qu'un généticien spécialisé dans la duplication des gènes produise des jumeaux identiques ?* Bien, il connaissait les chances — elles étaient les mêmes que pour n'importe qui d'autre — une sur 285, on ne pouvait dire que c'était une cible si facile à atteindre, mais assez facile pour que la rumeur circule qu'il avait ramené son travail à la maison.

Statistiquement parlant, Conrad savait aussi que les garçons devraient partager des quotients intellectuels et des traits de personnalité similaires. Mais alors que les garçons se ressemblaient *physiquement*, ils devinrent aussi différents que la nuit et le jour.

Dès le moment où il fut capable de parler, Michael respira une assurance naturelle et une remarquable confiance en lui. À la fin du collège, il maîtrisait trois langues, et devint par la suite le plus jeune récipiendaire d'un programme de doctorat en génétique de Stanford. Il s'était joint à l'entreprise familiale, comme vice-président exécutif de BioWorld Security, avant ses vingt-six ans.

Michael avait hérité de la passion de Conrad pour la science, mais son ambition de toujours vouloir être le premier, combinée à une intelligence impitoyable, avait immensément inquiété son père.

Alors que Conrad était sans aucun doute le savant le plus audacieux de sa génération, il avait toujours été délibéré et prudent dans ses expériences. Mais l'approche de Michael faisait passer son père pour un timide écolier. Même si tout le monde reconnaissait son génie, Michael semblait engagé à dépasser les percées de Conrad et faisait souvent preuve d'une extrême témérité dans ses recherches, écartant autant la sécurité que les questions éthiques dans sa quête de résultats.

Cette témérité avait été l'objet d'un important désaccord entre le père et le fils après que Conrad eut découvert que le jeune homme s'injectait lui-même un grand nombre de cellules souches extraites de centaines d'embryons humains, ce qui était non seulement incroyablement dangereux, mais tout à fait illégal.

Ils se disputèrent amèrement — une discussion virulente qui se répercuta à travers tout le complexe. Conrad accusa Michael de compromettre ses contrats avec le gouvernement de même que les fonds qu'il recevait pour trouver des remèdes pour une douzaine de maladies, depuis la maladie d'Alzheimer à la sclérose en plaques.

Au début, Michael avait semblé blessé, criant après son père : « Tu n'as jamais harcelé Danny comme ça ! Tu l'as toujours laissé faire ce qu'il voulait, sans lui poser de questions. J'ai passé ma vie à essayer de te plaire, de te montrer à quel point je respectais ton travail, de faire avancer tes recherches… mais tu ne fais que me critiquer. Rien ne te satisfera jamais à moins que tu puisses le faire toi-même et récolter toute la gloire — n'est-ce pas, papa ? Alors, j'ai pris quelques embryons et je me suis servi de quelques cellules souches pour mes recherches. Et après ? Tu as accumulé une fortune à vendre des hormones de croissance humaines à des gens qui veulent se prémunir contre la vieillesse et la fatigue. Où est la différence ? »

Puis Michael rit au visage de Conrad. Il invectiva son père, l'accusant de gaspiller sa vie à essayer de « guérir » la maladie — et soutenant que le vrai défi était de battre la mort totalement… de stopper le processus de vieillissement en empêchant les cellules humaines de se détériorer.

« Je ne parle pas d'utiliser du Botox pour faire disparaître les rides sur le visage des dames d'âge mûr, ou de développer une nouvelle sorte de chimiothérapie pour injecter quelques années de vie de plus aux malades et aux mourants ! », hurla Michael. « Je parle de la *véritable* jeunesse éternelle — je parle de conquérir la mort. Tu as toujours joué à être Dieu, papa. Je *serai* Dieu ! »

À ce moment, Conrad s'était rendu compte que son fils — soit à cause des drogues expérimentales qu'il s'était injectées ou à cause de son ambition insensée et incontrôlée — était devenu instable, et un dangereux handicap pour BioWorld.

Il interdit pour toujours à Michael de remettre les pieds dans le laboratoire de recherches Hoboken. C'était la dernière fois qu'il avait parlé à son fils. Six mois plus tard, Michael vola le revolver d'un garde de sécurité de BioWorld et se suicida.

Conrad essaya de ne pas y penser, mais c'était presque impossible lorsque Daniel se tenait devant lui, la copie exacte de Michael, mais agissant comme s'il était issu d'un patrimoine génétique complètement différent.

Daniel suait abondamment, aussi pathologiquement mal à l'aise et nerveux que toujours : un bègue au visage rubicond qui, malgré des années d'études à la Harvard Divinity School, luttait pour faire une phrase complète. Il abandonna ses études avant d'obtenir son doctorat, semblant plus intéressé à faire du bénévolat comme missionnaire dans n'importe quel trou perdu d'un pays en voie de développement qu'à obtenir un véritable emploi. Cela avait toujours agacé Conrad que alors que Michael, malgré son côté névrotique, gagnait des millions de dollars chez BioWorld, Daniel se trouvait dans la brousse africaine distribuant la Bible aux plus démunis.

Même si enfants, ils avaient été inséparables, les deux frères étaient en froid depuis l'adolescence. Conrad se rappelait l'un de leurs virulents arguments lorsqu'ils étaient adolescents : Daniel argumentait de sa manière hésitante et bégayante qu'on n'avait pas à se servir pas d'un microscope pour trouver Dieu, qu'on pouvait Le trouver simplement en regardant à l'intérieur de sa propre âme. Michael démolit son argument avec mépris, affirmant qu'aussitôt que quelqu'un développerait une meilleure machine IRM, qu'on prouverait scientifiquement que l'âme n'était rien de plus qu'une collection de neurones hyperactifs rebondissant dans le cerveau. Michael railla Daniel en citant Francis Crick, le codécouvreur de la double hélice de l'ADN.

« Rappelle-toi ce qu'a dit Crick, Danny Boy : "Vos joies et vos peines, vos souvenirs et vos ambitions, votre sens de l'identité personnelle et du libre arbitre ne sont en fait que le comportement d'un vaste ensemble de cellules nerveuses et de leurs molécules associées." C'est, en un mot, la définition de l'âme humaine — l'É-vangile selon l'ADN. »

« L'Év-vangile selon l'ADN n'est pas la vérité selon l'É-vangile. Ce n'est pas la vérité de Dieu. Tout le monde a une… une âme, Mike… même toi… même papa », bégaya Daniel en réponse à son invective.

Après le suicide de Michael, Daniel sembla changer. Il demanda en suppliant un emploi en relations publiques au centre de recherches de BioWorld à Hoboken. Conrad le lui offrit avec joie, espérant que cela forcerait le garçon de vaincre sa timidité. Mais il insista aussi pour que Daniel gère sa dernière acquisition — la principale station de radio de New York — pour qu'il développe ses habiletés en affaires afin de le préparer à prendre la tête de BioWorld un jour. Mais jusqu'ici, il avait fait preuve de la plus totale inaptitude dans la gestion de la station.

Regardant son fils maintenant, Conrad se demanda désespérément : *Comment peut-il venir ici et me déranger alors que je me prépare pour l'une des plus grosses annonces que j'ai jamais faite ?* À voix haute, il demanda : « Pour l'amour de Dieu, Daniel, si tu as quelque chose à me dire, crache le morceau ! As-tu oublié l'événement important que nous vivons aujourd'hui ? »

« Non, Monsieur, je ne l'ai pas oublié, certainement, je s-sais ça, d'accord, mais, euh… il y a un pro-problème à l'émission du matin. »

« Quel genre de problème, Danny ? »

« Une invitée, un médium. Elle a dit des choses, des choses… elle fait p-peur aux gens. Nous avons reçu des plaintes… la police a téléphoné et… »

« La *police.* Oh mon Dieu, Danny, comment as-tu pu permettre que ça arrive ? Et tout d'abord, comment se fait-il qu'un médium passe à l'émission ? Tu sais ce que je pense de ces sortes de charlatans. Mais ce n'est pas important maintenant. Pour l'amour de Dieu, je t'ai nommé directeur de la station, n'est-ce pas ? Va la gérer. Commence à faire ton travail. Le gouverneur et le maire arriveront bientôt, alors s'il te plaît, pas de médium et pas de police, d'accord ? »

« Je crois que tu ferais mieux de descendre et... »

« Non, Danny. Je crois que tu ferais mieux de t'occuper toi-même de la situation. Maintenant, je dois me préparer pour la cérémonie, donc excuse-moi. »

« D'accord, Monsieur... Je... je... je... dirai à M. Wilson... qu... qu...que... », bégaya Danny pendant qu'il traversait la pièce vers le panneau de contrôle près de l'ascenseur et poussait un bouton bleu, « ... que je ... hum... que je descends. »

« Jésus, Danny, ce n'est pas l'interphone, c'est la maudite porte de sécurité dans le sous-sol — on n'est jamais censé l'ouvrir... cela brise l'étanchéité du sas d'air de tout l'immeuble et permet à tout le monde d'entrer dans la Tour. Écarte-toi de la console, et va régler l'affaire du médium, s'il te plaît ? »

Quoi encore ? se demanda Conrad. *D'abord, mes comptables me réveillent pour me dire que des centaines de millions, peut-être de milliards de dollars semblent s'être « volatilisés ». Puis Wilson m'informe qu'il y a des problèmes sur la rivière juste avant la cérémonie, et maintenant mon bouché de fils me dit que les policiers se plaignent d'un médium en ondes sur ma station de radio.*

Conrad entendit les portes de la suite se fermer comme Danny quittait les lieux, et il retourna au miroir. Alors qu'il tamponnait un peu plus de crème à barbe sur son visage, il ne pouvait s'empêcher de voir le visage de ses garçons dans son reflet.

Ses fils avaient été si près l'un de l'autre qu'ils se servaient de la *cryptophasie* — leur propre langage secret de jumeaux — pour communiquer entre eux jusqu'à ce qu'ils commencent l'école. Mais après le départ de leur mère et le décès de leur grand-mère qui avait aidé à les élever, les différences qui allaient nettement s'accentuer à l'adolescence avaient commencé à apparaître. Michael avait toujours réussi à l'école, récoltant des notes exceptionnelles depuis son tout premier test de mathématiques, pendant que Daniel se renfermait de plus en plus dans sa coquille, commençait à bégayer et lisait la Bible plus souvent que ses manuels scolaires.

Mais c'était l'une des nombreuses choses à propos de ses fils que Conrad n'avait pas sues à cette époque — lorsqu'ils étaient jeunes, il était déjà trop occupé à conduire ses recherches pour autrui pour s'inquiéter de l'éducation de ses enfants. Il laissa tout cela à sa mère et à une longue lignée de nounous. À l'adolescence des garçons, il était totalement absorbé à construire sa propre entreprise et les voyait rarement, sauf lors de vacances planifiées et des anniversaires occasionnels.

Conrad finit de se raser et nettoya son rasoir sur un essuie-main avant de l'examiner à la lumière du soleil filtrant à travers les fenêtres panoramiques qui s'élevaient du plancher au plafond. Les rayons du soleil fluaient le long de la poignée comme une bulle de liquide jaune. C'était du vingt-quatre carats, un or plus pur que ce que l'on pouvait trouver n'importe où sur la planète. Le président de la Bourse de New York le lui avait offert en cadeau le jour où BioWorld Security avait été cotée en Bourse. La lame était gravée des deux côtés. D'un côté, il était écrit : « Rappelez-vous la règle d'or du commerce. » Sur l'autre côté, on pouvait lire : Assassinez-les avant qu'ils ne vous assassinent.

« Si vous pensez que le commerce est une affaire assassine, trouvez un emploi de savant », avait dit Conrad en acceptant le cadeau. « Ils vous rongeront le cerveau, les poches et les os jusqu'à ce qu'il n'y ait plus rien à ronger… puis ils rongeront encore. »

Il y a des décennies, Conrad Dinnick avait tourné le dos à la recherche fondamentale, n'ayant pas l'intention de se servir de son intelligence pour enrichir les cadres des compagnies pharmaceutiques. Il investit un petit héritage pour implanter son premier laboratoire et devint un pionnier non conformiste dans le domaine de la recherche génétique.

Mais il n'avait pas choisi la génétique pour devenir riche — il l'avait fait pour sauver la vie de sa mère. Elle avait reçu le diagnostic d'une dégénérescence neuronale multiple juste après qu'il eut obtenu son diplôme de l'école de médecine. Il fut assommé par le diagnostic, sachant que la maladie détruirait lentement mais sûrement l'esprit vif de sa mère et transformerait son corps auparavant vigoureux en une ruine difforme et atrophiée. Les médecins croyaient que la maladie était causée par un virus modifié génétiquement et Conrad décida donc d'abandonner une carrière en médecine pour se consacrer à la découverte du gène viral qui attaquait le cerveau et le système nerveux de sa mère.

Il ne réussit jamais et considéra qu'il s'agissait de son plus grand échec — du moins jusqu'au suicide de Michael.

Alors que le gène qui avait causé la mort de sa mère lui avait échappé, ces circonstances le menèrent à s'engager profondément dans le champ de la recherche génétique et du décryptage des mystères de la double hélice de l'ADN.

Son travail de pionnier lui avait valu deux prix Nobel, avait capté l'attention du Pentagone et on lui avait demandé de conseiller le président pour défendre le pays contre une attaque bactériologique. Ses contacts avec le gouvernement apportèrent rapidement des contrats lucratifs à sa petite mais croissante entreprise.

Puis survint la première attaque contre le World Trade Center en 1993, et l'émergence de son gigantesque empire financier. Après l'attaque à la bombe, il consacra sa recherche biogénétique et informatique à la défense nationale, développant un dispositif de filtrage capable d'analyser en quelques secondes le profil génétique complet d'un individu et de transférer l'information dans une base de données centrale.

Lorsque le World Trade Center fut attaqué une seconde fois, Conrad vendit tranquillement plusieurs centaines d'Échantillonneurs d'ADN Dinnick au nouveau Département de la Sécurité intérieure— les premiers de ses douzaines de dispositifs biotechniques brevetés achetés par des gouvernements de plus en plus nerveux de par le monde.

Au quatrième anniversaire des attaques du 11 septembre, l'une des inventions de Conrad détecta une grande quantité d'anthrax sous forme d'aérosol dans un contenant d'expédition à Calais, France. Lorsque les médias rapportèrent que la découverte avait probablement sauvé des centaines de milliers de vies, le prix de l'action de BioWorld Security quadrupla en une nuit et continua à monter. Les profits étaient stupéfiants, permettant à Conrad de construire des douzaines de nouveaux établissements de recherche, d'investir des milliards dans un programme de médicaments antiviraux et de mettre au point de nouveaux systèmes informatiques pour l'identification des maladies génétiques. Et tout ce temps, les profits continuèrent à affluer.

Ce matin, il annoncerait le lancement du projet PAT, l'entreprise la mieux gardée de BioWorld, et de loin la plus révolutionnaire. PAT était une méthode de clonage génétique qui, à l'aide d'un immense superordinateur, lui permettrait bientôt de créer — et en réalité de faire croître — des organes humains en laboratoire. Cela signifiait que, en déboursant un certain montant, personne n'aurait plus jamais à attendre pour une transplantation.

Les retombées bouleverseraient le monde. L'espérance de vie dans l'hémisphère occidental pourrait augmenter de dix ans, peut-être même de vingt ou trente ans... et ce n'était que le début. Même lui ignorait où le mèneraient ses recherches une fois que le projet serait en marche — le potentiel pour mettre fin à une foule de maladies génétiques en quelques années était à portée.

Conrad regarda par la fenêtre est de la suite pendant qu'il enfilait la chemise qu'il avait fait confectionner spécialement pour ce jour. De la tour du cent vingtième étage, il avait une vue impayable de l'East River et de l'île Roosevelt, où le nouveau joyau de son empire grandissant, le Supercomputer Re-Creation Center de BioWorld ou, comme il le nommait simplement, le Re-Creation Center, allait ouvrir officiellement.

L'édifice en forme de cigare s'étirait sur plus de quatre-vingt-dix mètres le long de la partie centrale de l'étroite île. Le pont Queensboro planait bien haut au-dessus de l'île, la croisant de telle manière que le Centre — au moins de la perspective à vue d'oiseau de Conrad — avait l'apparence d'une croix géante.

Il sourit comme le soleil du matin scintillait sur les panneaux solaires du toit de l'immeuble — tel un phare pointant vers un nouvel avenir.

Juste comme ça devrait arriver, pensa Conrad, sachant qu'à l'intérieur du centre il y avait un système informatique révolutionnaire qui avait le potentiel de réécrire toutes les notions religieuses, philosophiques et scientifiques que l'humanité avait toujours chéri.

Il avait dépensé des centaines de milliards de dollars pour acheter à la fois l'île Roosevelt et le fameux pont afin qu'il puisse construire au cœur de New York... une démonstration de soutien pour une ville encore placée au sommet de la liste des frappes terroristes.

Mais après aujourd'hui, peut-être, simplement peut-être, le terrorisme ne constituerait plus une telle menace constante. Si le projet PAT fonctionnait d'après les prévisions, il y aurait tellement moins de souffrance dans le monde, tellement plus d'espoir, et tellement moins à combattre.

Il tirerait encore d'immenses profits de ce projet, mais ce serait aussi sa manière de rendre la pareille.

Dans peu de temps, Conrad se joindrait au maire et au gouverneur pour prendre le téléphérique jusqu'à l'île. Il lancerait officiellement le Re-Creation Center dans une cérémonie d'inauguration, puis révélerait au monde tout le potentiel du projet PAT.

Il mit son veston, retira une feuille de papier pliée calligraphiée de sa poche supérieure intérieure, et commença à lire :

« *Mesdames, Messieurs, distingués invités, savants, citoyens de New York, et gens du monde…* » Conrad replaça le papier dans sa poche — il n'en avait pas besoin. Il regarda dans le miroir et répéta son discours.

« *Il y a deux ans, j'ai perdu mon fils Michael, qui s'est enlevé la vie plutôt que de mourir d'une mort lente et douloureuse causée par une maladie incurable. Aujourd'hui, grâce en grande partie à sa recherche inlassable et audacieuse, j'ai l'honneur et le privilège d'annoncer que de nombreuses personnes qui souffrent de maladies soi-disant incurables n'ont plus à avoir peur de la mort. Aujourd'hui, je suis fier d'annoncer qu'on a porté un coup à la mort…* »

« Excusez-moi, Monsieur… »

« Qu'est-ce qu'il y a maintenant, Wilson ? », dit Conrad en se tournant vers ses haut-parleurs de plafond.

« Il y a une femme à la radio qui prétend que la ville sera attaquée par des terroristes. »

« Quoi ? J'ai dit à Daniel de s'occuper de cela. »

« Daniel s'est rendu au sous-sol pour vérifier la porte de sécurité qu'il dit avoir accidentellement ouverte à partir de votre suite. J'aurais pris moi-même le problème en charge, mais j'étais occupé à dépêcher du personnel de sécurité supplémentaire vers l'île selon vos instructions, Monsieur. »

« Rejouez l'émission de radio ici. »

« Tenez-vous prêt, Monsieur. »

À sa grande consternation, Conrad entendit la voix d'une femme dire : « *Oh, mon Dieu… oh mon Dieu ! C'est une explosion… plein d'explosions… Mon Dieu, non… on dirait que c'est une autre attaque…* »

Quelques secondes plus tard, Conrad trébuchait dans ses pantalons en essayant de les remonter alors qu'il pénétrait dans son ascenseur privé. Il était certain que la voix qu'il entendait était soit une actrice engagée par un concurrent pour compromettre son annonce d'aujourd'hui, soit une personne de mèche avec un groupe terroriste essayant de lui voler son travail.

Il écouta le reste de la diffusion à travers les haut-parleurs de l'ascenseur alors que s'amorçait la descente de cent vingt étages vers le lobby.

« *Les explosions vont se produire ici, à New York. Oh mon Dieu, cela va arriver aujourd'hui !* »

CHAPITRE 7

KATHERINE ÉTAIT SUSPENDUE DANS LES AIRS, étendue dans un hamac entre deux peupliers, près de la maison de bord de plage de sa chère amie Julia.

Elle pouvait entendre des bribes de la chanson de Sinatra favorite de Julia portées par la brise et elle commença à chanter en chœur pour elle-même.

The summer wind… came blowin' in… from across the sea…

La chanson s'arrêta abruptement comme une voix criait : « Kathy, rends-toi chez Frankie. »

Katherine se redressa sur le hamac, stupéfiée. Elle vit Julia qui marchait vers elle.

« Ce n'est pas le meilleur moment, ni le meilleur endroit pour une visite, Katherine », dit Julia, de sa voix douce et cultivée.

« Julia ! Qu'est-ce que je… qu'est-ce que *nous* faisons ici ? Suis-je… ? »

« Non, Kathy, tu ne fais que dormir… dormir quand tu devrais être debout et en mouvement. Souviens-toi quand je t'ai dit qu'une mission t'attendait ? Bien, c'est ici. Il est temps pour toi de commencer ton voyage. »

« De quoi parles-tu, Julia ? Pourquoi m'as-tu emmenée ici ? »

« Je ne t'ai pas emmenée ici. Tu es venue vers moi, et tu dois trouver les réponses. Va trouver Frankie. Conduis jusqu'à Sinatra. Je dois partir. »

« Attends. Tu me manques tellement », implora Katherine, levant le bras pour toucher la joue de Julia.

« Tu me manques aussi, Kathy. Mais tu as du travail à accomplir. Tu ne veux pas que les gens ressemblent à *ceci*, n'est-ce pas ? »

Katherine recula, horrifiée. Le superbe et délicat visage de Julia était couvert de plaies ouvertes, suintantes, et il semblait que la peau de son visage se liquéfiait sur ses os.

« Conduis vers Sinatra ou tous ressembleront à ceci », dit Julia. « Maintenant, réveille-toi… réveille-toi… réveille-toi… »

Katherine ouvrit les yeux et, pour une raison ou une autre, elle crut voir une image d'Abraham Lincoln au-dessus d'elle… puis le visage de Tarzan apparut, et il criait : « Réveillez-vous, réveillez-vous… réveillez-vous ! »

La douleur darda dans le crâne de Katherine en même temps que son mal de tête revenait à pleine force.

« Faites-vous une sorte d'effondrement mental ? », demanda Tarzan, secouant la tête. « Savez-vous dans quel guêpier nous sommes ? » Il sautillait dans la pièce comme si ses pieds étaient en feu.

« *Qu'est-ce qui est arrivé ? Qu'est-ce qui arrive ici ?* », demanda Katherine, se levant lentement du plancher et se redressant de toute sa hauteur. Elle baissa les yeux vers Tarzan, qui recula rapidement de quelques pas.

« C'est une question que beaucoup de gens, incluant la police et le FBI, vous poseront, Mme Haywood. »

Katherine se retourna pour se retrouver face à face avec un grand homme blond portant ce qui ressemblait à un uniforme SS.

Elle se frotta les yeux et retrouva ses sens. Elle se rendit compte que l'homme portait en fait un habit noir coûteux et bien taillé.

« D'accord, s'il vous plaît, donnez-moi juste une seconde », dit-elle, prenant une profonde respiration et parcourant des yeux le minuscule studio. Plusieurs personnes se trouvaient dans la petite pièce, toutes la fixaient comme si elle avait six têtes.

Bronwyn, l'assistante de production, arriva en courant dans la pièce et présenta un verre d'eau froide à Katherine.

« Allez-vous bien, Katherine ? Vous vous êtes évanouie. »

« Je… je crois que oui. Je ne me souviens vraiment de rien après le premier appelant. Peut-être suis-je encore sur le décalage horaire. Je me suis évanouie seulement une autre fois dans ma vie. »

« Bien, les lignes téléphoniques sont encombrées. Il y a beaucoup de gens paniqués qui se demandent ce qui arrive », dit Bronwyn.

« Oh mon Dieu ! Et vous ne vous rappelez pas ce qui est arrivé ? ! » Tarzan fit pression sur Katherine. « Bien, laissez-moi vous rafraîchir la mémoire. Vous avez en fait annoncé — *dans mon émission* — que la ville de New York serait attaquée aujourd'hui par des terroristes. Savez-vous ce que la Commission fédérale des communications pourrait me faire ? Je pourrais être banni des ondes ! »

« S'il vous plaît, baissez le ton », dit posément Katherine. « Ma tête me fait mal. Je suis certaine que tout cela me reviendra dans quelques minutes. Veuillez m'excuser si j'ai dérangé votre émission. »

« Dérangé ? ! Nous avons dû vous débrancher de l'antenne. Mon émission n'a été rien d'autre que du silence pendant trente secondes — *du silence* ! C'est le baiser de la mort à la radio. »

Katherine essaya de retrouver ses esprits et de se rappeler les dernières minutes. Une seconde plus tard, les images de sa dernière lecture lui revinrent tout d'un coup : le remonte-pente rouge, les carcasses de voitures, un pont qui brûlait, un tunnel effondré… un uniforme et un pistolet.

« Écoutez, je suis désolée de ce qui vient juste d'arriver ici », répéta-t-elle, regardant les visages inquiets autour d'elle. « Je suis aussi renversée que n'importe qui d'entre vous. La dernière chose que je veux faire, c'est d'effrayer quiconque durant une lecture. Ce que j'ai dit est simplement sorti et c'est… »

« Être désolée n'arrangera rien ici, ma petite dame ! » Tarzan haussa la voix.

« S'il vous plaît, Tarzan, j'essaie de vous dire que ce que j'ai vu était réel. Certainement que si vos producteurs m'ont invitée à votre émission, ils ne pensent pas que je feins ce qui arrive, d'accord ? Maintenant, je dois réfléchir à tout cela parce que quelqu'un a des problèmes. Quelque chose de mauvais va arriver et c'est lié à cet endroit… à l'homme au téléphone. Si vous pouviez simplement oublier l'émission pour une minute et… »

« Oublier l'émission ? C'est *mon* émission ! Je suis Tarzan… »

« Taisez-vous et assoyez-vous, Tarzan. Elle a raison — il n'est pas question de vous », interrompit soudain le grand homme blond.

« Non, il est question de moi. *The Jungle Hour* a une réputation… »

« Si vous ne vous assoyez pas, je vous y aiderez. Et faites-moi confiance, c'est quelque chose que vous ne voulez pas. Nous comprenons-nous l'un l'autre ? », demanda l'homme blond d'un air menaçant.

Tarzan s'assit derrière son microphone et l'homme se tourna vers Katherine.

« Maintenant, Mme Haywood, bavardons un peu, est-ce possible ? Mon nom est John Wilson. Je suis le chef de la sécurité pour tous les établissements de BioWorld, incluant la Tour BioWorld. Il y a eu de nombreux appels venant de nos forces de police d'État, locale et fédérale à cause de vos déclarations au sujet d'une attaque possible sur New York. À part le fait d'avoir semé la panique parmi des milliers de nos auditeurs, votre petit numéro a dérangé de nombreux officiels de haut rang, depuis le chef de la police locale jusqu'au Département de la Sécurité intérieure à Washington », dit Wilson.

« Numéro ? », demanda Katherine, hochant la tête. « Vous pensez que je jouais une sorte de comédie ? Je ne ferais jamais délibérément paniquer les gens. Je suis une professionnelle, et tout ce que j'ai dit peut très bien être un avertissement à... »

« Tout est bien beau », interrompit Wilson, « et je suis certain que vos qualifications sont impeccables. Malheureusement, nous nous préparons pour une cérémonie à haute sécurité plutôt délicate. Vous l'avez compromise et j'ai besoin de savoir pourquoi. Alors si vous vouliez vous joindre à moi et mes employeurs au bureau de la sécurité de l'autre côté du lobby principal... »

« Quoi ? Me mettez-vous en état d'arrestation ? »

« Non, même si je le peux. Pour le moment, je laisse cela à la police. Je veux simplement vous inviter à vous joindre à une discussion. »

Katherine se sentit extrêmement mal à l'aise avec cet homme, mais elle savait qu'une ligne avait été franchie et qu'elle devait tenter de redresser la situation.

« D'accord, comme vous me le demandez poliment, conduisez-moi à eux. Je serai heureuse de fournir une explication », dit Katherine, espérant qu'elle serait capable de tout clarifier.

Bronwyn passa brusquement la tête par la porte pour dire : « Nous revenons à l'antenne dans trente secondes. Vous devez évacuer le studio. Vous sentez-vous capable d'y aller, Tarzan ? »

« Je suis un professionnel — je me sens toujours capable d'y aller », écuma Tarzan, mettant ses écouteurs et jetant un regard furieux à Katherine, alors qu'elle se retournait pour partir.

Il se pencha en face de son microphone et réintégra son personnage.

« AhhhEEEeee AhhhEEEEeeee Ahhhhhhhh ! Allo, la gang, c'est Tarzan se balançant à nouveau vers vous dans la Jungle. Désolé de cette petite interruption. C'était simplement une mauvaise blague… rien pour s'en faire. L'orage solaire chamboule littéralement tous nos systèmes et notre médium invité a eu un coup de chaleur, mais je crois que tout est rentré dans l'ordre maintenant. Donc, que penseriez-vous si nous rafraîchissions ces éruptions solaires avec une version hip-hop d'un vioc mais chouette air — rendu célèbre par le type le plus branché à avoir jamais traversé le tunnel Lincoln, le fils favori d'Hoboken, *Ol' Blue Eyes** lui-même, mon homme… Frankie S. »

Katherine figea sur place. « Julia », murmura-t-elle, alors que Tarzan poussait le bouton Jouer, et les mots familiers remplirent la suite.

The summer wind… came blowin' in… from across the sea…

---

* NDT : Francis Albert « Frank» » Sinatra (12 décembre 1915 - 18 mai 1998), était également appelé *The Voice* ou *Ol' Blue Eyes*.

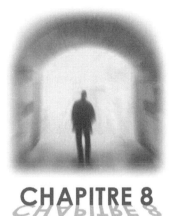

CHAPITRE 8

Zoé leva très haut les yeux. Habituellement, les édifices ne l'impressionnaient pas, mais, comme toujours, la tour BioWorld la fascinait au plus haut point.

Elle avait parcouru à toute vitesse la distance de deux pâtés de maisons entre son bureau et la tour, espérant attraper le médium avant les policiers ou d'autres reporters, mais elle ne pouvait résister à s'arrêter une seconde pour admirer l'imposante structure.

Tu parles d'un symbole phallique!, plaisanta Zoé pour elle-même, alors qu'elle arquait fortement le cou pour embrasser toute la vue.

Il s'agissait d'un gratte-ciel impressionnant, même par rapport aux standards de la Ville de New York. Le pilier cylindrique d'ébène dominait la ligne d'horizon de Manhattan de sa hauteur vertigineuse, recouvrant les immeubles environnants d'une ombre perpétuelle. On l'avait dévoilé avec grand éclat et, à l'époque, on le saluait comme le *Titanic* de l'architecture : énorme, inspirant et indestructible.

La structure révolutionnaire de la tour composée d'un mélange d'acier et de titane était tapissée de milliers de fenêtres noires incassables qui semblaient aspirer la lumière du soleil de tout le centre-ville.

Lors de l'inauguration, l'architecte japonais s'était vanté que la tour était à l'épreuve des terroristes : « Scellée hermétiquement, pourvue de sa propre alimentation en air pur et tellement solide qu'un 747 rebondirait sur elle comme une balle de tennis », même si un chroniqueur du *New York Times* avait écrit plus tard que l'allusion était de si mauvais goût que quelque chose devait avoir été perdu dans la traduction.

Les critiques avaient qualifié Conrad Dinnick de « prince des ténèbres » pour son étrange habileté à convertir la recherche sur le génotype humain en profits stupéfiants. Et ils baptisèrent son édifice « la forteresse obscure » — déclarant que son manque de charme n'était surpassé que par sa rayonnante austérité.

Ce monstre doit faire un kilomètre et demi de haut, observa Zoé, gravissant les marches de marbre noir qui menaient de York Avenue à l'entrée principale de la tour.

La porte tournante massive était flanquée de sculptures cristallines en forme de double hélice faites à la main — la structure de base de l'ADN et l'assise de la vaste fortune de Conrad Dinnick.

À l'intérieur, les nombreux bureaux gouvernementaux et les laboratoires scientifiques étaient construits le long du périmètre des murs circulaires. Chaque niveau était empilé sur le précédent comme un rouleau vertical de Life Savers.

Au centre de l'édifice, un vaste atrium débordait d'arbres exotiques, de plantes et de fleurs que Zoé ne connaissait pas, et était animé par le son de ruisseaux gazouillants et de chutes d'eau. Le soleil filtrait à travers l'ensemble de l'atrium à partir d'un lumidôme massif, 120 étages plus haut.

Qu'est-ce que c'est, la forêt tropicale amazonienne ? Zoé ne pouvait croire qu'elle avait travaillé sur la même rue que la tour pendant des années et qu'elle n'en avait jamais visité l'intérieur. D'un autre côté, étant donné sa réputation, le nom de la journaliste n'apparaissait pas sur les nombreuses listes d'invitations de la Ville.

Zoé s'approcha prudemment de l'entrée principale. Certains membres de l'imposant personnel de sécurité de Conrad Dinnick étaient d'anciens officiers du Service de police de la Ville de New York, et ses révélations sur les flics corrompus lui avaient laissé très peu d'admirateurs au sein de la force policière. En général, pas mal de gens considéraient les journalistes de *The Trumpet* comme des reporters de presse à scandale.

« Qu'est-ce qui vous emmène dans la tour Dinnick aujourd'hui, mademoiselle ? », demanda le gardien au poste de garde.

« Le Département de la santé publique de New York. Aujourd'hui, je dois faire des tests sur la qualité de l'air », dit Zoé, lui présentant une fausse pièce d'identité qu'elle avait pu récemment obtenir pour la somme de 1 000 dollars. Depuis l'augmentation des attaques à l'anthrax, des alertes au ricin et des menaces de bombes radiologiques, une carte d'identité du DSP lui permettait de passer à travers la plupart des postes de contrôle gouvernementaux et civils.

« Il n'y a rien dans l'ordinateur à propos d'une inspection du DSP aujourd'hui, mademoiselle... euh... mademoiselle... » L'officier regarda l'écran de son ordinateur en plissant les yeux, puis revint vers la fausse pièce d'identité de Zoé.

« Merryfield », dit Zoé. « Isobel Merryfield. Et si ça ne vous dérange pas, c'est *madame*. Vérifiez votre nouveau guide de réglementation du DSP, chapitre 7, sous-section 3. Vous découvrirez que les lois de l'État accordent aux inspecteurs du DSP un accès immédiat et illimité à tous les immeubles, structures et sous-structures dans la ville de New York et dans les *comtés* environnants. »

« Je connais la loi, madame Merryfield, mais je ne vois toujours pas votre nom dans l'ordinateur, Vous devrez poser votre doigt sur l'échantillonneur. »

« Poser mon *quoi, où* ? »

« Votre doigt sur l'échantillonneur, s'il vous plaît. Je dois vous coder. »

Zoé connaissait l'échantillonneur de Dinnick, mais on ne lui avait jamais demandé de s'y soumettre. Les machines ressemblaient à des aiguiseurs de crayon électriques et extrayaient sans douleur un échantillon microscopique de peau de l'index de l'utilisateur. L'ADN de l'échantillon était ensuite enregistré et téléchargé dans un réseau global qui l'analysait pour détecter des maladies infectieuses, des traces de drogue et de contact avec des produits chimiques ou pathogènes à accès restreint. Malgré les protestations des organismes de droits civils, il devenait de plus en plus fréquent de voir des échantillonneurs dans les aéroports, les bureaux gouvernementaux et les entreprises privées.

Bienvenue dans le Nouveau Monde, pensa avec regret Zoé. Elle pouvait voir l'enseigne néon rouge de la radio WARP qui vacillait à travers les feuilles, de l'autre côté de l'atrium.

« Allez, Mademoiselle. La machine ne vous mordra pas, et c'est une journée occupée. »

Zoé tendit son majeur. « Est-ce celui que vous voulez ? »

L'officier soupira. « Très original. Qu'est-ce que c'est ça, votre première journée de travail ? Insérez simplement votre doigt, s'il vous plaît. »

Zoé prit un air renfrogné, mais glissa son doigt dans l'ouverture et sentit une minuscule secousse, moins forte qu'un choc d'électricité statique. Cinq secondes plus tard, une lumière verte s'alluma, et une voix féminine électronique annonça : « Sujet : Inconnu. Statut : Propre. »

« Qu'est-ce que ça veut dire ? Il sait que j'ai pris une douche ce matin ? »

« Non, *madame* Merryfield », dit le garde en roulant ses yeux. « Propre veut dire que vous n'avez pas de maladie et que vous n'avez pas manipulé de trucs qui peuvent exploser, et maintenant votre code génétique se trouve dans la base de données. Déposez votre sac à dos sur la courroie à rayons X, et vous pourrez y aller. »

« Mon sac ? »

« Oui, votre sac. »

« Hum… il y a là de l'équipement sensible pour faire des tests. Je préférerais le porter moi-même. »

« Donnez-le-moi, s'il vous plaît. Je ferai une inspection physique pour m'assurer qu'il n'y a pas de… »

De l'autre côté de la cour intérieure, une voix en colère provenant du studio de radio s'éleva, faisant écho à travers l'atrium caverneux.

« Vous avez en fait annoncé — *dans mon émission* — que la ville de New York serait attaquée aujourd'hui par des terroristes. Savez-vous ce que la Commission fédérale des communications pourrait me faire ? Je pourrais être banni des ondes ! »

Le gardien pâlit et sortit brusquement un émetteur-récepteur portatif de sa ceinture en tournant le dos à Zoé : « Alerte générale : possible code rouge. Alerte générale… »

Il s'agissait des tirades de Tarzan, se rendit compte Zoé. *Et sans aucun doute, Katherine en était la destinataire. Je dois arriver à entrer.*

Elle ramassa son sac, le mit sur son épaule, puis se glissa dans l'enchevêtrement des feuilles.

CHAPITRE 9

CONRAD DINNICK TERMINA DE S'HABILLER DURANT LA DESCENTE DES 120 ÉTAGES depuis son appartement-terrasse. Il était en train d'ajuster sa cravate de soie italienne lorsqu'il sortit de l'ascenseur et vit son fils qui se tenait dans le hall.

« Danny ? Que diable fais-tu ici ? Tu étais censé t'occuper de… oublie ça, suis-moi simplement », lança-t-il d'un ton brusque, frôlant son fils en se dirigeant vers le poste de garde du côté ouest de la tour.

« Monsieur Dinnick, monsieur », dit le gardien, « le poste de garde principal rapporte des problèmes au studio de radio. Un possible code rouge… »

« Je sais », dit Conrad, introduisant son index dans un échantillonneur. La voix électronique de la machine déclara : « Sujet : Dinnick, Conrad. Statut : Propre. » Conrad traversa le poste de garde.

« Mais, monsieur… un possible code rouge. Devons-nous évacuer le… »

« Non ! Voulez-vous engendrer une panique ? Ne faites rien à moins de recevoir un ordre direct du chef Wilson ou de moi-même. Compris ? »

« Oui, monsieur. »

Conrad attendit que son fils soit numérisé par l'échantillonneur.

« Sujet : Dinnick, Daniel. Statut : Propre. Sujet : Dinnick, Michael, Statut : Propre. »

Lorsque l'ordinateur annonça le nom de Michael, l'estomac de Conrad se noua. Étant de vrais jumeaux, Daniel et Michael possédaient le même ADN, et l'échantillonneur ne pouvait les distinguer. Michael était décédé depuis près de deux ans, mais Conrad n'avait pas eu le cœur d'effacer toutes les traces de son fils, peu importe combien Michael avait été malavisé.

« Viens, Danny, allons au studio avant que quelqu'un appelle l'escouade antibombe. »

« Mais, M… monsieur, le temps. Je crois que tu devv… devrais… »

« Devrais *quoi*, Danny ? »

« Te rendre au trrr… tramway. »

« Bien sûr que c'est ce que je *devrais* faire. Danny. Le maire et le gouverneur attendent. Mais encore une fois, je dois nettoyer ton gâchis. Et cette fois-ci, c'est tout un gâchis, n'est-ce pas ? Le tram devra attendre. »

« Je suis désolé mmm…ais… »

« Mais quoi ? Jésus ! Pourquoi ne pourrais-tu pas ressembler plus à ton frère ? Chaque fois que je te donne une responsabilité, tu la fais toujours foirer. Au moins, quand Michael faisait foirer les choses, c'est qu'il essayait d'entrer dans l'histoire. Tu fais foirer les choses en invitant des invités dans une émission de radio, pour l'amour de Dieu. »

« Mm… mm… mais… je… je… »

« Assez ! Nous n'avons pas de temps à perdre. Tu as compromis le projet PAT et possiblement semé la panique à la grandeur de la ville. De toute manière, tu as permis à quelqu'un de saboter

BioWorld, et maintenant il me faut découvrir si c'était délibéré ou accidentel », déclara énergiquement Conrad, en marchant dans l'atrium et passant devant un rosier déployant l'énorme fleur bleue que lui et sa mère avaient créée pour eux-mêmes tant d'années auparavant.

Daniel emboîta le pas, essayant de suivre le rythme.

« Mais p-p-papa… Je croyais que je ne devais pas l'arr… arrêter parce que c'était peut-être une bl… blague comme dans *La Guerre des mondes*. »

« De quoi parles-tu, que diable ? Qu'est-ce que les guerres mondiales ont à faire avec ceci ? »

« Non, *La Guerre des mondes*, papa, monsieur… une émission de ra… radio sur les Mar… Martiens qui attaquaient la Terre. Ils n'ont pas dit que c'était une blague et des gens se sont sui… suicidés. Je pensais que le mé… médium, tu sais, dirait : "C'est jj…uste une blague." »

« *C'est juste une blague* ? C'est ton raisonnement, Danny ? Je savais que tu étais un décrocheur, mais es-tu complètement imbécile ? »

« Je suis désolé, monsieur… Laisse-moi rr-réparer tout ça… S'il te plaît, pp… pars pour la cérémonie. Le maire, le gouverneur, ils t'attendent au tramway pour que tu te rendes sur l'île. »

Conrad vérifia sa montre. Dans quelques minutes, il était prévu qu'il se rende sur l'île Roosevelt avec le maire et le gouverneur pour l'inauguration du Supercomputer Re-Creation Center. Après cela, il serait devant les caméras de télévision et il ferait ce qu'il savait être l'une des annonces les plus monumentales de l'histoire de la science.

« Tu as absolument raison, Danny, je devrais partir maintenant. Mais d'abord je dois évaluer l'ampleur des dommages. C'est toi qui prends le tramway et tu présentes mes excuses à… »

« Oh, non… non ! S'il te plaît, ne me fais pas faire ça ! Je suis trop ner… ner… nerveux… pour… »

« Pour l'amour de Dieu, tu dois te ressaisir. Aujourd'hui, le nom Dinnick sera une fois de plus écrit dans les livres d'histoire. Donc, reste derrière moi, ferme-la, et au moins *essaie* d'agir comme l'héritier d'un empire ! »

Conrad et Daniel arrivèrent au WARP alors que le chef de la sécurité Wilson émergeait avec une grande femme rousse portant une blouse de soie blanche et des pantalons noirs ajustés. Elle paraissait hébétée.

« M. Dinnick, monsieur, voici le médium, Katherine Haywood », dit Wilson.

« Allons directement au but, madame Haywood : pour qui travaillez-vous ? », demanda Conrad.

« Sinatra », dit Katherine d'un ton rêveur.

« Qu'est-ce que vous avez dit ? », demanda Conrad.

« Frank Sinatra », répéta-t-elle.

CHAPITRE 10

JACK MORGAN FIT CLAQUER LA HOUSSE EN LA RETIRANT DE SA MOTO tel un magicien de scène. Et elle était là, sa Harley-Davidson 1969, une réplique de celle que conduisait Peter Fonda dans le rôle de Capitaine America, dans le film *Easy Rider*.

Lorsque Jack était adolescent, la moto constituait l'ultime machine rebelle. Mais aujourd'hui, les fourches élargies, les guidons *ape hanger** et le réservoir à essence aux couleurs du drapeau américain paraissaient ridiculement démodés et idiots.

Mais qui se préoccupe de son apparence ? Embarque, trouve cette femme, et organise-toi pour qu'elle cesse de mentir une fois pour toutes.

Susan avait adoré la Harley, et même si Jack ne l'avait pas vendue, il ne l'avait pas conduite depuis sa mort. Il y a six ou sept ans, il avait dit à Mohammad de l'autre côté de la rue qu'il pouvait se servir de son garage pour de l'entreposage à la condition qu'il surveille la moto, et qu'il la garde propre et en état de fonctionner.

---

* NDT : Extrait du site < http ://herbooster.free.fr/lexique2.htm> : *Ape hanger* Mot anglais, *ape* «singe» et *hanger* «crochet, portemanteau». Grand guidon aux branches relevées à la verticale puis à l'horizontal dans un angle de 90°. [...] Les premiers «ape hanger» auraient été fabriqués à partir de pare-jambes d'Harley Davidson et donnent parfois l'allure d'un singe pendu à une branche.

Jack ouvrit la porte de garage, se glissa sur le siège, et d'un simple coup de pied, la Harley s'anima. Il fit frénétiquement monter le régime du moteur pendant une minute avant d'attacher son casque Capitaine America.

La dernière fois que Jack s'était rendu en ville, la tour BioWorld n'existait même pas, mais il n'eut aucun problème à la trouver. En quelques minutes, il filait sur le pont Brooklyn et pouvait apercevoir l'horrible colosse noir dominant la cité comme une pierre tombale. Il jeta automatiquement un coup d'œil vers la gauche, à l'endroit où se dressaient jadis les tours jumelles, et eut l'impression que quelqu'un avait percé un trou dans sa poitrine et lui avait arraché le cœur. Il pensa à Liam.

N'y pense pas. N'y pense juste pas. N'y pense même pas.

Jack quitta le pont et s'engagea sur la Roosevelt Highway, puis se retrouva immobilisé. Autant les voies en direction du nord que du sud étaient complètement bloquées. Il manœuvra sur l'é-troit accotement de la route menant vers le nord, le long de l'East River, et donna un coup de poignet sur l'accélérateur, filant sur l'autoroute. Il était presque dans l'ombre de la tour BioWorld quand il vit des flammes sur la rivière. Un bateau-citerne du service d'incendie arrosait à grands jets un petit yacht de croisiè-re bleu et blanc.

On dirait que c'est une unité portuaire du Service de police de New York, pensa Jack. *J'espère qu'aucun de nos gars n'a été blessé.*

Jack quitta l'autoroute pour tomber sur des barrières de poli-ciers bloquant l'accès à York Avenue. Il naviguait parmi une dou-zaine de manifestants protestant en face de la tour.

« Hé, Capitaine America, joli bolide. Mais la rue est fermée — n'avez-vous pas vu les barrières ? Ou peut-être croyez-vous que la loi ne s'applique pas aux Easy Riders. »

Jack regarda l'officier en uniforme qui marchait vers lui et sortit son insigne de sa poche arrière.

« Capitaine Jack Morgan, *homicides*. J'ai besoin de parler à quelqu'un à l'intérieur de la station de radio », dit Jack, regardant l'escalier de marbre de la tour et se demandant si son corps ravagé lui permettrait de grimper jusqu'en haut des marches.

« Jack Morgan ? Voyons donc ! Vous blaguez, n'est-ce pas ? Jésus-Christ, c'en est une bonne… Crazy Jack Morgan », dit l'officier, riant au visage de Jack jusqu'à ce qu'il baisse les yeux sur l'insigne. « Grand Dieu, je ne voulais pas vous manquer de respect, monsieur. Ce n'est absolument pas le cas. Je veux dire, vous êtes une légende à l'école de police. Meilleur taux de fermeture de dossiers d'homicides dans l'histoire du service jusqu'à ce que vous… hum… vous savez. Je pensais seulement que vous étiez en quelque sorte retraité en Floride ou quelque chose du genre. »

« On m'a confié une tâche spéciale, une sorte de poste discret. Écoutez, voulez-vous surveiller ma moto pendant quelques minutes ? Je dois aller voir ce suspect avant… »

« Vous cherchez le médium ? »

« Pourquoi me demandez-vous cela ? »

« Pourquoi pensez-vous que la rue est fermée ? Ils s'attendent à une petite protestation à cause de quelque chose qu'elle a dit et qui a fichu la trouille à certains citoyens. Personne ne nous dit rien, à nous les policiers sur la route. Tout ce que je sais, c'est qu'une bande d'autres agents étaient censés lui rendre visite pour lui parler, mais je suppose qu'ils ont été détournés quand cette unité portuaire a explosé. »

« Ouais, j'ai vu ça. Qu'est-ce qui est arrivé ? »

« Pas idée. J'ai entendu parler d'une conduite de gaz ou quelque chose comme ça. Ils cherchent encore deux de nos gars. »

« C'est mauvais. »

« Vous l'avez dit. Ouais, donc je suppose que quelques-uns des types sont immobilisés là-bas. En plus, cette circulation est complètement cinglée. Je n'ai jamais rien vu de pire — comme si tout le monde essayait de sortir de la ville avant midi ou quelque chose comme ça, hein ? »

« Ouais, ça va vraiment mal. Pouvez-vous surveiller la Harley, d'accord ? Si je ne suis pas de retour dans 20 minutes, la moto vous appartient », dit Jack.

« Ouais, elle est bonne celle-là, mais d'accord, je la surveillerai. Hé, Capitaine, je suis vraiment désolé de ce que j'ai lu à propos de votre fils. C'était un jour difficile pour tout le monde, hein ? »

« Ouais… un jour difficile », dit Jack en se tournant vers les escaliers.

« Quand même, qu'est-ce qu'a dit ce médium pour tant emmerder tout le monde ? Elle a prédit que les Mets battraient les Yankees ? »

« C'est exactement ce qu'elle a fait. »

« Bien, on devrait la tirer pour ça. Pas vrai, monsieur ? »

« Vous pouvez en être certain », dit Jack, glissant la main dans sa veste et empoignant son calibre 38.

Il commença à grimper les escaliers de marbre qui condui-saient à la tour.

CHAPITRE 11

Zoé se dirigeait avec précipitation vers l'enseigne de néon clignotante de WARP. Elle se fraya un chemin à travers l'étrange feuillage transgénique de l'atrium, espérant qu'en tenant son minuscule ordinateur de poche devant elle, elle aurait l'air d'une inspectrice en environnement affairée.

Même s'il était de petite taille, son ordinateur était un puissant outil d'investigation qui l'avait aidée à rassembler les éléments de beaucoup d'histoires exclusives. Son couvercle rabattable était doté d'une caméra vidéo numérique avec un microphone parabolique de haute puissance capable d'enregistrer des conversations à 30 mètres de distance — tout juste l'espace la séparant des trois hommes qui entouraient Katherine Haywood devant la porte d'entrée de WARP.

« Kaa-ther-innne… vous avez des explications à me donner », murmura Zoé, se mettant à l'abri derrière ce qui ressemblait à un palmier miniature. Elle fit un zoom sur le groupe, les cadrant sur le petit écran de son ordinateur, puis elle sortit un écouteur sans fil de sa poche. Elle mit l'écouteur en place, établit le signal audio et appuya sur *Enregistrer*.

« Frank Sinatra ? ! Vous pensez que c'est une sacrée blague ? Vous rendez-vous compte de ce que vous avez fait ? Le dommage ? La panique que vous avez créée ? Pour *qui* travaillez-vous ? Est-ce que Sinatra est une sorte de nom de code ? »

Zoé n'avait pas besoin de regarder l'écran pour identifier la voix en colère qui vibrait dans son oreille. Elle appartenait à Conrad Dinnick, génie archimilliardaire, deux fois récipiendaire du prix Nobel, conseiller du président et, en ce moment précis, propriétaire de station de radio hors de lui.

« Un nom de code ? À qui est-ce que je ressemble, James Bond ? Je vous ai tout dit ce que je savais ! S'il vous plaît, écoutez. C'est *tellement important*. Je crois que New York sera attaqué *aujourd'hui* ! Cessez de perdre du temps — nous devons parler aux policiers. »

« Ne vous inquiétez pas, ma petite dame, vous parlerez aux policiers. Mais pas avant que je n'apprenne pour qui vous tra-vaillez. Donc, c'est qui ? Une compagnie pharmaceutique ? Al Qaeda ? »

« *Al Qaeda* ? De quoi parlez-vous ? Je suis une citoyenne amé-ricaine — et une *démocrate*. Je ne suis pas une terroriste ! »

« Qui alors ? Les Syriens ? Le Hamas ? *Dites-le-moi* ! »

« Je suis médium, pour l'amour de Dieu. Les seules personnes à qui j'ai parlé sont mortes. Des énergies. Des *esprits*. »

« Donc, les esprits vous ont dit que New York serait at-taqué ? », dit Conrad d'un ton railleur.

« Oui, à leur manière, c'est exactement ce qu'ils ont dit. »

« Et qui est Frank Sinatra — le président du conseil des esprits ? »

« Non… il n'est pas lié aux bombes. C'est quelque chose d'autre… et ce n'est pas *à propos* de lui, c'est quelque chose qui concerne l'endroit d'où il *vient*… »

« Vegas ? »

« Non ! Sinatra est originaire d'Hoboken de l'autre côté de la rivière. Et cela a à voir avec le fait de conduire vers Sinatra, ou

Sinatra Drive… je ne sais pas encore très bien. Regardez, nous n'avons pas beaucoup de temps. »

« Sinatra Drive à Hoboken ? » Conrad attrapa Katherine par les épaules. « Que voulez-vous dire par Sinatra Drive à Hoboken ? *Qu'est-ce que vous dites* ? Il y a des bombes placées à Hoboken ? »

« Arrêtez, vous me faites mal », dit-elle en essayant de se dégager de la poigne de Conrad. « J'essaie encore de le comprendre moi-même. Julia adorait Sinatra, elle se servait donc de lui comme d'une référence. Et peut-être quelque chose au sujet d'Abraham Lincoln aussi. »

« Quoi ? Lincoln ? Qui est Julia ? Qu'est-ce qu'elle sait à propos d'Hoboken ? » Les doigts de Conrad creusaient dans la peau de Katherine.

« Laissez-moi partir *maintenant* ! », dit Katherine, repoussant Conrad. « *Écoutez-moi bien.* Julia n'est pas à Hoboken. Elle est morte. C'est une bonne amie à moi et elle fait de son mieux pour m'aider, pour nous aider tous. Je crois qu'elle essayait de me dire que des gens peuvent devenir malades là-bas — *vraiment* malades. »

« D'accord, tout cela a du sens maintenant. Une femme morte vous a dit que des gens tomberont malades à Hoboken, c'est ça ? »

« Pas seulement avec des mots. Elle me l'a *montré.* C'est l'une des façons dont je reçois les messages. Eh oui, elle a *dit* qu'à moins que je n'arrive à Hoboken, tout le monde tombera malade. Maintenant, s'il vous plaît, *s'il vous plaît,* je vous en supplie. Quelqu'un doit appeler la police tout de suite ! »

Katherine devenait éperdue. Sa voix était si perçante que Zoé dut baisser le volume de son ordinateur de poche.

« Monsieur Dinnick, monsieur, vous devez vous rendre au tramway. Laissez-moi emmener cette femme dans un endroit plus discret, quelque part où je pourrais procéder à un interrogatoire », dit l'homme qui se tenait à droite de Conrad.

Zoé fit un zoom sur l'homme blond avec la coupe de cheveux en brosse et l'habit élégant. Il portait la marque Armani de la tête aux pieds, mais elle pouvait dire d'après sa posture raide et ses manières sévères qu'il était un militaire jusqu'au bout des ongles.

« Donnez-moi deux minutes seul avec elle, et je serai en mesure d'établir si elle travaille avec quelqu'un ou si c'est simplement une cinglée. S'il vous plaît, monsieur, laissez-moi cela », dit l'homme blond. « Vous devez embarquer dans ce tram avant qu'il quitte le quai d'embarquement pour l'île — et vous êtes mieux de vous dépêcher. La réception rapporte qu'un petit groupe s'est rassemblé à l'extérieur pour protester contre l'émission de radio. Je ferai en sorte qu'un de mes hommes vous escorte. »

« C'est très gentil, Wilson », dit Conrad d'un ton sarcastique. « Mais si vous vous occupiez plus de la sécurité et moins de mon agenda social, je serais déjà dans le tram. N'est-ce pas vrai, John ? »

John Wilson ?, se demanda Zoé. Général John Wilson… c'est ça ! L'ancien type des forces spéciales de l'armée chargé de trouver des armes chimiques en Iraq. Fondateur de la New Homeland Militia. Il avait tellement de pouvoirs que l'armée a refusé de le congédier même après qu'il ait accusé publiquement la Maison-Blanche d'être lâche et le Pentagone d'être trop mou devant la terreur. Il voulait détruire à l'arme atomique la moitié du Moyen-Orient pour se débarrasser des terroristes. Oh oui… maintenant je me rappelle vraiment ce gars à qui tout réussissait. On l'appelait le « GI Œil-pour-Œil » à cause de toutes les citations de l'Ancien Testament du type « la vengeance m'appartient » qu'il débitait à CNN durant la guerre en Irak. C'est un M. Strangelove certifié. Mais je croyais qu'il était toujours dans l'armée. Que fait-il à la sécurité de BioWorld ?

« Regardez, monsieur, pour votre propre sécurité, je suggère que vous partiez maintenant pour attraper le tram. Je m'arrangerai avec notre amie, ici », dit Wilson.

« Vas-y, p-p-papa… va dans le ttr-am… maintenant. Avant qu'il ne parte. »

Zoé ajusta encore une fois son zoom, faisant la mise au point sur le visage du troisième homme du groupe. *Bien, bien, si ce n'est pas l'unique héritier des milliards de BioWorld.* Zoé n'avait jamais rencontré Daniel Dinnick, mais elle avait effectué des recherches approfondies sur lui pour un portrait qu'elle avait presque écrit sur les jumeaux Dinnick.

Ça aurait été une fameuse histoire, aussi, si seulement le frère Michael ne s'était pas mis un revolver dans la bouche et fait sauter la cervelle, se souvint Zoé, se rappelant avec ironie que son article de fond de cinq pages s'était transformé en une notice nécrologique d'une demi-page après le suicide de Michael.

« Est-ce qu'aucun de vous deux n'a *écouté* ? », cria Conrad à Daniel et à Wilson. « Cette femme connaît de toute évidence notre laboratoire de niveau 4 Biosafety à Hoboken. Elle sait même qu'il est situé sur Frank Sinatra Drive. Et quel que soit l'individu pour lequel elle travaille, cette personne le sait aussi. Donc, cessez de vous inquiéter à propos du stupide tram et commencez à vous alarmer au sujet d'un scénario cauchemardesque. Je dois avoir Washington au téléphone… »

Sainte Vierge… un laboratoire de niveau 4 à Hoboken ? Zoé était stupéfaite. *Si c'est vrai, Conrad doit travailler avec le Pentagone. Comment pourrait-il autrement diriger un des rares laboratoires de haute sécurité autorisés à travailler sur les virus les plus mortels du monde, du virus d'Ebola à la peste ? Il n'existe que quelques-uns de ces laboratoires dans tout le pays — le plus près au large de Long Island. Mais y en avait-il réellement un autre de l'autre côté de la rivière en face de Manhattan ? Sans même que personne ne le sache ? Incroyable !*

« Monsieur, encore une fois, laissez-moi faire mon travail. Cette femme est une célébrité. Elle est comme une actrice. Il est peu probable qu'elle ait quelque lien que ce soit avec les terroristes, mais je vous assure, si c'est le cas, je le trouverai et j'appellerai personnellement Washington. Cette cérémonie est tellement importante pour vous, pour tout le monde. Ne vous permettez pas de l'oublier — prenez le tram », dit Wilson à Conrad, le ton de sa voix résonnant comme s'il lui donnait un ordre.

« Oui, appelez Washington… appelez le président », implora Katherine. « Je ne connais rien à propos de votre niveau 4 ou 5 ou quoi que ce soit. Mais je sais que des gens vont mourir à moins que nous n'agissions immédiatement. Je ne permettrai pas que ça arrive une autre fois, donc je m'en vais. Je trouverai les policiers moi-même, puis je me rendrai à Hoboken. Abe Lincoln doit vouloir dire qu'il me faut prendre le tunnel Lincoln. À plus tard. »

Katherine se retourna, mais Conrad lui saisit le bras et la fit pivoter. « Vous n'irez nulle part près d'Hoboken. Vous avez causé assez… »

Katherine attrapa le poignet de Conrad et essaya de se libérer de sa poigne. « C'est la deuxième fois que vous posez vos mains sur moi, M. Dinnick. Qui croyez-vous être ? Si vous ne… » Katherine se figea à la moitié de sa phrase. Ses sens télépathiques étaient toujours aiguisés depuis l'émission de radio, et elle se connecta aux énergies de Conrad aussitôt qu'elle le toucha.

« Attendez », dit-elle. « Arrêtez. J'obtiens quelqu'un ici… Je crois que c'est pour vous. » Katherine regarda Conrad. Elle essayait de se concentrer sur une image qui surgissait dans sa tête. « C'est l'énergie d'une grand-mère ou d'une mère. Assurément une mère… »

La poigne de Katherine sur Conrad se raffermit, et elle commença à parler rapidement. « Son nom est-il Lily ? Elle me montre une fleur. Non, pas un lis… elle me montre une… son nom est-il Rose ? Mais je ne crois pas que c'est son nom… non, c'est une rose bleue. Est-ce que vous et votre mère avez fait pousser des roses bleues ? »

« Arrêtez ça ! Arrêtez ça maintenant ! », cria Conrad, essayant de relâcher la prise du médium sur son poignet. « Vous pouvez tout apprendre sur moi et sur ma famille avec une recherche de deux minutes sur Internet, donc n'essayez pas vos trucs sur *moi*. Je suis un savant, et à tout le moins vous êtes un charlatan et un imposteur — et très possiblement un instrument du terrorisme. »

Katherine l'ignora, parlant rapidement et avec une urgence croissante.

« Il y a un fils de l'Au-delà, votre mère établit la communication… ils sont ensemble, et elle dit qu'elle l'a rencontré lorsqu'il a traversé. Oh… c'était violent… un passage très violent. Traumatisme à la tête. C'était soudain… comme un coup de revolver… il était un jumeau ? Il y a une forte énergie de jumeaux… et un nom… D-N avec un "i" allongé qui résonne comme Denny ou Donny ou peut-être Danny. Je vois des lumières rouges clignoter encore une fois. C'est un avertissement… un autre nom… Mac ou Mick… non, c'est Michael… et il est très malade… »

Zoé entendit la gifle avant de se rendre compte qu'elle l'avait vue sur l'écran. Le son résonna dans l'atrium comme un coup de revolver, si soudain et si inattendu qu'on aurait dit qu'elle s'était fait elle-même frapper.

Sur le moniteur, elle vit une empreinte cramoisie de cinq doigts sur la joue droite de Katherine. Le sang coulait de sa lèvre, tachant sa blouse de soie blanche juste au-dessus du cœur.

Le bras de Conrad s'éleva brusquement dans l'air, attrapant le dos de la main de son fils alors qu'il s'apprêtait à frapper le médium une seconde fois.

« Que fais-tu là Daniel ? Qu'est-ce qui t'arrive ? », demanda Conrad avec stupéfaction, sa voix douloureusement forte dans l'oreille de Zoé. Mais elle comprit son ébahissement — le Daniel

Dinnick sur lequel elle avait lu était un homme timide, effrayé par sa propre ombre — non la sorte de type qui giflerait une femme, et qui voudrait ensuite recommencer.

« Elle ne dd-oit pp-as... parler de Mi-Mi-Michael comme ça ! », haleta Daniel.

Conrad secoua la tête et se tourna vers Katherine. « Veuillez m'excuser, madame Haywood. Le comportement de mon fils est inexcusable... mais certainement compréhensible. Je n'ai jamais vu Danny hausser la voix, encore moins poser la main sur une autre personne. Mais vous vous êtes servi de sa station de radio pour répandre la peur et la panique, et ensuite vous avez l'audace de prétendre parler à son frère décédé, qu'il adorait profondément — et sa grand-mère — c'est trop. Vous êtes allée beaucoup trop loin, beaucoup trop loin. »

Katherine parut étonnée. Elle désigna Daniel.

« *Cet homme* est Danny ? », demanda-t-elle.

Conrad fit un signe de tête en direction de Wilson. Zoé entendit un claquement métallique et fit un zoom arrière pour voir que Wilson s'était dirigé derrière Katherine et lui avait passé les menottes derrière le dos.

« Maintenant, vous obtiendrez ce que vous vouliez — une bonne et longue visite à la police », dit Conrad à Katherine. Il se tourna vers Wilson et Daniel comme il commençait à marcher vers le poste de garde. « Messieurs, emmenons Mme Haywood à l'extérieur et livrons-la aux autorités. J'ai un tramway à prendre. »

CHAPITRE 12

FRANK SAUTA DE LA CAMIONNETTE et courrait vers la cour de la mosquée lorsqu'il entra en collision avec un homme qui bloquait le trottoir.

« Wow… on ralentit, mon ami. Où est le feu ? », dit l'homme en plantant fermement sa main sur la poitrine de Frank et le repoussant d'un mètre. L'homme paraissait au début de la quarantaine, était de taille moyenne et d'un physique maigre et nerveux, mais Frank pouvait dire à la pression sur sa poitrine que le type était tout en muscle.

L'homme recula d'un pas et posa ses deux mains sur ses hanches de sorte que son blouson se releva, exposant l'insigne et le revolver accroché à sa ceinture.

« Hé, Frank, comment allez-vous ? », demanda-t-il avec un sourire crispé.

« Nous nous connaissons ? », demanda Frank, sentant encore les effets de la poussée sur sa cage thoracique. Il jeta un regard sur Samantha à travers la barrière et vit qu'elle était agenouillée.

« Certainement, Frank… du moins, moi je vous connais. J'ai l'impression que nous sommes de vieux copains… mais je suppose que nous n'avons jamais été officiellement présentés.

Détective Kevin Christie », dit-il en tendant la main. Frank ignora le geste.

« Ouais, bien — Christie, c'est ça ? Qu'est-ce que vous voulez ? Je dois prendre ma fille et sortir d'ici. »

« Pourquoi être si pressé, Frank ? Ne pouvons-nous pas bavarder gentiment pendant quelques minutes ? »

Ce doit être le cinglé qui conduisait la Lincoln Town Car et qui m'a suivi toute la matinée, estima Frank.

« Écoutez, j'en ignore la raison, mais vous m'avez suivi, n'est-ce pas ? Pourquoi ? Est-ce qu'un gardien sur l'île vous a dit que j'avais volé des fournitures pour la pelouse ? Bien, je ne l'ai pas fait, et je n'ai pas de temps pour des conneries, alors, s'il vous plaît, enlevez-vous de mon chemin. Comme je l'ai dit, je dois prendre ma fille. »

« Allez, Frank, soyez gentil. »

« Gentil ? Au cas où vous ne l'auriez pas entendu, il y a une sorte de menace à la bombe… il est possible qu'il y ait une attaque terroriste aujourd'hui. Donc peut-être que vous devriez être en train de faire quelque chose d'autre pendant que je sors mon enfant d'ici ? »

« Quelle menace à la bombe ce serait, Frank ? », demanda le détective, sa main glissant nonchalamment vers son revolver.

« Je viens juste de l'entendre à la radio. »

« Vraiment ? Tu as entendu quelque chose à propos d'une menace à la bombe ou d'une attaque terroriste, Big Davie ? »

Pivotant sur lui-même, Frank vit un second homme qui se tenait directement derrière lui.

« Non », répondit l'autre homme. « Tu penses bien qu'ils nous laisseraient savoir ces choses, étant donné que nous faisons partie de l'unité d'intervention antiterroriste et tout le reste. »

Frank avait rarement besoin de lever les yeux pour croiser le regard de quelqu'un, mais ce type le dépassait d'un bon 15 centimètres. La peau de l'homme était si foncée que sa chemise blanche la faisait paraître bleue. Il avait la même posture que l'autre flic, sa main droite massive reposant sur son arme de protection, dans une attitude alerte, mais détendue. Il tenait une pelle dans sa main gauche, qu'il tournait entre son pouce et son index comme si c'était aussi léger qu'un crayon.

« J'ai trouvé ça à l'arrière de votre camionnette, Frank. Ça ressemble assez à une combinaison mortelle ici : une centaine de kilos de fertilisant, un gros bidon rempli d'essence, du charbon. Tous les ingrédients pour un petit cocktail explosif. »

« Explosif ? Ouais, si vous êtes un idiot… et c'est une pelle de 60 $ au cas où vous auriez l'intention de la voler », dit Frank.

« La voler ? Juste la regarder, Frank. Je m'intéresse soudainement au soin des pelouses. »

« C'est mon partenaire, Détective Paul Davie », dit Christie. « Appelez-le Big Davie, d'accord, Frank ? Nous sommes des amis maintenant, pas vrai ? Alors sur quelle station de radio avez-vous entendu cette menace à la bombe, Frank ? »

« Je l'ignore. Je crois que c'est cette émission idiote avec le type qui crie comme Tarzan. »

« *The Jungle Hour* ? Hé, voilà du journalisme solide… juste une seconde », dit Christie, sortant un téléphone cellulaire de sa poche de blouson.

Frank regarda encore une fois à travers la barrière vers Samantha qui avait le front sur le matelas de prière. Il espérait pouvoir attirer son attention. Une sensation d'angoisse lui étreignait les entrailles et tout ce qu'il voulait faire, c'était de l'attraper et de foutre le camp de Manhattan. D'abord, on l'accuse de voler du fertilisant, puis il entend quelqu'un crier à propos d'une attaque terroriste, et maintenant ces deux flics qui le bousculent. Il pouvait goûter la bile qui montait dans sa gorge.

« Vous pouvez cesser de paniquer Frank. Je viens juste de parler au quartier général. Vous aviez raison — il y a eu une menace à la bombe à *The Jungle Hour*, mais il n'y a rien là pour s'inquiéter. Ils ont eu un médium cinglé à la radio aujourd'hui qui a fait de sinistres prédictions. Juste des conneries. L'animateur a déjà présenté ses excuses, il a dit que c'était une mauvaise blague… vraiment drôle, hein ? »

« Ouais ? C'est peut-être une blague pour vous, mais je ne prends pas de risque avec mon enfant. Si vous faites vraiment partie de la force d'intervention antiterroriste, vous devriez savoir qu'il ne faut jamais prendre à la légère une menace à la bombe. Maintenant, si vous voulez m'excuser… » Frank essaya de passer à côté de Christie, qui, une fois de plus, repoussa Frank de la barrière.

« Oh oui ? Je suppose que vous êtes un expert en menaces à la bombe, Frankie », dit Christie.

Frank le regarda durement.

« Écoutez. Si vous voulez, je viendrai à votre bureau demain pour parler, mais pas maintenant. Ma petite fille est malade. Je veux juste l'emmener à la maison. Je ne sais pas pourquoi, diable, vous voulez me parler et à quel sujet de toute façon. Je ne connais rien sur aucun terroriste. »

« Bien, ce n'est pas exactement la vérité, n'est-ce pas Frankie ? Je veux dire, vous connaissez *quelque chose* sur les terroristes, n'est-ce pas ? », dit Christie.

« Ce n'est pas bien de commencer une nouvelle relation avec un mensonge, Frank », dit Big Davie derrière lui.

« J'ignore de quoi vous parlez. » Frank fit un pas de côté pour avoir une meilleure vue de Samantha, et pour éloigner le gros détective de derrière son dos.

« Non ? Allez, Frankie, soyons honnêtes l'un et l'autre », dit Christie. « Vous semblez un peu nerveux. Et je comprends, vraiment je comprends. Je veux dire, nous sommes ici, connaissant tout de vous, et vous ne me connaissez ni d'Ève ni d'Adam, pas plus que Big Davie. »

« Sammy ! » Frank appela sa fille à travers la barrière, mais sa bouche était sèche et sa voix s'étrangla dans sa gorge.

« Ne vous en faites pas, Frank, elle ira bien. Donc, comme j'ai dit, nous vous connaissons, mais vous ne nous connaissez pas. Ça vous tente de jouer un jeu, hein ? Vous nous montrez votre main et nous nous montrerons la nôtre. Et pour prouver que nous sommes de bons gars, nous le ferons en premier. Ça semble amusant, hein Frank ? »

« Je vous le demande gentiment. *S'il vous plaît*, enlevez-vous de mon chemin ! »

« Vous avez un de ces tons ici, Frank. Ne vous ai-je pas dit d'être gentil ? » Christie fit un petit sourire narquois alors que Big Davie déposait la pelle de Frank contre un parcomètre et fit un pas vers lui.

« C'est bien. Je vous montrerai tout de même notre jeu », continua Christie. « Nous savons que vous étiez un gros bonnet en Irak. Un héros de guerre même — Purple Heart et tout. Un homme de tête à NEM — Neutralisation des explosifs et du matériel militaire, n'est-ce pas ?

« Neutralisation des explosifs et *munitions* », corrigea Frank. « Et c'est de l'information confidentielle. »

« Bien, c'est vrai, peu importe », dit Christie, prenant un bloc-notes de sa poche et l'ouvrant. « Voyons voir », continua-t-il. « Vous avez passé quatre mois à interroger des talibans capturés et des fabricants de bombes d'Al Qaeda en Afghanistan, au Pakistan et en Iraq. Maintenant, je dois dire, cela vous qualifie comme quelqu'un qui connaît des terroristes. »

Christie se mouilla le bout des doigts avec sa langue et feuilleta ses notes. « Ensuite, il y a une excursion de deux ans dans le

Golfe à retirer les goupilles boum-boum! de centaines de vieilles mines que les hommes à turban avaient laissé traîner pour que nos gars marchent dessus. Oh désolé… Frank… le terme *homme à turban* vous offense ? Big Davie, je crois que je l'ai offensé. »

« Peut-être, parce qu'il a épousé une tête à turban et qu'il a eu un bébé à turban », dit Big Davie.

« Oh, c'est vrai, Sarah Mustaffa… j'ai une photographie d'elle ici. Elle paraît pas mal, finalement. La petite combattante pour la liberté de l'Irak sur laquelle vous avez mis le grappin là-bas, hé, Frank ? »

« Elle travaillait pour l'organisme Save the Children, c'était une citoyenne américaine et je suggère que vous surveilliez votre langue sale, bâtard de raciste », dit Frank, prenant une profonde respiration. Pour la deuxième fois de la matinée, il essaya les trucs de détente de Samantha, mais ça ne fonctionnait pas beaucoup.

« Susceptible, n'est-il pas, Davie ? Ici, nous arrivons à la partie triste et, je dois dire, je suis vraiment désolé d'entendre ce qui est arrivé à votre dame, Frank. Un M16 peut faire un sacré gâchis de quelqu'un. Terrible erreur, mais je suppose que toutes les têtes à turban se ressemblent là-bas. Ce doit être difficile… d'élever une enfant malade tout seul ? Spécialement avec un si petit budget. »

« Si vous avez quelque chose à dire, je suggère que vous le fassiez maintenant. »

« J'ai presque fini mon tour, Frank. Comme je le disais, vous avez épousé Mlle Mustaffa, vous êtes déménagés à Jersey, et l'armée vous a prêté à l'ONU comme une sorte d'expert non rattaché en explosifs. Ça dit ici que vous pouvez prendre une bombe nucléaire en morceaux et la rassembler les yeux bandés ! C'est vrai, Frank ? Il faut des couilles pour faire ça », hein, Big Davie ? « Pour boucler l'histoire, votre femme s'est rendue en Irak pour aider les orphelins de la guerre, et elle a été tirée accidentellement par un soldat américain, et vous êtes sorti de l'armée et vous reprenez l'entreprise d'aménagement paysager de votre père. Est-ce que ça résume bien la situation, Frankie ? »

« Ouais, c'est vraiment bien — vous avez toute ma vie dans un dossier et finalement vous savez lire. Mais que diable me voulez-vous maintenant ? », demanda Frank, évaluant mentalement la distance entre lui et les deux détectives.

« Ce que nous voulons, c'est que vous répondiez à quelques questions pour nous. D'abord pourquoi un expert en explosifs qui est en froid avec l'armée américaine, qu'il tient responsable de la mort de sa femme, va-t-il travailler pour Conrad Dinnick, un type qui a accès à des microbes pouvant être utilisés à des fins militaires ? Deuxièmement, pourquoi vous montrez-vous à cette mosquée chaque vendredi et faites-vous copain-copain avec un ecclésiastique qui a des liens avec des extrémistes islamistes ? Et troisièmement, pourquoi diable avez-vous stocké assez de fertilisant cette dernière année pour faire exploser Grand Central Station ? Est-ce que j'oublie quelque chose, Davie ? »

« En réalité, ouais. Frankie, que faisiez-vous sur l'île Roosevelt aujourd'hui, ce qui n'était pas prévu dans votre horaire — tout à fait par hasard, quelques heures avant l'arrivée du maire et du gouverneur, et juste avant une mystérieuse explosion d'un bateau de police ? »

« Vous, les gars, vous ne pouvez pas être sérieux », dit Frank d'une voix rauque. « Vous pensez que *je suis* un terroriste ? J'ai passé cinq années à chevaucher des bombes pour ce pays… ils m'ont donné la Médaille d'honneur, pour l'amour du Bon Dieu ! »

« Ouais, vous êtes un héros vraiment exceptionnel. Allez, vous avez entendu ce que nous savons sur vous… vous devez admettre que ça paraît mal. » Big Davie hocha la tête.

« Ça paraît mal, Frank, diablement mal », dit Christie. « Mais j'ai promis que vous auriez votre tour pour parler, et le voici. Donc, allez-y. Détendez l'atmosphère. Si vous n'avez rien fait de mal, vous n'avez pas à vous inquiéter. Donnez-nous quelque chose sur quoi nous appuyer. »

« Je n'ai rien à vous donner, les gars. J'ignore tout de l'explosion d'un bateau. J'étais sur l'île pour m'assurer que le travail était fait. Le seul fertilisant que je possède se trouve sur ma pelouse ou à l'arrière de ma camionnette et je n'ai rien mis en réserve. Et l'ecclésiastique qui est ici m'aide avec ma fille et... » Frank se rendait compte que ce qu'il disait importait peu. Ces types le voyaient comme s'il avait le mot TERRORISTE tatoué sur son front. Ils avaient rendu leur verdict : coupable.

« Si vous croyez que je suis un terroriste, pourquoi me parlez-vous sur la rue ? Pourquoi ne m'arrêtez-vous pas, ne m'étiquetez-vous pas comme un combattant à la solde de l'ennemi, ne m'enfermez-vous pas et ne jetez-vous pas la clef ? »

« Oh, bon Dieu, ai-je oublié de le mentionner ? », demanda Christie, son sourire narquois élargissant son visage. « Vous *êtes* en état d'arrestation... nous attendons simplement que les Services sociaux arrivent et emmènent votre enfant. »

Le cœur de Frank battit contre sa poitrine et il pouvait sentir le manque d'oxygène l'oppresser, tout comme c'était arrivé la première fois qu'il s'était retrouvé au combat. Il déglutit cherchant son air.

« Les Services sociaux... ma fille.... S'il vous plaît... elle est malade, très, très malade... elle ne peut me quitter... cela la tuera... s'il vous plaît... »

« Vous avez le droit de garder le silence », récita Big Davie, mettant la main derrière son dos et sortant une paire de menottes. « Tout ce que vous direz pourra être retenu contre... »

Au moment où Big Davie agrippait ses poignets, Frank s'affala en position accroupie, puis se releva brusquement de toute sa force. Le sommet du crâne de Frank atteignit Big Davie sous la mâchoire et il entendit les os craquer. Frank planta son coude gauche dans le plexus solaire du détective et le gros homme tomba sur le ciment.

Le détective Christie était en train de sortir son revolver de son étui quand Frank attrapa la pelle posée contre le parcomètre et la balança en un arc circulaire. La plaque d'acier frappa le côté de la tête de Christie, le faisant tomber face première sur le trottoir.

« Oh, merde, oh merde, oh merde ! » cria Frank, chutant sur ses genoux et ramassant les revolvers et les insignes des détectives inconscients.

« Papa ? »

Frank leva les yeux sur le visage effrayé et pâle de sa fille.

« Sammy, *grimpe dans la camionnette maintenant* ! Oh, ma chérie, ça va bien aller. Ce sont des hommes méchants… ils étaient sur le point de t'enlever à moi. »

Une poignée de femmes ayant mis fin à leur prière regardaient à travers la barrière, pointant vers Frank. Il prit Samantha dans ses bras et avança en trébuchant vers la camionnette.

« Pourquoi ils m'enlèveraient ? Pourquoi les as-tu frappés ? »

Frank fit démarrer le moteur et se mit en route, essayant de penser clairement… et tentant de trouver la route la plus rapide vers le tunnel Lincoln.

Il tourna les yeux vers sa fille, qui tenait son tapis de prière sur sa poitrine et qui le fixait, horrifiée.

« Ne me regarde pas comme ça, Sammy. Je ne suis pas un monstre. Je ne suis pas certain moi-même de ce qui est arrivé, mais c'est lié au fait que j'étais dans l'armée et que ta mère était Iraquienne. C'est tellement confus, je ne peux même pas l'expliquer maintenant. S'il te plaît, crois-moi, j'ai fait ce qu'il fallait faire. Et je promets, promets, promets que je rétablirai les choses. D'accord ? »

Samantha commença à pleurer.

CHAPITRE 13

Zoé se cacha derrière une fontaine en forme d'hélice, au moment où le médium menotté et ses trois compagnons au sinistre visage traversaient l'atrium dans sa direction. Elle ferma son ordinateur de poche et enleva ses écouteurs, les jetant tous deux dans son sac. Accroupie sur le sol, elle attendit que le groupe passe et réfléchit à son prochain mouvement.

Indéniablement, elle avait enregistré assez de matériel pour un article à grand succès et pouvait imaginer la manchette : MÉDIUM TERRORISTE ? SES PRÉDICTIONS À LA RADIO SÈMENT LA PANIQUE DANS TOUTE LA VILLE !

Elle disposait aussi d'une primeur nationale et d'un prix Pulitzer potentiel pour un reportage sur le laboratoire de recherche secret de niveau 4 de BioWorld à Hoboken.

Elle sourit, mais prit alors subitement conscience de la réalité : *ceci devrait être un smash, mais qu'est-ce que je dis au patron ? Hum… pour votre simple information, j'ai commis un crime en me faisant passer pour un représentant du gouvernement. Et, oh oui, vous savez toutes ces citations ? Obtenues illégalement en enregistrant une conversation privée.*

Zoé savait que le rédacteur en chef aurait trois mots de choix à lui dire : *Vous êtes congédiée.* Ensuite, il enverrait un autre reporter qui lui volerait sa propre information privilégiée.

Pas question que je permette ça… Dès maintenant, je dois avoir une rapide entrevue avec Katherine pour confirmer mon histoire. J'ai besoin de sa déclaration officielle. Je mènerai mon enquête sur Hoboken plus tard. Je dois les suivre à l'extérieur et parvenir jusqu'à elle avant qu'ils ne l'emmènent de force aux quartiers généraux de la police − ou à l'asile de fous.

Zoé balaya du regard les alentours de la fontaine au moment où Katherine marchait devant, semblant se diriger vers la potence. Zoé vérifia sa montre pour donner au groupe une longueur d'avance de deux minutes avant de les suivre vers la porte d'entrée. Pendant qu'elle attendait, Zoé vit quelque chose qu'elle n'avait jamais remarqué auparavant : une rose bleue parfaite, à la couleur profonde d'un saphir. Il y en avait des douzaines, les unes plus magnifiques que les autres. Elle attendit une autre minute, puis elle commença à avancer à travers le feuillage, sautant par-dessus un petit ruisseau et se glissant sur quelques pierres moussues avant d'émerger de la forêt de l'atrium, et, dans sa course, entrant presque en collision avec Conrad Dinnick. Elle recula de quelques pas et s'assit sur un petit banc.

Conrad et les autres s'étaient arrêtés dans le hall de réception. Katherine regardait fixement Daniel, mais les trois hommes avaient les yeux levés vers un énorme moniteur suspendu au-dessus du poste de garde. Ils regardaient une émission en direct de la passerelle du tramway de l'île Roosevelt. La caméra faisait un panoramique sur le quai rempli de dignitaires de la Ville et de célébrités locales, se bousculant les uns les autres pour être photographiés avec le maire et le gouverneur.

Un jeune reporter nerveux, identifié en bas de l'écran comme un spécialiste scientifique pour *New York First News*, regardait fixement l'écran en silence. Hors champ, quelqu'un murmurait à voix haute : « Vous êtes en ondes, vous êtes en ondes ! » Le reporter s'éclaircit la gorge et, d'une voix nasillarde, se lança dans un commentaire :

« *Bonjour. Nous vous parlons en direct du tramway de l'île Roosevelt alors qu'il se lance dans le futur dans ce qui pourrait ironiquement constituer une journée historique. Dans une minute ou deux, notre équipe de cameramen embarquera dans le tram avec le maire, le gouverneur et les nombreux distingués invités que vous voyez derrière moi. Nous passerons alors au-dessus de l'East River, atteignant une hauteur de 75 mètres, avant de descendre sur l'île pour participer à l'ouverture officielle, par le fondateur de BioWorld, Conrad Dinnick, de son Supercomputer Re-Creation Center multimilliardaire. Wow... essayez de dire ça 10 fois plus vite !* »

« *Non, je ne fais que blaguer, mesdames, messieurs. Quel plaisir d'être ici. Ce nouveau centre est la structure intégrale la plus coûteuse jamais construite à New York et abrite le système informatique le plus perfectionné sur la planète — capable, selon certaines sources, d'établir la séquence des gènes des centaines de fois plus rapidement que tout autre ordinateur actuellement existant. Son potentiel pour l'avancement de la recherche génétique est, eh bien, stupéfiant.* »

« *Et je ne peux oublier de mentionner que le centre créera des centaines d'emplois dans le domaine de la haute technologie et de la biotechnologie, juste ici, au cœur de Manhattan — un grand encouragement en ces temps troublés.* »

« *Donc, ne touchez pas à votre télécommande, parce que, juste après la cérémonie d'inauguration, M. Dinnick fera une annonce majeure. Personne n'en connaît les détails, mais on nous a dit que cette annonce est liée à un processus appelé "régénération génétique". Je peux vous promettre qu'il s'agira d'une nouvelle renversante. La dernière fois que Conrad Dinnick a donné une conférence de presse, il a annoncé qu'il avait isolé et "désactivé" le gène du cancer du cerveau... Vous vous rappelez qu'il avait reçu son premier prix Nobel pour cette découverte. Donc, demeurez en ondes à New York First News, mesdames, messieurs. Notre couverture exclusive de cet historique... »*

Un groupe Dixieland se frayait un chemin parmi la foule, livrant une interprétation pleine d'entrain de *When the Saints Go Marching In*. La musique noya la voix du reporter, qui, après avoir essayé de crier par-dessus le vacarme, haussa les épaules et tendit son microphone vers un joueur de banjo mince comme un rail qui chantait :

> *We are trav'ling in the footsteps*
> *Of those who've gone before*
> *But we'll all be reunited,*
> *On a new and sunlit shore,*
>
> *Oh, when the saints go marching in,*
> *When the saints go marching in...*

« Bien, voici qu'ils partent. J'ai manqué ma balade », soupira Conrad, observant le maire et le gouverneur qui faisaient signe de la main à l'écran de la télévision en embarquant dans le tramway. Tous les autres sur le quai d'embarquement — le groupe, le reporter, l'équipe de caméramen ainsi que plusieurs policiers — grimpèrent à bord avec eux. Les portes se fermèrent et le tramway s'ébranla avec une secousse et quitta le quai, avançant au-dessus de la 2e Avenue. Le reporter à l'intérieur du tramway, serré entre le maire et le gouverneur, revint devant la caméra.

« *Attachez vos ceintures, mesdames, messieurs. Nous nous dirigeons vers le futur, et ce sera une balade rudement bonne* », dit-il alors que le tramway grimpait vers le tablier du pont Queensboro.

Conrad se détourna de l'écran. « Nous emmènerons Mme Haywood à l'extérieur et laisserons les policiers s'occuper d'elle, puis je prendrai le bateau de la compagnie pour me rendre à l'île. Allons-y », ordonna-t-il, faisant signe à Wilson et à Daniel de le suivre.

« Daniel et moi contrôlerons les choses à partir d'ici, monsieur, mais d'abord nous vous escorterons vers le quai », dit Wilson. « J'ai un pilote qui se tient là, et vous arriverez sur l'île en même temps que le tram. »

« Bien ! »

Comme ils passaient devant le poste de garde, le gardien qui avait questionné Zoé plus tôt leur cria : « Monsieur Dinnick, monsieur Wilson, veuillez vous servir de la sortie de côté. Nous avons… »

Conrad fit taire le gardien d'un geste dédaigneux de la main. « Ce que nous n'avons *pas*, c'est encore plus de temps à perdre », déclara-t-il, traversant à grandes enjambées l'entrée du hall et franchissant les portes tournantes.

Sur la rue en bas, des douzaines de manifestants se poussaient contre une lignée de policiers en tenue antiémeute. La foule devint frénétique lorsque Katherine apparut au-dessus d'eux, se tenant en haut de l'escalier de marbre de la tour.

Une vague de cris de colère s'éleva en haut des marches alors que quelqu'un lança une bouteille qui vola en éclats aux pieds de Conrad. Zoé se glissa à l'extérieur alors qu'on lançait une brique dans sa direction. L'objet ne fit que lui écorcher la joue, mais elle sentit un flot d'adrénaline la submerger.

« Nous devons vous sortir d'ici *maintenant* !, cria Wilson, relâchant sa poigne sur Katherine et attrapant Conrad par le bras. Retournez dans l'édifice. Vous pouvez prendre l'hélico pour traverser la rivière.

« Oui, l'hél-lli-co… papa, retournons à l'intérieur », dit Daniel avec inquiétude, prenant l'autre bras de Conrad.

« Voyez-vous ce que vous avez fait ? *Voyez-vous* ? ! », cria Conrad à Catherine, alors que Wilson et Daniel le poussaient à l'intérieur par les portes tournantes.

Katherine ne l'entendit pas. Elle était figée sur place, fixant le ciel, les yeux agrandis par la panique alors que le tramway rouge vif de l'île Roosevelt glissait au-dessus d'eux, puis au-dessus de l'East River.

Zoé courut vers Katherine, espérant lui parler avant que les manifestants ne les atteignent. Elle inséra un bras dans son sac pour prendre son magnétophone.

« C'est ça ! », cria Katherine, le regard braqué sur le tramway. « C'est ça… *c'est ça*… c'est la remontée mécanique que j'ai vue… nous devons l'arrêter… elle va… quelqu'un doit l'arrêter avant que… elle va… »

À mi-chemin dans les escaliers, un homme portant une veste de cuir et un casque de Capitaine America regardait Katherine d'un air furieux. « Hé, médium ! Je vois que quelqu'un vous a déjà mis les menottes. Je suppose que je suis trop tard pour ma dernière capture ! », cria-t-il. « Comment osez-vous parler de mon fils… ils ont distribué ces médailles pour sa bravoure et son sacrifice — pas pour que de faux médiums les exploitent ! » Il ouvrit sa veste et commença à retirer un objet de la poche de ses pantalons.

Mais tout ce que vit Zoé fut la crosse d'un revolver dépassant de la veste de cuir de l'homme et sa main qui se dirigeait vers l'objet. Au lieu de son magnétophone, Zoé tira une arme paralysante dernier modèle de son sac à dos de reporter, la brandit dans les airs et appuya sur la gâchette. Deux flèches frappèrent l'homme à la poitrine, percèrent sa peau et lui injectèrent assez d'électricité pour complètement perturber son système nerveux. Son revolver tomba de sa veste et culbuta jusqu'en bas des escaliers. Il s'évanouit, secoué par de violentes convulsions jusqu'à ce que Zoé relâche la gâchette. Elle examina l'homme, puis revint vers Katherine, regardant le médium dans les yeux pour la première fois.

« Je suis arrivée trop tard... », dit Katherine, levant les yeux vers le tramway.

Zoé ouvrit la bouche pour lui demander ce qu'elle voulait dire, mais elle n'en eut pas la chance. L'explosion la frappa comme une masse, la soulevant dans les airs et la projetant brutalement contre le mur de la tour. Elle tomba sur le sol et roula sur le côté, le souffle coupé et les muscles de son estomac se contractant violemment alors qu'elle essayait de respirer. Elle était sur le point de s'évanouir quand l'air remplit finalement ses poumons dans une montée chaude et âcre. Elle eut un haut-le-cœur, toussant jusqu'à s'en rompre les côtes. La cendre et la fumée lui brûlaient les yeux qu'elle se frotta fort jusqu'à ce qu'elle retrouve la vue.

Tout le monde près d'elle — les policiers, les manifestants, Conrad et son fils de même que Katherine — avait été renversé. Zoé jeta un regard vers la rivière. La tour centrale du pont Queensboro s'inclinait vers le nord-est, comme le mât de flèche d'un bateau en train de couler. Un énorme gémissement d'acier remplit ses oreilles, se muant en un soudain craquement. Elle fixa avec incrédulité les centaines de gens qui sautaient de leur voiture sur le pont oscillant et qui couraient pour sauver leur vie.

Le pont sembla gémir de douleur pendant plusieurs minutes avant que sa voie supérieure s'écroule sur le palier d'en bas, écrasant des centaines de voitures. Toute la structure fit quelques soubresauts et une longue section tomba dans l'East River, provoquant d'énormes vagues. Plusieurs voitures abandonnées vacillèrent sur les bords du pont sectionné avant de glisser par-dessus bord et de tomber dans l'eau. Des douzaines de véhicules tanguaient avec le courant, tournoyant une fois ou deux avant de couler sous la surface. Sauf pour le hennissement terrifié de quelques chevaux de la police, il y eut un moment de silence figé.

Puis les hurlements recommencèrent.

La tour abîmée du pont crissa en même temps qu'elle se tordait, arrachant et brisant ainsi le câble d'acier qui soutenait le tramway. Le fil métallique siffla au moment où il serpenta dans les airs, et le tramway plongea dans l'eau, quelque 50 mètres plus bas, disparaissant dans l'épais nuage de fumée qui soufflait sur la rivière.

Zoé tourna les yeux vers Conrad qui s'était relevé juste à temps pour voir le pilier du pont se détacher de ses ancrages et sectionner son Re-Creation Center comme la lame d'une guillotine géante. Une série d'explosions balayèrent l'édifice sur toute sa longueur et furent couronnées par une énorme explosion qui projeta des sections entières du mur d'acier dans les airs des deux côtés de l'île. Une boule de feu jaillit, laissant un épais nuage foncé suspendu dans les airs.

Conrad fixa les ruines écroulées embrasées du Re-Creation Center. De la cendre ardente atterrit sur sa manche, il arracha son veston qui s'était enflammé et le lança au sol. Du haut des marches de la tour BioWorld, il avait une vue panoramique de la dévastation. Le feu était partout.

« Oh mon Dieu, oh mon Dieu. Mon Centre… et tous ces gens », gémit-il, tombant à genoux et enfouissant son visage dans ses mains.

Certains membres du détachement de sécurité de Conrad accoururent à ses côtés.

« Attrapez ce médium !, ordonna Conrad. Découvrez ce qui arrive. Comment l'a-t-elle su ? Trouvez si cette attaque était dirigée contre moi. »

Puis, il leva soudainement les yeux, se tourna vers l'ouest, et haleta.

« Nous devons les arrêter », dit Conrad, sautant sur ses pieds. « Quels que soient les auteurs de ce geste — s'ils se rendent au laboratoire du New Jersey, ils pourraient nous tuer tous. Nous devons aller à Hoboken ! »

CHAPITRE 14

LA DODGE FUT PROJETÉE BRUSQUEMENT VERS L'AVANT, et Frank crut qu'il avait été embouti par derrière jusqu'à ce qu'il entende l'explosion — une détonation si puissante qu'elle secoua les édifices sur Lexington Avenue.

« Papa ? », demanda Samantha, agrippant son bras. « Qu'est-ce que c'est ? Un écrasement d'avion ? »

« Jésus ! »

« *Papa... est-ce que c'est un écrasement d'avion ?* »

« Non, non ma chérie, ce n'est pas un avion. Ça ressemble à une bombe, une grosse. Mais c'est loin d'ici, donc ne t'inquiète pas », dit Frank, appuyant à fond sur l'accélérateur et faisant crisser ses pneus tout le long en descendant la rue.

Il filait à travers la circulation comme si la camionnette disposait d'un champ de forces que les autres véhicules ne pouvaient assurément pas pénétrer, coupant deux taxis et un camion à benne, pour finir par s'engager sur la voie réservée aux autobus.

La manœuvre était risquée. Conduire dans la voie interdite augmentait ses chances d'être arrêté, mais il n'avait pas le choix. Il devait parvenir au tunnel avant que les flics qu'il avait mis K.O. à l'extérieur de la mosquée arrivent et le dénoncent.

S'ils reprennent connaissance, pensa Frank. *Je les ai frappés si fort que je les ai probablement tués… mais je ne dois pas penser à ça. Concentre-toi, Frank, concentre-toi.* Il martelait son poing sur le volant au moment où le bus qu'il suivait s'arrêtait pour ramasser une longue file de passagers.

Frank regarda Samantha. Ses yeux étaient fermés et la sueur coulait sur son front. Son visage était terreux et ses lèvres tremblaient. Il effleura son bras de ses doigts, sentit la froideur de sa peau et fut saisi de panique.

« Sammy ? Sammy ? » Il la secoua durement. « Réveille-toi, ma chérie ! S'il te plaît, réveille-toi ! »

« Je *suis* réveillée, Franklin. »

« Comment te sens-tu ? »

« À propos du fait que tu as battu deux policiers ? Pas bien. »

« Bien, non, non pas ça. Je veux dire, comment *sens-tu* que tu te sens ? Tu es en sueur, mais ton corps est froid. Tes lèvres tremblent. »

« Je me sens un peu mal, mais je pense que c'est à cause de ta manière de conduire. Je serai bien quand nous serons à la maison. »

« Nous serons bientôt à la maison. »

« Et mes lèvres ne tremblaient pas ; je priais. »

« Jésus, ma chérie, tu viens juste de prier à la mosquée. »

« Ouais, bien, c'était avant que tu frappes ces types. Ça prend *beaucoup* de prières pour concilier Tu-Sais-Qui avec tes actions. »

« Sammy, tu sais que blesser les gens ne fait pas partie de mes valeurs. »

« Tu as une drôle de manière de le montrer. »

Frank actionna le klaxon de la camionnette qu'il maintint pendant un bon 30 secondes. *Bouge, bouge, bouge.* Le conducteur d'autobus sortit sa main par la fenêtre et pointa son majeur en direction de Frank.

« Merde, Sammy ! Ces types étaient des trous de cul. Je veux dire que c'était *vraiment* des types méchants. Ils voulaient t'enlever à moi et te placer dans un foyer. Juste parce qu'ils ont des insignes, Sam, ça ne veut pas dire… regarde, ils sont exactement comme ces ignorants de militaires qui ont tué ta mère parce qu'elle était musulmane et… »

« J'ai entendu ce qu'ils ont dit. Je sais ce qu'ils pensent. Je sais que tu as peur pour moi. Mais tu n'aurais pas dû les frapper. »

« Sammy, tu as *mémorisé* la foutue Bible, pas vrai ? Qu'est-ce qu'ils disent à propos de "œil pour œil" ? »

Samantha soupira. « Le livre de l'Exode, 21 :23… *vie pour vie, œil pour œil, dent pour dent…* ce type de trucs ? »

Frank hocha la tête. « Ouais, exactement. Tu vois ? »

« Personne ne t'a crevé l'œil, Frank. Et Jésus a révisé le Livre de l'Exode dans Mathieu 5 :39 : "*Quiconque te frappe à la joue droite, présente-lui aussi ta joue gauche.*" Tu n'as pas beaucoup présenté ta joue là-bas, n'est-ce pas Frank ? »

Frank jeta un coup d'œil dans le rétroviseur. D'aussi loin qu'il pouvait voir, la circulation était pare-chocs à pare-chocs, mais il y avait une lumière rouge clignotante à environ 20 pâtés de maisons en arrière, qui avançait lentement à travers le bouchon vers eux.

« D'accord, d'accord, Sammy. Sautons la leçon sur la Bible. Je les ai frappés et je n'aurais pas dû. J'espère qu'ils vont bien. Est-ce pour cela que tu priais, pour qu'ils aillent mieux ? »

« Non, je priais pour que nous foutions le camp d'ici avant que tu sois arrêté. Donc, *s'il te plaît*, Frank, si nous nous dirigeons vers le tunnel Lincoln, sors de Lex, coupe à Central Park et ensuite dirige-toi vers le sud. »

« D'accord, Sam, bon sang », rit Frank. « Tu es mieux de te faire une idée de ce que tu vas faire lorsque tu grandiras : une prédicatrice, une psychanalyste, ou un chauffeur de taxi parce que tu… » Frank arrêta au milieu de sa phrase et se mordit la langue.

« Ça va », dit calmement Samantha. « Tu peux dire "Quand tu grandiras." Je le ferai, tu sais, et je ferai toutes ces choses… Je n'ai qu'à attendre ma prochaine vie, c'est tout. »

Frank tourna à droite sur la 72ᵉ Rue, tendant le bras pour toucher de nouveau Samantha. Elle était un peu plus chaude. C'était parfois une réaction normale après la chimiothérapie : elle frissonnait pendant une minute et avait chaud la minute suivante.

Je dois l'emmener dans un endroit où elle sera en sécurité, la mettre au lit, s'inquiéta-t-il.

Ils arrêtèrent à un feu rouge à Madison Avenue et il vérifia encore une fois le rétroviseur. Aucune trace des flics. Se penchant, il embrassa la joue de sa fille.

« Écoute, petite, j'ai royalement bousillé les choses et je dois les redresser. Donc, au lieu de nous rendre à la maison, je t'emmène chez ta tante Lucy, au Connecticut, pour quelques jours et elle va te conduire chez ta tante Lorna à Toronto, d'accord ? »

« Quoi ? Aller au *Canada* ? Pourquoi ne pouvons-nous pas simplement rentrer à la maison ? »

« Parce que la police sait où nous habitons et ils nous trouveront bien assez tôt chez Lucy. Si tu restes ici, ils essaieront de te placer dans un foyer et il n'est pas question que ça arrive. »

« Mais papa… »

« Ça va bien aller. Je viendrai te rendre visite le prochain week-end. Je dois juste redresser les choses avec la police et ensuite nous serons ensemble. »

« Tu jures, papa, tu jures que tu dis la vérité ? »

« Je le jure. »

« Jure-le sur la tombe de maman. »

« Sam… je… »

Ils entendirent une autre explosion, beaucoup plus petite que la première.

Ils se tournèrent tous les deux, regardant à travers la lunette arrière, voyant le panache géant de fumée qui montait derrière eux, quelque part près de l'East River.

« Papa ? » Samantha lui tenait fermement le bras. « Qu'est-ce qui arrive ? Est-ce que c'est une autre bombe. »

« Non, Sammy, ne t'inquiète pas au sujet des bombes. Quelqu'un a probablement lancé des feux d'artifice. »

« Mais tu as dit que c'était une bombe, papa ! »

« Oublie ce que je t'ai dit. »

Frank appuya sur l'accélérateur, faisant crisser ses pneus sur Madison Avenue vers Central Park.

CHAPITRE 15

JACK OUVRIT LES YEUX. Ses oreilles bourdonnaient et sa bouche goûtait la rôtie brûlée. Il essaya de bouger, mais en fut incapable ; il demeura donc immobile, fixant la lumière du soleil qui s'estompait.

Il n'avait aucune idée de l'endroit où il se trouvait, mais il reconnut la désagréable boule de remords qui nouait son estomac. C'était la même insupportable impression qu'il ressentait habituellement chaque lundi matin après s'être éveillé d'une cuite. Aucun souvenir du week-end, juste un sentiment lancinant qu'il avait fait quelque chose de mal et qu'il en paierait le prix plus tard.

Je n'ai pas touché à un verre depuis des années… pas vrai ? Il essaya de se souvenir, se rendant compte qu'il ignorait où il se trouvait et *quel jour* on était. Il referma les yeux. Des fragments de souvenirs commencèrent à se bousculer : le visage de Susan, un tour de carrosse, un coup de feu, sa moto, un pont, un revolver, cette voix… la même voix qui l'appelait maintenant.

« Votre heure n'est pas encore arrivée — tenez bon, vous irez bien. »

Jack ouvrit les yeux. Quelqu'un, une femme pensa-t-il, planait au-dessus de lui, le visage caché dans l'ombre, en même temps qu'un nuage noir commençait à avaler le soleil.

« Susan ? », murmura-t-il.

« Non, mais Susan est ici avec nous », dit-elle doucement.

Jack reconnaissait la voix, mais ne pouvait la replacer.

« Votre nom est Jack, n'est-ce pas ? Oui, Jack. Nous n'avons pas beaucoup de temps, alors écoutez attentivement. Susan a un message pour vous que j'essaie de comprendre… un événement est arrivé, quelque chose d'horrible. Quoi qu'il soit arrivé, elle veut que vous sachiez que ce n'était pas votre faute. Elle s'est manifestée pour que vous soyez ici aujourd'hui. Il vous faut terminer quelque chose. J'ignore ce dont il s'agit, mais elle dit : "*Suis l'histoire.*" Maintenant elle… j'en suis certaine… elle me montre un bébé, dans les bras de saint Thomas. D'après moi, cela signifie qu'elle veut que vous vous pardonniez quelque chose et recommenciez à vivre. Et Jack, elle dit aussi : "*Demain sera un meilleur jour.*" Comprenez-vous ceci ? "*Demain sera un meilleur jour.*" Compren… »

Le visage de la femme s'évanouit et sa dernière phrase fut noyée par une voix mâle autoritaire qui criait : « Sur vos pieds, médium, vous venez avec nous ! »

Un médium ?, pensa Jack, les événements de la journée s'insinuant dans son délire. *Oh mon Dieu, qu'est-ce que j'ai fait ? Pourquoi ne me suis-je pas simplement suicidé… Je dois être…*

« Crazy Jack Morgan ! C'est vous, n'est-ce pas ? Je savais que je reconnaissais ce casque. Que diable faites-*vous* ici ? »

Un autre visage de femme le dominait. Mais les nuages recouvraient maintenant complètement le soleil, il pouvait donc facilement distinguer ses traits. *Elle est superbe*, se rendit compte Jack, fixant ses yeux — le vert léger des anciennes bouteilles de Coca-Cola.

« Qui êtes-vous ? Où suis-je ? »

« Mon nom est Zoé Crane. Vous feriez mieux de vous reposer pendant une minute. Je vous ai frappé avec mon arme paralysante au moment où vous vous apprêtiez à saisir votre revolver. Vous devriez être sur pied dans quelques minutes, mais si vous me causez des problèmes, je vous assommerai de nouveau. »

« J'ai de la difficulté à respirer, madame. Je ne vais pas faire de problème à quiconque. »

Zoé le regarda avec méfiance, puis tint sa tête dans le creux de son bras et porta à ses lèvres une bouteille d'eau qu'elle avait sortie de son sac à dos. Pendant que Jack buvait goulûment, Zoé examina le beau visage coiffé de ce casque ridicule — le même qu'il portait sur la photographie accompagnant une histoire qu'elle avait lue sur lui dans les archives de *The Trumpet*. *Le pauvre type a vu sa femme se faire attaquer juste devant lui… mais pourquoi diable pète-t-il les plombs une décennie plus tard ? Et pourquoi aujourd'hui plutôt qu'un autre jour ? Il doit y avoir une primeur ici, quelque part.*

Elle écarta la bouteille de ses lèvres et essuya doucement la suie et la cendre de ses sourcils.

« Vous vous sentez mieux ? », demanda-t-elle.

« Je suis sur des charbons ardents. »

« Bien, le choc est en train de se dissiper. Je vais vous aider à vous lever. »

Elle glissa son bras autour de ses épaules et le tira jusqu'à ce qu'il soit assis, face à la rivière.

La brise en provenance de l'eau brûlait le visage de Jack. Il se frotta les yeux une première fois, puis une deuxième fois. Il regarda fixement les douzaines de personnes au pied de l'escalier : certaines toussaient, d'autres demandaient de l'aide, et des policiers s'occupaient de nombreuses autres.

Il leva les yeux vers le pont Queensboro, enveloppé d'un nuage tourbillonnant de fumée provenant d'un énorme incendie au centre de l'île Roosevelt. Comme la fumée se dissipa pendant une seconde, Jack vit le trou béant dans la structure effondrée du pont. Luttant pour reprendre son souffle, il haleta : « Sainte mère de Dieu, qu'est-ce qui est arrivé ? Que diable est-il arrivé ? »

« Je ne sais pas, répondit Zoé. Je suppose que c'était une explosion. »

« Encore une fois. Ils ont recommencé, n'est-ce pas ? Une autre attaque ? Ces fichus bâtards de meurtriers ! », hurla Jack, puis il se tourna vers Zoé. « Combien... combien en ont-ils tué cette fois ? »

« Je l'ignore. J'ai vu des gens qui couraient pour quitter le pont, et des gens qui couraient sur l'île... je ne sais tout simplement pas. Mais pourquoi diable vous inquiétez-vous ? Vous êtes venu ici avec un revolver pour essayer de tuer vous-même des gens ! »

« De quoi parlez-vous ? Je n'ai essayé de tuer personne. »

« Vous tiriez un revolver de votre veste. Vous vous apprêtiez à tirer sur le médium, Jack. Je vous ai vu et je vous ai entendu. Je vous ai *arrêté*, pour l'amour de Dieu ! »

« Je ne voulais pas la tirer. Je voulais juste lui montrer quelque chose qui avait appartenu à mon fils et lui dire de cesser d'exploiter le chagrin des gens. Je ne voulais pas *la* tuer. Même si ça ne vous regarde pas, mais je voulais *me* suicider aujourd'hui. Je serais déjà mort si je n'avais pas entendu ce médium à la radio. »

« Ce sont de pures conneries. Vous vouliez *vous* suicider ? Ouais, comme si j'étais pour acheter cela, spécialement de la part de Crazy Jack Morgan. »

« Regardez vous-même. Il y a une seule balle dans le cylindre et mon nom est inscrit dessus. Je voulais simplement l'effrayer. Je n'aurais jamais tiré sur une femme désarmée. »

« Quoi, en plus, êtes-vous macho ? »

Jack attrapa Zoé par le bras, la tirant vers lui jusqu'à ce que leurs yeux soient à peine à quelques centimètres de distance.

« Qui *êtes*-vous ? », demanda-t-il.

« Je vous l'ai dit — Zoé Crane. Je suis reporter. » Elle hésita. « Pour *The Trumpet*. »

« *The Trumpet* ? Oh, c'est juste parfait ! » Il lui tourna le dos et fixa l'incendie qui s'amplifiait de l'autre côté de la rivière. « Vous vous êtes trouvé une belle petite histoire, n'est-ce pas ? »

Zoé ramassa le revolver de Jack et ouvrit le cylindre. *Comme il l'avait dit, il n'y a qu'une seule balle à cet endroit.* Elle secoua l'objet dans sa paume. *Jésus, il voulait vraiment dire que son nom y était gravé.* Elle lut l'inscription sur le revêtement de la balle : *Jack Morgan ; coupable d'uxoricide.* Zoé avait lu assez de rapports d'autopsie pour savoir qu'*uxoricide* signifiait « meurtre contre sa femme ».

Zoé replaça la balle à l'intérieur, ferma le cylindre et tendit le revolver à Jack.

« C'est votre revolver et c'est votre vie, alors faites-en ce que vous voulez. Vous avez dit que le médium était une menteuse. Peut-être… c'est pas mal ce que j'ai toujours pensé. Mais cette femme a prédit ce qui arriverait aujourd'hui, et elle a prédit qu'il y aurait d'autres explosions. J'ignore ce que Katherine Haywood vous a jamais fait, ni pourquoi vous vouliez vous suicider, mais regardez ça », dit-elle, pointant vers le pont en ruines et les gens blessés. « Si quelque chose comme *ça* doit arriver encore une fois aujourd'hui, j'ai besoin de savoir où et quand. Donc j'ai besoin que vous me disiez ce qu'elle vous a dit », ajouta Zoé.

« Qu'est-ce que vous voulez dire, ce qu'elle m'a dit ? »

« Lorsque vous étiez étendu ici. Elle était penchée sur vous, elle vous parlait. Qu'est-ce qu'elle vous a dit ? »

« C'était *elle* ? Je croyais que j'hallucinais. »

« Vous n'halluciniez pas. Est-ce qu'elle vous a dit où pourraient être les autres bombes ? »

« Quoi ? Non, elle… elle a dit… »

Soudainement, Jack se rappela : *Elle a dit que demain sera un meilleur jour… la même chose que Susan me disait chaque matin. Comment pouvait-elle savoir ?*, se demanda Jack, incrédule.

« Bien... Allez-vous me le dire ? », insista Zoé.

« Je ne peux me souvenir », dit Jack, croyant qu'il devait vraiment avoir été en proie à des hallucinations.

« Pas de commentaires, hein ? Bien, je suis reporter, et en ce moment elle constitue pour moi la seule histoire au monde, donc je la suis. »

« Quoi ? », dit Jack.

« Katherine semble savoir exactement ce qui arrivera. Elle était au courant au sujet des explosions et du tram, donc je suivrai l'histoire. Peut-être pourrai-je écrire quelque chose d'important pour faire changement. »

« Quoi ! C'est ce qu'elle m'a dit. Elle a dit : "suis l'histoire." »

Jack et Zoé se dévisagèrent. Des sirènes stridentes hurlaient dans la rue et des hélicoptères grouillaient au-dessus de leur tête.

« Dites-moi quelque chose. Êtes-vous encore policier ? »

« Techniquement, ouais, jusqu'à la fin de la journée. »

« Vraiment ? Vous avez un insigne ? »

« Ouais. »

« Parfait. Je crois que Katherine se rend à Hoboken ; je l'ai entendu le dire par hasard. Mais maintenant les tunnels seront interdits aux civils à cause de ce qui est arrivé ici. Pourriez-vous m'aider à traverser la rivière ? »

Jack tourna les yeux vers l'île en flammes et le pont effondré. « Ouais, je vous aiderai, dit-il finalement, « et je ferai d'elle ma dernière arrestation. Mais je ne sais pas si je peux arriver à ma moto — j'ai de la difficulté à bouger.

Zoé mit le bras de Jack sur son épaule et le hissa sur ses pieds. Elle l'aida à descendre les marches à travers la frénésie montante de la rue, vers la courbe où sa Harley cabossée reposait dans le caniveau.

« Je n'ai pas la force de la soulever », lui dit Jack.

« Ne vous inquiétez pas — six années d'entraînement à la boxe peuvent finalement être payantes », répondit Zoé, attrapant une longue barre du guidon et le cadre juste sous le siège, puis elle redressa la moto.

Jack s'installa sur le siège, démarra la moto au *kick* avec relativement peu d'effort et enleva son casque qu'il tendit à Zoé. Comme elle grimpait sur le siège derrière lui, il dit : « Mettez le casque et indiquez-moi où aller. »

« Le tunnel. Prenez le tunnel Lincoln. »

CHAPITRE 16

CONRAD SE TENAIT À L'EXTRÉMITÉ EST du toit de la tour BioWorld, regardant l'incendie qui faisait rage sur l'île Roosevelt. Un nuage menaçant se formait au-dessus de l'île et les flammes orange et bleu miroitaient sauvagement dans l'obscurité naissante.

Les lames de l'hélicoptère de BioWorld fendaient l'air dans un sifflement aigu lorsque Wilson s'approcha de Conrad. « L'oiseau est prêt à voler, monsieur. Il est temps de monter à bord. »

Conrad marcha vers l'hélicoptère. Wilson tenait les poignets menottés de Katherine, Daniel s'accroupit près de la porte du poste de pilotage pour parler au pilote tandis qu'une demi-douzaine de gardiens armés se tenaient près de l'hélico, prêts à tirer.

Katherine se pencha, pressant ses lèvres contre l'oreille de Conrad pour qu'il puisse l'entendre par-dessus le bruit des pales tournoyantes.

« Ne prenez pas cet hélicoptère — c'est dangereux. J'ai besoin de vous parler seul, *maintenant* », dit-elle.

Wilson écarta immédiatement Katherine de Conrad d'un geste vif et la traîna vers l'hélicoptère pendant qu'elle hurlait : « Non, non, non ! Mon Dieu, ne me mettez pas là-dedans. Je n'entrerai pas dans ce piège mortel. Lâchez-moi ! *Enlevez vos infectes pattes de moi !* »

Elle se tortilla et donna un coup de genou à Wilson dans l'aine. Il se plia en deux, et elle s'enfuit, pour tomber rapidement sur un gardien armé qui se tenait devant la seule porte du toit.

Je suis à 120 étages de hauteur — où puis-je aller au nom du ciel, pensa-t-elle, désespérée, pivotant pour lancer un ultime appel à Conrad.

« S'il vous plaît… cet hélicoptère… ce n'est pas sécuritaire ! » Wilson s'était ressaisi et se dirigeait droit sur elle.

« Conrad, croyez-moi, cet homme n'agit pas dans votre intérêt personnel… ni le mien. Il est dangereux. »

Wilson l'empoigna, plaqua sa main sur sa bouche, la traîna jusqu'à l'hélicoptère et la projeta à l'intérieur. Un garde était déjà assis dans la cabine du passager et Wilson lui dit : « Arrangez-vous pour qu'elle reste tranquille. Comprenez-vous quels sont vos autres ordres ? »

« Oui, monsieur », dit le garde, regardant de l'autre côté du toit en direction de Conrad.

« Wilson, cette femme, Haywood, est en crise d'hystérie », dit Conrad avec inquiétude. « Êtes-vous certain que cet hélicoptère est sécuritaire ? »

« Absolument, monsieur. »

« Même avec la tempête solaire ? »

« Pas de problème, monsieur », assura Wilson à son patron, en s'apprêtant à grimper dans la cabine du passager.

Conrad l'attrapa par la manche.

« Attendez, Wilson. Je ne veux pas que vous veniez avec nous », dit Conrad.

« Excusez-moi, monsieur ? La ville et BioWorld peuvent être sous attaque. Je ne quitte pas vos côtés. En plus, Hoboken est une cible de choix. »

« Ne pensez-vous pas que je suis au courant ? J'ai besoin que vous contactiez Washington et la Garde nationale de New York.

Nous avons besoin à tout le moins de *tripler* la présence de nos effectifs de sécurité dans toutes nos installations — spécialement le laboratoire de niveau 4 à Hoboken ! », ordonna Conrad.

« Bien sûr, monsieur, je suis déjà sur l'affaire — je vous assure que j'y veillerai personnellement. En ce qui a trait à la sécurité, vous n'avez absolument pas à vous inquiéter. »

« Donc, je n'ai pas besoin de vous à Hoboken. J'ai besoin de vous ici pour assurer la protection de mon fils et de notre bureau central. Protégez l'édifice à tout prix — l'œuvre de ma vie se trouve ici. Je veux que vous scelliez complètement la tour et activiez nos unités de production d'oxygène. Si quelque chose va mal à Hoboken, la tour est le meilleur endroit où se trouver. »

« Monsieur, je ne… »

« C'est un ordre, vous comprenez ! »

« Oui, monsieur, si vous insistez. »

« Bien. Et enlevez les menottes à mademoiselle Haywood. »

« C'est à déconseiller, monsieur. »

« Elle semble prête à parler, mais elle ne sera pas aussi disposée à le faire si nous la gardons enchaînée. »

Wilson donna l'ordre à contrecœur au garde à l'intérieur de l'hélicoptère et il déverrouilla les menottes de Katherine.

« Laissez-moi sortir d'ici ! Laissez-moi sortir d'ici ! », se remit-elle à hurler, frappant contre la fenêtre.

Le garde maîtrisa Katherine en pressant son pouce et son index contre sa gorge, et en quelques minutes sa tête retomba vers l'avant.

« Qu'est-ce que vous avez fait ? », cria Conrad.

« Détendez-vous, monsieur », l'assura Wilson. « Notre garde s'est simplement servi d'une prise courante dans l'armée pour mater les prisonniers indisciplinés. Il a simplement arrêté son alimentation en oxygène pendant quelques secondes pour qu'elle perde conscience. Elle sera éveillée et vous criera après avant même que vous n'arriviez à Hoboken. »

« Je commence à me poser des questions sur vos tactiques, Wilson. »

« Je fais simplement mon travail, monsieur. Et ne vous inquiétez pas, votre fils est en sécurité avec moi », dit Wilson, saluant de la main en marchant vers la fenêtre du pilote pour donner des ordres finaux.

Conrad s'approcha de Daniel et enveloppa ses bras autour de lui. Il ne se souvenait pas quand il avait étreint son fils la dernière fois, après son enfance. Il détestait l'admettre, mais il savait qu'il avait toujours préféré Michael. Après que Michael soit tombé malade et se soit suicidé, il transféra beaucoup de sa colère sur son fils survivant.

« Danny, je t'ai dit des choses terribles aujourd'hui et depuis ces dernières… bien, je veux dire. Je n'ai pas vraiment été un bon père pour toi. La cérémonie de ce matin devait être dédiée à la mémoire de Michael… le projet PAT… tout son travail… et maintenant… et maintenant… »

« Nnne… ne t'inqu-quiète pas à propos de ça », dit Daniel, se dégageant brusquement de l'étreinte.

« Je me rattraperai avec toi, Danny. J'ai tellement à me faire pardonner. » Conrad commença à grimper dans l'hélicoptère, mais se retourna face à son fils. « Je… euh… je t'aime, Danny. Si quelque chose m'arrive, BioWorld t'appartient. Termine le projet PAT. »

Conrad ferma la porte de la cabine et s'assit près de Katherine.

« Tu peux y compter ! », cria Daniel du toit alors que l'hélicoptère s'élevait.

Wilson marcha vers Daniel et posa son bras autour de ses épaules, en disant : « Ne vous inquiétez pas… c'est pour le mieux. »

Conrad attacha sa ceinture de sécurité et se pencha pour boucler celle de Katherine toujours inconsciente.

« Êtes-vous certain qu'elle va bien ? », demanda Conrad au garde.

« Elle va très bien, monsieur. »

L'hélicoptère s'éleva du toit, s'éloigna au-dessus de l'East River, fit demi-tour en direction d'Hoboken et se mit à survoler le centre-ville.

Katherine s'éveilla en sursaut, regarda par la fenêtre et aperçut un grand nombre de lumières rouges clignotantes des centaines de mètres plus bas.

« Oh mon Dieu… comment pouvez-vous les avoir laissés nous mettre ici ? Je vous ai dit que c'était dangereux. Nous serons tués tous les deux par votre faute », murmura frénétiquement Katherine à Conrad.

« Calmez-vous, vous allez bien. Et nous serons parfaitement en sécurité, Mme Haywood… nous atterrirons à Hoboken dans cinq minutes. Ce qui est arrivé au pont et sur l'île n'est rien, *rien*, comparé à ce qui pourrait arriver si on attaque l'autre laboratoire. Maintenant, vous avez dit que vous vouliez me parler. Si vous le faites, vous devez commencer maintenant. Ce que vous avez dit à la radio ce matin à propos des explosions… je veux savoir comment vous avez pu le savoir. »

Katherine regarda le garde, puis de nouveau Conrad.

« Mettez vos écouteurs, s'il vous plaît », demanda Conrad à l'homme.

Aussitôt que le garde se fut couvert les oreilles, Katherine commença à parler sur un ton d'urgence.

« D'abord, nous sommes en réel danger. Nous n'aurions pas dû monter dans cet hélicoptère et — et — beaucoup de choses me parviennent. Attendez, laissez-moi me concentrer… J'ai une femme plus âgée qui arrive à moi… comme une mère… et son fils ou son petit-fils… attendez, attendez… ils veulent que vous me fassiez confiance… regardez, j'ai pu avoir prédit ce qui est arrivé au pont, mais je n'ai rien à voir dans cette affaire. Me croyez-vous ? »

« Croire *quoi* ? Que des esprits vous ont révélé l'imminence d'une attaque à la bombe ? » Conrad était incrédule. « Je ne crois pas aux esprits, ni à la vie après la mort. Peut-être avez-vous été hypnotisée ou êtes-vous dotée d'une forme de perception extra-sensorielle… donc, si vous sentez quelque chose au sujet d'Hoboken, je suis tout ouïe et disposé à vous écouter. Mais ne vous attendez pas à ce que je croie aux esprits. Je vous l'ai déjà dit, je suis un homme de science. »

Katherine posa sa main sur celle de Conrad. « Comment croyez-vous que j'ai su à propos de votre mère et des roses bleues ? »

Conrad soupira : « Les journaux, les revues, la télévision — faites votre choix. »

« Alors comment ai-je pu savoir que lorsque vous étiez un petit garçon, votre mère vous a dit que vous pourriez jouer le rôle de Dieu ? »

« La radio, Internet, les groupes de clavardage, des détectives privés… »

« Et comment », Katherine serra fort sa main, sa voix se faisant de plus en plus alarmante, « comment est-ce que je sais que vous avez tué votre mère ? »

Conrad n'eut pas le temps de répondre. Tout d'un coup, le garde assis à côté d'eux plongea prestement sur Conrad, détacha sa ceinture et ouvrit la porte de la cabine du passager.

« Désolé, monsieur. C'est ici que vous sortez. »

« *Êtes-vous fou* ? ! », cria Conrad à l'homme, le frappant avec ses deux pieds.

Katherine hurla. L'hélicoptère s'inclina soudainement, et le garde, que le coup de Conrad avait sonné, recula en trébuchant et fut éjecté par la porte.

Katherine agrippa le bras de Conrad, l'empêchant de tomber lui aussi. Ils purent tous les deux voir le corps du garde tomber et se fracasser sur le toit de la cathédrale St. Patrick.

« Qu'est-ce que je vous ai dit ! », cria Katherine, et elle commença immédiatement à se concentrer. Elle ferma les yeux et se concentra sur la canalisation de l'énergie positive, visualisant qu'ils sortaient tous les deux indemnes de l'hélicoptère.

Conrad ferma la porte et martela le mur de vitre séparant la cabine de passager de celle du pilote.

« Que diable se passe-t-il ? ! »

« Un orage solaire fait frire mon tableau de bord... tenez-vous bien... je dois essayer de déposer cette chose ! », répondit le pilote, sa voix à peine audible à travers la vitre.

L'hélicoptère de BioWorld chuta soudainement, tombant d'une centaine de mètres en quelques secondes. Conrad vit le square bondé de Rockfeller Center foncer sur lui, et il se tourna vers Katherine et dit : « Je suis désolé. »

Katherine commença à frapper du poing contre la poitrine de Conrad.

« Pourquoi ne m'avez-vous pas écoutée ? Je vous l'ai dit, je vous ai averti que cela arriverait. »

« Je sais, je sais », gémit Conrad, la pressant très fort dans ses bras enroulés autour d'elle.

L'hélicoptère remonta juste au-dessus du sol, survola le hall du centre, vira solidement sur l'aile et se dirigea vers le nord, le long de la 5e Avenue. Ils volaient tellement près du sol que Conrad pouvait apercevoir les visages de touristes effrayés qui les filmaient depuis le niveau supérieur d'un autobus à deux étages.

Ils filèrent en remontant la 5ᵉ, passant entre l'hôtel Plaza et la tour Trum, et traversèrent Central Park, sectionnant la cime des arbres tout le long du chemin.

Katherine et Conrad s'accrochèrent l'un à l'autre alors que l'hélicoptère amorçait une descente en spirale. Comme le sol se ruait sur eux, l'esprit de Conrad s'obscurcit, sauf pour un simple souvenir : le jour où il avait emmené ses deux fils à Central Park pour leur huitième anniversaire, un après-midi froid de décembre. Son cadeau pour eux consistait en une première leçon de patinage, mais aussitôt qu'ils arrivèrent à la patinoire, il fut appelé au laboratoire. C'est une nounou qui leur avait montré à patiner.

L'hélicoptère plongea dans un massif d'arbres, et tout devint noir.

CHAPITRE 17

FRANK ROULAIT EN TROMBE SUR LA 5ᴱ AVENUE et entra dans Central Park par la 72ᵉ, s'apercevant trop tard qu'à cette heure le parc était interdit aux véhicules. Il enfonça la barricade de circulation en bois d'un préposé à l'entretien, qui jaillit sur son capot, craquant son pare-brise. La route bifurquait immédiatement et il fit un rapide virage à gauche pour se diriger au sud, vers le tunnel.

« Papa, *attention* ! », hurla Samantha.

Une jeune mère conduisait une poussette en travers de la route juste en face d'eux. Frank donna un coup de volant si prononcé que les roues droites de la camionnette quittèrent le sol, renversant presque la camionnette sur le côté. Les pneus crissèrent avec la camionnette qui atterrit sur le pavé, faisant des queues de poisson vers le bas de la côte dans la mauvaise direction.

« Merde, j'ai manqué le tournant ! Je m'en vais vers le nord ! » cria Frank, klaxonnant une foule de piétons qui regardaient, hébétés, le nuage de fumée noire s'élevant au-dessus d'Upper East Side. « Tu vas bien, Sammy ? », demanda-t-il à sa fille.

« S'il te plaît — s'il te plaît, *s'il te plaît*, ralentis, papa. Tu vas tuer quelqu'un. Tu me fais vraiment peur. »

« Je suis désolé, mon ange, mais nous n'avons pas de temps. Je ne frapperai personne, je le promets. » Il jeta un regard sur sa fille et fit un sourire forcé. « Hé, il est facile d'éviter les gens. Tu devrais essayer de conduire à travers un champ de mines avec des canonniers de char qui te tirent dessus. Au moins ici personne ne *nous* tire dessus, hein ? », dit Frank nerveusement, essayant de rire.

« Non, mais ils le feront si tu ne *ralentis* pas. Tu n'es même pas censé conduire dans le parc. La police nous cherche probablement partout et... »

« Ne t'inquiète pas *trop* à propos de la police, Sammy. Ils ont beaucoup d'autres chats à fouetter en ce moment. »

Elle garda le silence pendant une minute, puis regarda Frank d'un air sévère.

« Je veux que tu me dises quelque chose, Frank, et dis-moi la vérité. »

« Tout ce que tu veux, Sammy. »

« Comment sais-tu qu'il ne s'agissait pas d'un écrasement d'avion, ce que nous venons d'entendre ? »

« Comme je l'ai... », Frank donna un autre coup de volant, évitant de justesse cette fois un groupe de cyclistes.

Jésus, ces gens ne savent-ils rien de ce qui est en train de se passer ? Il sortit la tête par la fenêtre et leur cria : « La fichue ville est en train d'exploser, pour l'amour du Ciel ! »

Comme ils passaient derrière le Metropolitan Museum of Art, il dit : « je sais que j'ai simplement dit de ne pas *trop* s'inquiéter à propos des flics, mais nous devons nous inquiéter un peu. Ils pourraient s'en venir derrière nous, je ne peux donc faire demi-tour. Alors tiens bon, ma fille — je vais faire un détour. »

Il vira à gauche, sautant le bord du trottoir et se retrouvant sur la piste équestre. Une demi-douzaine de chevaux s'emballèrent avec leurs cavaliers alors que Frank faisait demi-tour devant eux, remontait un talus abrupt et enfilait la piste de jogging ceinturant le bassin de Central Park.

« D'accord, ça va. Nous sommes à mi-chemin de la maison, Sammy », dit-il, accélérant soudainement et filant vers l'ouest le long de la partie sud de la voie.

« Arrête, papa, *arrête* ! Je vais être malade… »

Frank se tassa en bordure de la route, se garant à l'ombre d'un grand érable.

« Qu'est-ce qu'il y a ? », demanda-t-il, détachant sa ceinture et la prenant dans ses bras. « Je suis si désolé, ma chérie… mais je dois juste te sortir d'ici avant qu'il ne soit trop tard. »

Samantha pressa sa tête contre sa poitrine. Elle était froide et frissonnante. Sa respiration était faible et sifflante.

« D'accord, je suppose qu'on peut arrêter une minute. Nous prendrons un moment de repos et tu te sentiras mieux. D'accord, ma chérie ? Tu as juste besoin d'un peu d'air. »

Samantha laissait rarement Frank la transporter, mais pour la deuxième fois aujourd'hui, il la tint dans ses bras et son cœur se brisa de voir à quel point elle était devenue minuscule. Samantha ferma les yeux pendant un moment. Lorsqu'elle les rouvrit, elle vit sa mère qui se tenait sur une section ensoleillée de la pelouse, environ un mètre plus loin. Ses yeux se refermèrent.

Frank la transporta hors de la camionnette, prit une bouteille d'eau dans la glacière à l'arrière et l'installa doucement sur un banc qui donnait sur le bassin. Une petite plaque de bronze fixée sur le dossier se lisait : « *En la mémoire adorée de Maria Christoff.* »

« C'est un joli endroit, papa. Lorsqu'on te paiera pour le travail sur l'île Roosevelt, veux-tu m'acheter un banc commémoratif ici ? »

« Ne commence pas, Sammy. Tu *m'*achèteras un banc commémoratif. Et n'oublie pas, tu as promis de danser avec moi à ton mariage. » Frank regarda sa montre et pinça légèrement le petit poignet de Samantha entre ses doigts, espérant pouvoir prendre discrètement son pouls.

« Il est très faible aujourd'hui, n'est-ce pas », dit-elle mollement pour ensuite se tourner et vomir sur la pelouse. « Je suis désolée, papa. J'espère… »

« Pourquoi es-*tu* désolée ? » Frank la serra contre lui, essuyant son visage et embrassant son front. « Je suis celui qui t'a rendue malade avec ma conduite démente. » Il lui donna une gorgée d'eau pour rincer sa bouche.

« Non, le cancer m'a rendue malade. Ta conduite me fait toujours dégueuler », sourit Samantha faiblement.

« Oh, ma chérie… tu es si froide. »

« J'ai peur. »

« Je sais que tu as peur, mais nous devons sortir d'ici maintenant. Tu te sentiras mieux chez ta tante. Tu y seras en sécurité. »

« Je n'ai pas peur pour moi. J'ai peur pour toi… et pour tous les autres dans la ville. Papa ? »

« Oui, Sammy ? »

« Prie avec moi ? »

Frank caressa tendrement le cou de sa fille, reposant ses doigts sur sa gorge et comptant les battements de son cœur. Son pouls *était* faible, mais au moins il était stable. Il frotta sa nuque, la chaleur revenant graduellement.

« S'il te plaît, prie avec moi. »

« Tu sais que c'est la seule chose que je ne peux faire pour toi, mon ange. S'il te plaît, ne me le demande pas. »

« Papa, tu dois cesser de blâmer Dieu pour ce qui est arrivé à maman, et pour ce qui va m'arriver. »

Frank demeura un moment silencieux. Finalement, il dit : « Si je croyais en Dieu, je devrais Le haïr pour nous avoir enlevé ta mère, et c'est quelque chose que je suis incapable de faire. Donc, je ne crois pas en Lui, Sammy. Je n'y crois plus. Laisse tomber, d'accord ? »

« Combien de fois aurai-je à te le dire, papa ? », lui rappela Samantha avec un sourire fragile. Dieu est une *femme*. »

« Oh oui, j'ai oublié », dit Frank amusé. « Alors je ne crois pas en *Elle*. Ma chérie, nous devons vraiment partir maintenant. »

« Attends. »

« Qu'est-ce qu'il y a ? »

« Comment savais-tu que c'était une bombe, Frank ? »

« Tu sais que c'était mon travail dans l'armée de m'occuper des bombes, tu te souviens ? Encore aujourd'hui, je reconnais leur bruit. »

Frank se leva avec Samantha dans les bras. Elle reposa sa tête sur son épaule et murmura : « Attends. »

« Maintenant, quoi ? »

« Si tu ne crois pas en Dieu… si tu ne pries plus jamais… comment pourras-tu m'entendre te parler lorsque je serai partie ? »

Frank marcha silencieusement vers la camionnette, essayant d'éviter que Samantha voie son visage alors qu'il la déposait doucement sur le siège et se penchait pour attacher sa ceinture de sécurité.

C'est alors qu'il l'entendit.

Un épais massif d'arbres bloquait sa vue, mais il reconnut le son. C'était un hélicoptère en détresse.

Que diable se passe-t-il ? Ce ne peut être ça, pas ici. Est-ce que c'est une sorte de retour en arrière ? Est-ce que je suis en train de devenir cinglé ?, pensa Frank. Mais ensuite, soudainement, la chose se trouvait au-dessus d'eux, peut-être à une centaine de mètres plus loin — un hélicoptère privé luttait pour demeurer dans les airs, mais chutait rapidement vers le sol.

Devant lui, les pins commencèrent à craquer comme des bréchets alors que le fuselage cabossé de l'hélico labourait le bosquet. L'objet jaillit de la lignée d'arbre, bondit à travers une section de la pelouse comme une pierre ricochant sur un lac tranquille et s'écrasa contre un vieux chêne à moins de six mètres de la camionnette de Frank.

Frank sauta dans la cabine et avança la main vers le contact. « Les clefs ! Où sont les sacrées clefs ? »

« Va les aider ! »

« Sammy, le gaz… donne-moi les clefs, je dois te sortir d'ici. Donne-les-moi ! »

« *Va les aider, Frank !* »

Frank sauta de la camionnette, s'étouffant à cause de la fumée qui se répandait, et avança en pataugeant dans une flaque d'essence qui fuyait de l'hélicoptère écrasé.

Il vit la tête du pilote horriblement écrasée, émergeant du pare-brise brisé, il comprit immédiatement qu'il était mort. La porte de la cabine était ouverte, Frank tira donc le premier corps qu'il vit, celui d'un homme dont le visage était recouvert de sang. Frank arracha une écharde de verre de la tempe de l'homme, nettoya ses yeux avec sa manche et le tourna dans la direction de la Dodge.

« Pouvez-vous marcher ? », demanda Frank.

« Je crois que oui. »

« Bien. Alors, *courez* vers cette camionnette. »

Comme l'homme avançait vers la camionnette, il cria vers Frank, pointant la cabine de l'hélico. Mais Frank ne pouvait entendre un mot de ce qu'il disait — sa voix étant complètement noyée par un vrombissement familier et menaçant qui lui envoya un frisson dans la colonne vertébrale.

Frank leva les yeux. Faisant du surplace juste au-dessus de lui, il y avait un hélicoptère d'attaque Apache de l'armée américaine,

avec ses deux mitrailleuses de 30 millimètres pointées directement vers lui et ses 16 missiles Hellfire attachés sous la soute ven-
trale, prêts à lancer.

*Mon Dieu, l'endroit est devenu une fichue zone de guerre ! Est-ce
que l'armée vient juste d'abattre cet hélicoptère ! ?*, se demanda Frank.

L'Apache remonta soudainement et s'éloigna de lui, faisant
un virage abrupt sur l'aile et se dirigeant vers l'est jusqu'à disparaître.

Frank entra dans la cabine de l'hélicoptère écrasé. Une femme
aux cheveux roux était affalée, empêtrée dans sa ceinture de sécurité. Il mit sa main sur sa poitrine et poussa fermement, essayant
de faire glisser la ceinture de l'épaule autour d'elle. Elle ouvrit les
yeux, regarda sa main, lui donna une bonne gifle, et s'évanouit de
nouveau. Frank parvint à dégager la femme des sangles de sa
ceinture, hissa son long corps sur ses épaules à la manière des
pompiers transportant des rescapés, et fonça vers la camionnette.

Frank laissa glisser le corps de la femme sur les genoux de
l'homme ensanglanté qui était assis derrière.

« Je vous paierai 100 000 dollars pour nous emmener à
Hoboken », dit l'homme.

« Mon ami, vous serez chanceux si je peux vous emmener à
trois mètres d'ici avant que cette chose éclate », dit Frank, sautant
dans la cabine et tendant la main vers Samantha.

« Les clefs ! »

« Je les ai mises dans le contact. »

Quelques secondes plus tard, ils zigzaguaient à travers la
Great Lawn du parc. Frank regarda dans son rétroviseur et
observa les flammes de l'hélicoptère qui explosait jaillir dans le
ciel. Puis il se tourna vers sa fille.

Il pouvait voir ses lèvres bouger, mais il pouvait à peine entendre ce qu'elle disait. Elle murmurait : « D'accord, maman… Je vais
le faire… Je le promets… ne t'inquiète pas. »

CHAPITRE 18

À une dizaine de mètres sous les rues de Manhattan, la limousine tournait au ralenti, alors que le conducteur attendait dans l'obscurité que la porte massive du garage s'ouvre.

Cette porte de la tour BioWorld était connue dans les cercles d'ingénierie comme la plus solide jamais usinée — une barrière lourde et épaisse de tungstène solide pouvant résister à une frappe directe d'explosifs très puissants.

Une série de craquements métalliques retentirent au moment où les verrous de la porte se rétractaient, suivi d'un sifflement régulier alors que l'étanchéité du sas d'air de la tour se brisait. La porte roula vers le haut, tel un store vénitien de deux tonnes.

Aussitôt que l'espace fut suffisant, la limousine sombre émergea du sous-sol, remontant la rampe en direction de York Avenue.

Mais, avant qu'elle n'atteigne la rue, une douzaine d'agents de l'opération Atlas du Service de police de la Ville de New York entouraient la voiture. Ils portaient tous des masques à gaz et des vestes pare-balles et braquaient leurs armes sur la longue voiture foncée.

« Arrêtez ou nous tirons ! », cria l'un des officiers. Son ordre était assourdi, étouffé par l'épais masque à gaz, mais son intention était claire.

La limousine s'immobilisa immédiatement, et alors que la fenêtre arrière teintée du passager s'abaissait, une main en sortait et présentait une pièce d'identité ADN / photo de BioWorld et un laissez-passer de sécurité émis par le Département de la sécurité nationale.

L'officier en chef s'approcha avec son fusil maintenu au niveau de la fenêtre, se pencha vers l'avant et inspecta les pièces d'identité.

« John Wilson, chef de la sécurité de BioWorld », dit Wilson, de l'intérieur de la voiture.

« Général John Wilson ? Que je suis heureux que ce soit vous, monsieur. J'aurais aimé que les circonstances soient différentes. La fichue ville est en train d'exploser tout autour de nous, et… »

« Est-ce que je vous connais ? »

« Monsieur, oui, monsieur. Sergent Peter Crighton — hum, bien, vous m'avez connu quand j'étais *Capitaine* Crighton, monsieur. J'ai eu l'honneur de servir sous vos ordres dans l'opération Tempête du désert », dit le sergent, relevant son masque à gaz de son visage, de sorte qu'il repose sur sa tête comme une casquette de baseball.

« Votre arme est sur mon visage. S'il vous plaît, veuillez la baisser. »

« Désolé, monsieur », dit Crighton, pointant son fusil vers le sol et faisant signe à ses hommes de faire de même.

« Voilà qui est mieux. Bien sûr que je me souviens de vous. Combattant Crighton — l'homme qui à lui seul a capturé trois tanks irakiens en 10 minutes. Vous n'êtes plus en uniforme, soldat ? »

« Non, c'est simplement un uniforme différent ces temps-ci, monsieur. Depuis maintenant 12 ans, je fais partie du Service de police de la Ville de New York, troisième sous-commandement de l'opération Atlas. C'est la section antiterrorisme... »

« Je sais ce qu'est Atlas, interrompit Wilson. Je suis celui qui a demandé à votre détachement d'assurer la sécurité de BioWorld. C'était il y a 20 minutes. C'est bien que vous vous montrez enfin. Maintenant, je vous prie de vous écarter de mon chemin... »

« Désolé, monsieur. Personne ne peut le faire. »

Un véhicule blindé, bleu, de transport du personnel avec une image de serpent dressé, peinte sur le devant, s'avança pour s'arrêter au sommet de la rampe.

« COBRA ? », demanda Wilson.

« Oui, monsieur. L'unité chargée des actions chimiques, biologiques ou radiologiques. »

« Je sais ce que ça veut dire ! », cria Wilson de la voiture. « C'est moi qui ai créé la fichue unité ! Ce que je veux savoir, c'est la raison de leur présence *ici.* »

« À cause des traces de radiation, monsieur. Il y en a beaucoup, partout sur la rue, la rampe et spécialement sur la porte de garage que vous venez tout juste de franchir — l'endroit tout entier est une sacrée zone névralgique. Nous devons fouiller l'immeuble pour trouver des bombes radiologiques... et, désolé de le signaler monsieur, mais nous devons fouiller votre véhicule et tout ce qui se trouve à l'intérieur. »

Au sommet de la rampe, la porte du transporteur COBRA se leva brusquement comme si la mâchoire du serpent peint s'ouvrait brusquement.

Une équipe vêtue de vêtements jaunes antiradiation descendait rapidement la rampe, chacun transportant un compteur Geiger halogène qui émettait des bips d'avertissement aigus, comme un camion qui recule.

« Écoutez, monsieur. C'est contaminé ici, et je dois ordonner... »

« Écoutez-*moi*, Capitaine. Vous voyez ce pont fumant sur la rivière ? Il peut avoir été emporté par une bombe radiologique. Cela signifie qu'il peut y avoir des retombées partout autour d'ici. De plus, nous avons été bombardés par le plus gros orage solaire depuis 150 ans. Aujourd'hui, vous n'avez aucune chance d'obtenir une lecture exacte des radiations — spécialement dans ce quartier. Alors voulez-vous gentiment sortir de mon chemin ? »

« J'ai tout considéré cela, mais avec tout le respect que je vous dois, général, la porte de garage que vous avez traversée semble particulièrement contaminée, et je dois insister... »

« Cette *porte* ne peut être ouverte qu'au moyen d'un panneau de contrôle dans l'appartement-terrasse de Conrad Dinnick. Maintenant, ses amis intimes — le maire, le gouverneur et le *président des États-Unis* — ne croient pas qu'ils cachent des armes nucléaires à cet endroit, et moi non plus. Qu'en pensez-*vous* ? »

« Encore une fois, avec tout le respect que je vous dois, monsieur, tout ceci n'est pas important. Le Bureau de gestion des urgences de la Ville se trouve dans cet édifice. S'il y a des traces de radiation qui y mènent, je dois... »

« Écoutez, Crighton, je vous ai montré ma pièce d'identité de la Sécurité intérieure. J'ai une autorisation de sécurité plus élevée que tout ce que vous pouvez imaginer *et* je suis toujours général dans l'armée américaine. Je vous donne un ordre direct de... »

Un compteur Geiger halogène près de la porte de garage l'interrompit avec un hurlement à fendre les oreilles.

« Monsieur, cette porte est plus chaude qu'une prostituée à 1 000 dollars », dit Crighton. « Il doit y avoir... »

Juste à ce moment, le sol trembla sous une douzaine de véhicules d'extinction alors que les camions filaient sur York Avenue vers le pont Queensboro, distrayant à la fois Crighton et ses hommes.

Wilson saisit le moment pour sauter de la voiture. « Je vous ai ordonné de vous retirer, Crighton, siffla-t-il, pressant le long barillet d'un pistolet de métal argenté contre la tempe du sergent. Maintenant, avant que nous nous retrouvions dans un bain de sang, dites à vos hommes de baisser leurs armes pendant que nous parlons. »

Le bruit des véhicules d'extinction s'évanouit. Wilson arma le chien de son pistolet. Les officiers entourant la limousine levèrent leurs armes et la rampe retentit du déclic du mécanisme à pompe des fusils.

« Retenez votre tir, mais maintenez vos positions ! », ordonna Crighton à ses hommes. « S'il fait feu… tuez-le. »

« L'orage solaire a bousillé les communications, et sans communication électronique, il n'y a pas de moyen de savoir ce qui arrive. Nous pourrions être en guerre, Crighton », beugla Wilson.

« Oui, monsieur, mais c'est toujours mon devoir de repérer toute trace de radiation. »

« Vous n'avez aucune idée de ce qui se passe ici, mon fils. »

« Monsieur, comme sergent du Service de police de la Ville de New York et chef d'unité… »

« Vous êtes un diplômé de West Point, Crighton. Vous connaissez les raisons pour lesquelles nous avons combattu en Iraq — pour protéger nos droits constitutionnels — les libertés qui nous sont octroyées suivant l'ordre de l'*habeas corpus*. »

« Bien sûr, je le sais… pourquoi me servez-vous un jeu-questionnaire d'histoire avec un pistolet sur la tempe ? », dit Crighton en serrant les dents.

« Non, Crighton, un jeu-questionnaire d'*événements actuels*. Dites à vos hommes à quel moment l'*habeas corpus* peut être légalement suspendu. »

« Monsieur, je ne comprends pas ce que vous voulez que je… »

« La Constitution des États-Unis, Crighton ! Article 1, Section 9. À quel moment les autorités militaires suspendent-elles les droits civils ? »

« Monsieur ? »

« Répondez-moi. Dites les sacrés mots. »

« Dans le cas de rébellion ou d'invasion. »

« *En cas de rébellion ou d'invasion.* Au cas où vous ne l'auriez pas remarqué, Crighton, nous sommes en guerre. Les infidèles sont à nos portes… »

« Infidèles ? »

« Les impies terroristes qui commettent des attentats suicides à la bombe, Crighton. Vous êtes aussi aveugle et stupide que tout le monde au Pentagone. Pour la dernière fois, je suis sur une mission Code rouge. Des millions de vies sont en jeu et vous êtes sur mon chemin.

« J'ai mes ordres, monsieur. »

« Je vous donne de *nouveaux* ordres. Pour tout ce que nous en savons, cette ville pourrait se trouver sous la loi martiale. Sous l'article 1, section 9 et les provisions du *Terrorism Prevention Act*, je prends le commandement de votre unité. Maintenant, ordonnez à vos hommes de reculer et de libérer cette rampe, ou alors, que Dieu me vienne en aide, je mettrai une balle dans votre cerveau dans trois secondes. Un, deux… »

« Baissez vos armes. Retirez-vous. Faites-le !, cria Crighton à ses hommes. Je cède le commandement au général Wilson. »

Les officiers baissèrent leurs fusils et se tassèrent sur les côtés alors que le véhicule COBRA reculait pour dégager la rampe.

Wilson enleva son revolver de la tempe de Crighton.

« Voilà ce qu'il en est, Crighton — la chaîne de commandement. Vos ordres sont de sécuriser le périmètre de la tour. Tout le personnel essentiel a été escorté à l'intérieur ; tout le personnel non essentiel est parti. L'édifice demeurera verrouillé jour et nuit jusqu'à ce que nous puissions nous assurer du niveau de menace actuel. Aucune porte ni aucune fenêtre ne peut être ouverte — c'est étanche et impénétrable. Vous avez besoin d'une sacrée arme nucléaire pour entrer à l'intérieur maintenant, mon fils. Gardez-la au péril de votre vie et essayez de demeurer vivant. » Wilson donna une tape dans le dos du soldat, et dit : « Heureux de vous avoir revu, Crighton », puis il réintégra la limousine.

La voiture avait quitté la rampe et se dirigeait vers le sud sur York Avenue avant que Wilson n'ait remis son revolver dans son étui.

« Vous jouez beaucoup la comédie avec les gens », s'aventura Daniel, alors que le général se calait dans son siège et tirait un porte-documents sur ses genoux.

« Je ne joue pas de comédie, mon fils. Je donne des ordres, et les soldats — même les ex-soldats — obéissent. C'est ce que nous les programmons à faire. »

Daniel regarda Wilson d'un air sceptique. « Mais l'hélicoptère ? »

« Il devrait être revenu vers nous. Peu importe ce qui est arrivé à l'hélicoptère, ce n'est pas parce qu'on n'a pas suivi mes ordres. »

« Et le pont. Pourquoi ? »

« Une tactique nécessaire pour faire diversion. »

« Ces gens étaient innocents… »

« Inévitable. Des dommages collatéraux. » Wilson était stoïque.

« Il… ne semble pas… »

« Semble pas quoi ? Bien ? Juste ? Rappelle-toi, mon garçon, tout est juste dans la guerre, et nous sommes en guerre », dit Wilson.

« Mais, *papa*… je veux dire… je suis désolé… »

« C'est bien, je comprends que tu sois un peu confus. C'est bien de m'appeler papa si tu le veux. Tu sais que tu es comme un fils pour moi. »

Daniel soupira lourdement, puis regarda sa montre. « Nous n'y arriverons jamais. »

« Nous y arriverons s'il n'y a pas d'autres fichus délais. La gestion du temps est très serrée quand on voyage au sol, mais nous y arriverons. »

Wilson se pencha vers le conducteur. « Fixez cette lumière clignotante sur le toit et prenez la 42e Rue qui traverse la ville. La police l'aura fermée et restreinte aux véhicules d'urgence seulement. Quand nous arriverons au tunnel Lincoln, prenez la voie menant vers le nord — c'est le chemin le plus court pour traverser la rivière.

Se tournant vers Daniel, il ouvrit le porte-documents.

« Regardez ça. C'est de toute beauté. Je l'ai fabriqué moi-même — charge C4, dispositif de protection aléatoire à fil-piège alpha cryptique et détonateur par téléphone satellite GSN. Satisfaction garantie. La seule chose sur laquelle je n'ai pas compté, c'est un orage solaire qui désorganiserait notre système satellite. Quelles sont nos chances qu'un tel orage nous frappe, aujourd'hui parmi tous les autres jours ? »

« Astronomiques », dit Daniel d'un ton sarcastique.

« Mais ce ne sera pas un problème ; le téléphone possède un déclencheur itinérant qui est programmé pour essayer continuellement d'établir la communication — aussitôt que le premier satellite fonctionnel arrive en ligne, il retransmettra le signal ici et nous obtiendrons une connexion. Puis, tout ce qu'il nous reste à faire, c'est de basculer ça », expliqua Wilson, pointant un interrupteur fixé au téléphone.

« Une fois que ce sera fait, l'horloge commencera à faire tic-tac. Trente minutes plus tard, le mécanisme fera exploser la première cible, puis le porte-documents s'autodétruira. J'ai mis assez d'explosifs plastiques dans cette serviette pour faire sauter un pâté de maisons, nous devons donc nous assurer que nous sommes dans les airs et en chemin vers l'Amérique du Sud lorsque le compte à rebours atteindra zéro. Une fois que l'interrupteur est déclenché, rien ne peut l'arrêter, sauf un code de déconnexion que je suis le seul à connaître. »

« Mais peut-être que… ça ne fonctionnera pas. À cause de l'orage. Peut-être que ce n'est pas supposé fonctionner. »

« Pas *supposé* fonctionner ? !, cria Wilson d'un ton incrédule. Supposer n'a rien à faire avec ceci. Il s'agit d'une opération militaire, et je suis un expert militaire, mon fils. Installe-toi confortablement, profite du trajet et fais preuve d'un peu de foi. »

CHAPITRE 19

LA CAMIONNETTE DÉRAPAIT À TRAVERS LA GREAT LAWN, ses pneus arrière crachant de grosses mottes de gazon dans les airs.

Frank traversa le champ d'environ un demi-kilomètre en moins d'une minute — plus qu'assez de temps pour constater que la ville avait changé. Manhattan était brusquement cernée par le nuage noir flottant vers l'ouest en travers de la ligne d'horizon et par les hélicoptères de police bourdonnant au-dessus de l'île. La scène rappela à Frank sa dernière expédition en Irak où il avait nettoyé les bombes en grappes d'un terrain de jeu et où son chef d'équipe avait marché sur une mine terrestre. Une expression avait animé son visage durant la fraction de seconde entre le cliquetis du déclencheur de la mine et le moment où l'homme prenait conscience qu'il serait soufflé en miettes, un regard qui avait hanté Frank jusqu'à ce jour. C'était le même regard qu'il apercevait maintenant, gravé dans les visages de tous ceux qu'il dépassait dans le parc : le vendeur de hot-dogs, la bonne qui poussait la voiturette d'enfant, le père qui portait son fils sur ses épaules, la vieille dame qui nourrissait les pigeons.

C'était un regard de terreur.

Les souvenirs du 11 septembre 2001, hermétiquement enfermés dans les cerveaux de tellement de New-Yorkais, resurgissaient et envahissaient la ville avec l'horreur de l'histoire qui se répétait presque six ans plus tard.

Du coin de l'œil, Frank pouvait voir Samantha qui lui faisait signe. Ses paupières étaient à peine ouvertes, mais elle tenait son bras gauche devant elle, pointant avec insistance quelque chose à travers le pare-brise.

« Le château dans le ciel, papa », dit-elle faiblement.

Frank se concentrait pour se frayer un chemin dans la ruée humaine qui balayait le parc en tous sens. Des centaines de personnes couraient maintenant sur la pelouse, s'activant désespérément pour trouver un refuge, regagner leur maison et rejoindre leur famille. Il était certain que sa fille avait des hallucinations.

« Certainement, Sammy, je le vois qui flotte bien au-dessus. Maintenant, ferme les yeux et repose-toi un peu. Nous serons bientôt à la maison. »

« Non, Franklin, regarde en haut le château dans le ciel ! Nous avions l'habitude de venir souvent ici avec maman.

Elle avait raison. Il était là, les dominant, devant eux : le Belvedere Castle. Une forteresse médiévale au cœur de Manhattan, perchée au sommet d'une falaise de granite — le point le plus élevé de Central Park. Il avait emmené Sarah et Samantha à cet endroit lors de pique-niques du dimanche après-midi pour, comme Sarah adorait dire, « prendre un repas royal avec la vue la plus richissime, mais la moins chère de la ville ».

Un endroit parfait pour un nid de tireur embusqué, pensa Frank, sondant l'allée au-dessus du mur du château. Il les aperçut instantanément : au moins six soldats camouflés avec des fusils de grande puissance prenaient position sur les remparts du château.

Fameux ! Une camionnette conduite par un homme recherché, fuyant à haute vitesse un écrasement d'hélicoptère à travers un parc public bondé. Je pourrais aussi bien tracer une cible bien voyante sur le toit. Non seulement suis-je un pigeon facile à tuer, mais je serai un mac-

chabée justifiable. Et à cette distance, même ces guerriers du dimanche ne pourraient me manquer.

« Papa ? »

« Sammy, *pas maintenant.* »

« Mais j'ai besoin de te dire quelque chose. »

« *Quoi* ? J'essaie de conduire. »

« J'ai décidé que je voulais que tu saupoudres mes cendres du sommet du château... »

« *Samantha* ! Si tu fais encore une fois référence à la mort, je jure devant Dieu que je... »

« Je croyais que tu ne croyais pas en Dieu, Frank », dit Samantha d'un ton sarcastique.

« Tu te moqueras de moi plus tard », lui dit Frank, appuyant à fond sur l'accélérateur et faisant dévaler la camionnette directement vers l'étang sous le château.

Il donna un coup de volant vers la droite à la dernière minute et enfila une allée piétonnière qui menait à l'extérieur du parc, appuyant sur son klaxon qu'il fit hurler alors qu'il prenait de la vitesse dans la voie bondée. Frank jeta un regard vers sa fille et dit : « Si tu sens le besoin de prier, Sammy, ce serait un bon moment. Prie pour que je ne tue personne, parce que je n'ai aucunement l'intention de ralentir. »

La Dodge filait vers Central Park West, qui était totalement bloqué par des voitures et des piétons cherchant désespérément à retourner chez eux, incapables d'avancer dans n'importe quelle direction. Une policière de circulation, qui avait libéré une voie étroite dans l'embouteillage pour laisser passer une ambulance qui s'approchait, fit signe à Frank de s'arrêter. Il l'ignora, fonçant à travers l'intersection affairée vers la 81e Rue Ouest, forçant la policière à se projeter hors du chemin pour éviter d'être fauchée. Malgré cela, elle percuta le flanc de la camionnette comme elle sautait, jurant contre Frank en atterrissant au sol.

« Oh là là », dit Frank, voyant dans son rétroviseur latéral la policière qui se relevait, frottait ses vêtements et lui montrait le doigt. Puis il aperçut les bannières suspendues au-dessus de la 81ᵉ Rue Ouest.

Finalement, un coup de chance ! La rue entière avait été fermée en préparation d'un festival de trottoir. Frank coupa à travers une file de piétons et enfonça une haie de barricades métalliques de police.

« Nous y sommes arrivés, mon ange ! Nous avons une route ouverte vers l'ouest, complètement libérée à travers la ville. Si la 11ᵉ Avenue n'est pas bloquée, nous serons dans le tunnel en 12, peut-être 15 minutes, au plus. C'était de la bonne prière, Sammy. Bravo !, ma fille. »

« Pas *si bonne* que ça, Franklin. Tu as presque écrasé une policière. »

« Je n'ai écrasé personne. »

« Oui, tu l'as fait. »

« Non, je ne l'ai pas fait. »

« Tu l'as fait. »

« Bien… je ne l'ai pas *écrasée*… Je l'ai seulement frôlée. Si la ville n'est pas balayée par les explosions, elle pourra déclarer avoir été victime d'un coup de lapin et bénéficier de six mois de vacances invalidité en Floride. Tu vois ? Je lui ai rendu service. »

« *Papa !* »

« Désolé, Sammy. Je pourrais l'avoir blessée ; je ne devrais pas faire de blagues là-dessus. Je suis simplement nerveux. Mais je ne peux croire que tu me sonnes les cloches. Une seconde, tu es tranquille, la suivante, tu me cites pour infraction aux règlements de la circulation. »

« Je me sens un peu mieux… mais je n'en suis pas aussi sûre quant à eux. »

« Eux qui ? »

« Là derrière », dit Samantha, relevant brusquement son pouce au-dessus de son épaule gauche, comme une auto-stoppeuse, vers le plateau de la camionnette.

« Oh, merde, merde, merde ! », cria Frank, se souvenant de sa cargaison non désirée.

Puis il aperçut le barrage policier deux pâtés de maisons plus loin.

Diable, se rendit-il compte, *je n'arriverai jamais à les dépasser avec deux victimes d'un écrasement recouvertes de sang à l'arrière.*

Il appliqua les freins, tendit le bras sous le siège pour attraper un des revolvers des détectives qu'il avait planqués, et sauta de la camionnette.

Pendant ce temps, l'homme qu'il avait rescapé avait fabriqué un matelas pour sa compagne avec les sacs de fertilisant, glissant un petit rouleau de gazon sous sa tête en guise d'oreiller.

Elle était inconsciente, mais Frank constata que sa respiration était régulière et profonde.

« Merci de nous avoir embarqué », dit l'homme.

Frank pointa le revolver vers lui : « Deux questions, et n'essayez même pas de me mentir, aboya-t-il. Qui diable êtes-vous, et pourquoi les militaires pourchassaient-ils votre hélicoptère ? »

« Mon nom est Dinnick, je suis le... »

« *Dinnick* ? » Malgré le masque de sang séché collé au visage de l'homme, Frank reconnaissait maintenant son riche patron. « Je sais qui vous êtes, monsieur Dinnick. Pourquoi vous pourchassaient-ils ? »

« Je ne sais honnêtement pas *qui* est après moi, pas plus que vous. »

« Bien, vous êtes mieux de le découvrir rapidement. »

« Peut-être n'êtes-vous pas au courant de l'attaque », dit Conrad d'un ton énergique, ou à tout le moins à propos de l'explosion du pont Queensboro. « La moitié du pont est dans l'eau, et le Re-Creation Center que j'ai construit sur l'île Roosevelt est complètement détruit. Donc, je crois… »

« C'était l'explosion que j'ai entendue ? Le pont… le Re-Creation Center, détruits ? »

« C'est exact. Ils doivent être en train de fermer l'espace aérien sur Manhattan, comme c'est arrivé après le 11 septembre, et… regardez, c'est trop compliqué. Je travaille pour l'armée, pour le gouvernement. Quelqu'un dans ma compagnie, ou des terroristes ou un gouvernement étranger… *quelqu'un* essaie de me tuer parce que je sais quelque chose. Je n'ai pas le temps de tout vous expliquer. J'ai dit que je vous donnerais 100 000 dollars pour m'emmener à Hoboken. Baissez votre pistolet et je monterai à 200 000 dollars. Vous n'avez pas idée de l'importance de l'enjeu… »

« Bien, n'êtes-vous pas généreux, M. Dinnick. Vous me *devez* déjà 200 000 dollars pour l'aménagement paysager de votre île que j'ai effectué, et j'attends toujours le chèque, mon ami. »

« Je ne savais pas qui vous… »

« Peu importe », dit Frank, agitant le revolver en direction de Katherine. « Qui est-elle ? »

« Un médium. »

« Oh, bien sûr, un *médium.* Avec qui d'autre pourriez-vous tomber du ciel ? Attendez — c'est ce médium de la télé… Katherine je ne sais plus trop qui, celle qui fait paniquer tout le monde à la radio avec des menaces à la bombe… sur *votre* station de radio, pas vrai ? »

Frank pressa le revolver contre les côtes de Conrad. « Je ne sais pas quelle sorte de jeu malade vous jouez ici, mais ramassez votre petite amie immédiatement et dépêchez-vous d'enlever votre cul de milliardaire de ma camionnette avant que je ne vous troue la… »

« Papa ! »

Samantha, qui avait fait glisser la petite fenêtre arrière dont le cadre sale accentuait les cercles noirs sous ses yeux et la pâleur de son visage, les fixait.

Frank cacha immédiatement le revolver derrière son dos.

« Sammy, j'ai juré que je ne blesserais personne, mais nous devons nous rendre chez ta tante immédiatement. Nous ne pouvons emmener ces gens… »

« Maman dit de les emmener avec nous. »

« *Quoi ?* »

« Maman vient juste de me parler. Arrête de me regarder comme ça — elle l'a fait, vraiment. Elle a dit que nous devons tous y aller ensemble. »

« D'accord, ma chérie, c'est bien. Maintenant, ferme la fenêtre et attache ta ceinture. Nous partons sur-le-champ. »

Samantha ferma la fenêtre et se retrouva hors de vue, Frank se tourna alors vers Conrad.

« Je ne veux pas vous faire du mal, mais je le ferai. On dirait que l'armée est après vous, et je *sais* que les policiers sont après moi, nous ne faisons donc pas une bonne équipe. Maintenant, sortez. Vous voyez combien ma petite fille a l'air malade, elle délire… »

« Elle est mourante. »

« Qu'est-ce que vous venez de dire ? »

« Leucémie génocalimique chronique, n'est-ce pas ? »

« Comment diable pouvez-vous savoir ça ? »

« Parce que je suis allé à l'école de médecine et que je suis un généticien. Je ne peux rien vous promettre, mais je crois que je peux l'aider… »

« Vous pouvez quoi ? Vous mentez, espèce de bâtard. »

« Si vous savez qui je suis, alors vous devez savoir ce que je fais. Je suis en train de développer une nouvelle thérapie génétique. C'est encore à l'étape expérimentale, mais je crois que cela pourrait inverser le processus de la maladie. »

« Je ne vous crois pas. »

« Votre oncologue doit vous avoir dit ce que je peux voir simplement en regardant son visage. Elle n'en a que pour quelques semaines, peut-être seulement quelques jours. Emmenez-moi à Hoboken et je ferai ce que je peux pour elle, je le jure. J'ai mis au point un nouveau traitement. J'aurai une équipe de médecins qui travaillera avec elle nuit et jour. »

« Que diable y a-t-il à Hoboken ? »

« Entre les bonnes mains, une protection globale. Entre les mauvaises mains… un nouveau virus qui pourrait tuer un million de New-Yorkais en un mois. Je vous l'ai dit, je travaille pour le gouvernement — je développe des vaccins pour nous protéger contre les attentats bactériologiques. Emmenez-moi à mon laboratoire et j'aiderai votre fille. »

« Si vous me mentez, je vous tuerai. »

« Si ce microbe s'échappe, c'est moi qui vous *supplierai* de me tuer. »

Les deux hommes se dévisagèrent pendant une seconde.

« Marché conclus. J'ignore s'ils nous laisseront traverser le barrage routier là-bas, mais je passerai d'une manière ou d'une autre », dit Frank, glissant le revolver dans la ceinture de ses jeans.

Il tendit sa main et donna une poignée de main à Conrad. « Frank Dell », offrit-il avec prudence.

« Conrad Dinnick », répondit Conrad.

« On dirait que nous poursuivons tous les deux le même but — sauver des vies », dit Frank, tirant l'un des insignes de détective de sa poche arrière et la tendant à Conrad. « Prenez cela. Lorsqu'ils nous arrêteront au barrage routier, montrez-la-leur et dites que votre nom est Big Davie. »

« Je n'ai pas besoin d'insigne », dit Conrad, sortant un porte-feuille de sa poche de pantalon. « J'ai une autorisation du Pentagone et un laissez-passer de la Sécurité nationale, classe 10. Si c'était nécessaire, nous pourrions entrer dans le bureau ovale et prendre une tasse de thé. »

« Espérons seulement que nous pourrons nous rendre au tunnel Lincoln. »

En entendant le mot *tunnel*, Katherine remua à l'arrière de la camionnette. Maintenant semi-consciente, elle commença douce-ment à marmonner. Aucun des hommes ne pouvait l'entendre, et même s'ils en avaient été capables, ils n'auraient probablement pas compris ce qu'elle disait : *Tunnel... limo... virus... Sarah... jumeaux.*

Samantha s'était endormie lorsque Frank grimpa à nouveau derrière le volant. Le laissez-passer de Conrad leur permit de franchir sans problème les barrages policiers sur la 81e Rue Ouest. Ils se dirigèrent vers le sud par la 11e Avenue, longeant la rivière Hudson à leur droite. Frank regarda de l'Au-delà de la rivière les appartements en copropriété qui se dressaient le long des quais abandonnés d'Hoboken et, plus au sud, la petite parcelle de verdure qu'il ensemençait une fois par année, portant le nom de parc Frank Sinatra.

Le laissez-passer de Conrad leur permit de franchir six autres postes de contrôle policiers. Ils parcoururent tout le chemin jusqu'à l'accès nord du tunnel Lincoln en moins de 15 minutes.

Un garde national hocha la tête pendant qu'il inspectait la camionnette et ses occupants échevelés, mais leur fit signe de passer après avoir vérifié les pièces d'identité de Conrad.

Les tuiles blanches du mur du tunnel avaient jauni, comme les dents d'un fumeur invétéré. Elles rappelaient à Frank la piscine du YMCA où il se rendait quand il avait l'âge de Samantha. La natation lui procurait une sensation d'allégement, pratiquement comme s'il pouvait voler — c'était ainsi qu'il se sentait maintenant en regardant sa fille et en se demandant si Conrad pouvait vraiment la guérir.

Samantha croisa son regard, lui envoyant une version affaiblie de son sourire de mille watts. Elle vit encore une fois sa mère, debout à l'entrée du tunnel alors qu'ils se déplaçaient sous terre et sous la rivière. Sarah souriait comme toujours, et la jeune fille lasse l'entendit dire « Bientôt, Sammy, très bientôt ».

« Je m'en vais à la maison, papa. »

« Je crois que oui, bébé. Je crois que tu as peut-être raison. Il y *a* un Dieu, et Elle vient juste d'entendre nos prières. »

CHAPITRE 20

« J'AI BESOIN DE SAVOIR… MON PÈRE… MON PÈRE EST-IL MORT ? », demanda Daniel d'un ton hésitant.

« Ouvrez le poste des nouvelles », ordonna Wilson au conducteur.

Une voix masculine vibra à travers les haut-parleurs de la limousine. L'annonceur devenait de plus en plus émotif et incohérent alors qu'il décrivait les événements qui se déroulaient autour de lui.

« … nous ne savons tout simplement pas combien de personnes ont été blessées ou tuées, mais le pont s'est effondré, il s'est effondré ! Des secouristes essaient d'atteindre l'île, mais l'incendie… l'incendie est tellement important… oh mon Dieu… ! C'est à nouveau le 11 septembre… ce doit être une autre attaque terroriste… il n'y a pas d'autres… »

Soudainement, il y eut un bruit sourd, comme si le microphone avait été renversé, puis une voix féminine, calme, commença son reportage.

« Vous écoutez Action News Radio. Des rapports erronés ont mentionné une attaque terroriste dans la ville, mais ce n'est pas le cas, je le répète, ça n'a pas été confirmé. Les faits que nous connaissons sont les suivants : il y a environ une demi-heure, une explosion massive sur l'île

Roosevelt a endommagé ou détruit une grande partie du pont Queensboro. Jusqu'ici, ni le maire, ni le gouverneur, ni le commissaire de police n'ont fait de déclaration publique.

« Le commissaire des incendies, Erwin Douglas, dit que, jusqu'à présent, les explosions semblent être liées au bris d'une énorme conduite de gaz naturel sur l'île. Aucun groupe ou individu n'a revendiqué la responsabilité des explosions.

« Les unités antiterroristes de la police et de la Garde nationale de New York patrouillent dans la ville, mais ils disent qu'il n'y a aucun signe d'une quelconque attaque terroriste en cours.

« Donc, même si la situation peut maintenant sembler chaotique dans les rues, l'important, mesdames, messieurs, c'est de ne pas paniquer. Il semblerait que ce soit un accident, et non une attaque. Demeurez à l'antenne d'Action News Radio pour une transmission en direct des nouvelles les plus récentes. »

Une rafale d'électricité statique éclata dans la limousine et le conducteur s'avança pour baisser le volume.

« Laissez la radio allumée », ordonna Wilson. Il ouvrit son porte-documents et vérifia le téléphone satellite. « Toujours pas de liaison. »

La présentatrice des nouvelles continua : « *Le plus effrayant, c'est l'orage solaire qui nous frappe et qui perturbe les communications téléphoniques ou Internet des New-Yorkais. Encore une fois, ceci n'est pas dû à un acte terroriste. C'est, croyez-le, un problème lié à des phénomènes météorologiques, même s'il est très sérieux. On conseille aux gens de ne pas regarder le soleil, ne pas s'y exposer, mais plutôt de se mettre à l'abri, car les explosions soudaines de lumière durant de sérieux orages solaires peuvent causer la cécité, des brûlures de la peau, et même déclencher des incendies de forêt. L'orage a déjà endommagé un bon nombre de satellites de communication. Plus de 300 de nos stations de radio et de télévision sœurs à travers le pays ont été mises hors d'état d'émettre sur les ondes. Si la même chose nous arrive, n'ajustez pas votre appareil. On nous dit que les interruptions seront intermittentes et probablement temporaires. Encore une fois, nous vous conseillons de demeurer à l'antenne d'Action News Radio pour une couverture en direct.*

« *Maintenant, récapitulons les faits. Ce que nous savons jusqu'ici, c'est qu'il y a environ 35 minutes, une importante explo-sion sur l'île Roosevelt a détruit une grande partie du pont Queensboro. Le nouveau BioWorld Super-computer Re-Creation Center sous le pont, dont l'inauguration devait avoir lieu aujourd'hui, a été complètement détruit. Un incendie sur le site, qu'on attribue au bris d'une conduite de gaz importante, fait rage, hors de contrôle. Plusieurs centaines de personnes s'étaient rassemblées pour l'ouverture du centre, mais, fait étonnant, nous n'avons reçu aucun rapport de pertes humaines jusqu'ici, même si ça peut changer… Nous ignorons ce qu'il en est pour le moment.* »

La limousine se dirigeait vers l'ouest par la 42ᵉ Rue quand des centaines de personnes à l'air inquiet commencèrent à envahir la rue depuis Grand Central Station. Les policiers repoussaient la foule sur les trottoirs alors que les véhicules d'urgence filaient sur la route vers East Side.

« Les métros se vident… », fit remarquer Wilson à Daniel.

« Monsieur », interrompit nerveusement le conducteur, « les routes deviennent si bondées que j'ai de la difficulté à contourner les gens. »

« Je n'ai aucun problème si vous passez *dessus*. Vous avez 20 minutes pour gagner le New Jersey de l'autre côté du tunnel Lincoln. Allumez la sirène et les clignotants et *bougez !* »

Lorsque les hurlements de la sirène de la limousine s'élevèrent, plusieurs policiers s'écartèrent de la route et libérèrent un chemin. La voiture se mit à accélérer sur Midtown jusqu'à la rivière Hudson.

Et à la radio, on entendait : « *Nous avons du nouveau : dans les cinq districts de New York, les métros ont été évacués par mesure de précaution. Encore une fois, il n'y a pas, je le répète, pas de confirmation d'une attaque terroriste, simplement beaucoup de confusion et, naturellement, beaucoup d'anxiété.*

« *Nous attendons toujours une conférence de presse avec le maire, le gouverneur et le commissaire de police… mais… quoi ? Nous venons tout juste de recevoir un rapport selon lequel le maire et le gouverneur se trouvaient possiblement dans le tramway de l'île Roosevelt au moment de l'effondrement du pont, mais rien ne nous indique dans quel état ni à quel endroit ils se trouvent, même si nous craignons qu'ils puissent avoir été sérieusement, ou mortellement, blessés. Veuillez m'excuser pour l'aspect nébuleux de ce rapport… l'orage solaire rend virtuellement impossible toute forme de communication avec les autorités officielles ou avec nos reporters sur le terrain… On dirait que nous avons reculé dans le temps.* »

« Ça semble être le commencement de la fin », dit Wilson avec ironie, alors que la limousine traversait la 8ᵉ Avenue.

Daniel leva les yeux et vit les enseignes au néon géantes du Times Square remplies d'images des nouvelles du jour. D'abord, le pont Queensboro en flammes, ensuite des images du maire et du gouverneur, suivies d'un portrait de son père. Puis, de lui et Michael, une photographie de 40 pieds de haut des frères Dinnick, projetée au-dessus de l'intersection la plus animée au monde.

Daniel fut frappé de voir si soudainement le visage de son frère devant lui, qui le fixait comme un fantôme de là-haut. *Que veut dire cette expression sur son visage ?*, se demanda Daniel incrédule, son cœur commençant à battre la chamade. *C'est une accusation… il m'accuse… il me blâme !*

Son esprit revint à ce jour dans le laboratoire de BioWorld à Hoboken où tout avait changé entre les deux frères. Il avait l'impression de regarder le film d'un moment de sa vie qui rejouait à son intention : Daniel entrant sans prévenir... et surprenant Michael à conduire des expériences sur lui-même, se servant d'un pistolet hypodermique à air comprimé pour s'injecter des cellules clonées d'embryon humain dans le tronc cérébral.

« C'est mal, ce que tu fais. Non seulement ça peut te tuer... mais c'est un crime contre Dieu », avait dit Daniel, menaçant d'aller voir son père pour le dénoncer. Michael avait ri et ri, d'un ton si suffisant, se moquant de Daniel.

« Va-t-en, va voir papa et rapporte ce que je fais. Mais pendant que tu y es, raconte-lui à propos de l'argent de BioWorld, des centaines de millions de dollars que *quelqu'un* a détournés pour procurer des drogues antivirales gratuites aux pays en voie de développement, des médicaments que BioWorld aurait dû *vendre* avec profit sur le marché. Ils appellent ça du vol, du détournement de fonds, un larcin. Choisis. C'est justement le genre d'information que papa aimerait entendre. »

« Je ne sais pas comment tu le sais, mais c'est différent. J'essaie d'aider des millions de gens. Je fais le travail de Dieu », avait expliqué Daniel.

« Moi aussi, Danny, mais d'une manière différente. Maintenant, si tu veux continuer tes combines, tu me laisseras faire les miennes. Donc, ce sera notre petit secret, d'accord ? »

« D'accord... pour le bien commun. »

« Pour le bien commun », avait répété Michael. Puis il avait marché vers Daniel en tenant le pistolet hypodermique : « J'ai juste une autre condition... »

Tout était trouble ensuite : la maladie... une tumeur... et Wilson, apportant son aide, couvrant quelque chose... qu'est-ce que c'était ? *Que s'était-il passé ?*

Il sortit de son rêve éveillé au moment où le visage de son père revenait sur l'écran.

« Papa ? », demanda Daniel, les yeux fixés à travers la vitre, puis se tournant vers Wilson.

« Avec les téléphones et les satellites en panne, il n'y a aucun moyen de savoir *exactement* ce qui lui est arrivé, je crois cependant que nous le savons tous les deux », lui dit Wilson. « Mais rappelle-toi que, quoi qu'il arrive, nous sommes d'accord pour dire que c'était pour le mieux », dit Wilson en fermant le porte-documents.

« D'accord… pour le mieux… mais le vaccin. Il n'y en a pas assez… pas encore… pas pour tout le monde. »

« Nous n'en avons pas besoin pour tout le monde, et aussi longtemps que nous pourrons le recréer, il n'y aura pas de problème », le rassura Wilson.

Comme la voiture s'engageait sur la rampe d'accès au tunnel, le débit professionnel de la présentatrice féminine s'évanouit pour faire place à une sorte d'hystérie.

« *Oh, mon Dieu… nous venons juste de recevoir un rapport confirmé que…* »

La radio se tut complètement.

Une troupe de soldats de la Garde nationale étaient alignés le long de l'entrée du tunnel Lincoln alors que la limousine descendait la rampe vers la voie nord. Un groupe de soldats s'approcha de la limousine, brandissant des mitrailleuses M16.

« Personnel autorisé seulement », dit l'un des soldats, tandis que les autres inspectaient le dessous de la limousine avec des miroirs à longs manches.

Wilson produisit ses pièces d'identité. « Voici mon autorisation. »

Le soldat salua en disant : « Allez-y, général, monsieur. »

Lorsqu'ils pénétrèrent dans le tunnel, les haut-parleurs commencèrent à crépiter de nouveau.

« Nous perdons la transmission radio. L'orage bousille tout », dit Wilson.

La voix de la reporter reprenait sporadiquement : « ... *tous les tunnels et les ponts d'accès à la ville ont été fermés dans toutes les directions jusqu'à ce que...* »

La radio se tut complètement.

Wilson se pencha vers l'avant et approcha ses lèvres de l'oreille du conducteur.

« Ce tunnel a deux kilomètres et demi de longueur, puis c'est un trajet de près de cinq kilomètres vers Hoboken. Des gens vont nous y rencontrer, le type de personnes qu'on ne fait pas attendre. Si nous ne les rencontrons pas dans exactement 15 minutes, il est probable que nous mourrons tous... et je vais m'assurer que vous soyez le premier. »

CHAPITRE 21

JACK ACTIONNA LA MANETTE D'ACCÉLÉRATEUR DE LA HARLEY jusqu'à ce que le grondement du moteur devienne assourdissant, puis il appuya sur la pédale d'embrayage. La roue avant de l'engin leva du sol, le pneu arrière crissa contre le pavé, et la moto fusa vers l'avant à une vitesse foudroyante.

« Wow !», cria Zoé, l'effet d'accélération l'ayant fouettée contre le dossier, la projetant presque sur la chaussée.

Elle saisit le veston de cuir de Jack, puis glissa ses bras autour de sa taille.

« Vous n'êtes jamais montée sur une Harley avant ? », lui demanda Jack en criant.

« Croyez-le ou non, c'est… »

« Quoi ? Je n'entends pas. »

Zoé posa ses lèvres contre l'oreille droite de Jack : « J'ai dit, croyez-le ou non, c'est la première fois que je monte sur un motocycle. »

« *Un motocycle ?* Qu'êtes-vous donc, une Britannique guindée ? », demanda Jack avec son plus fort accent de Brooklyn.

« *Excusez-moi*, je ne suis jamais montée sur une moto*cyclette* avant, et à titre d'information, je suis du New Jersey. »

« Du New Jersey *et* reporter ? Ouais, bien, rien n'est parfait. »

Jack fit une embardée pour éviter un nid-de-poule et Zoé hurla.

« Écoutez, n'ayez pas peur », la rassura-t-il. « Nous n'aurons des problèmes que si vous vous crispez. Essayez de vous détendre, ne luttez pas contre le mouvement; ne faites que suivre le balancement de mon corps. Quand je tourne à droite, penchez-vous vers la droite. Si je tourne à gauche, penchez-vous vers la gauche. Ne vous inquiétez pas, vous ne tomberez pas… et puis, gardez toujours vos pieds sur les repose-pieds. Je conduirai vite, je couperai à travers une circulation dense, et je prendrai quelques raccourcis, donc tenez-vous bien. Compris ? »

« Compris. »

En dépit de la chaleur, Zoé tremblait violemment. Elle se pressa contre le corps de Jack et serra ses bras autour de son thorax. Elle pouvait sentir les solides muscles de son estomac à travers le cuir épais et commença à calculer son âge.

Qu'est-ce que je fais ?, se demanda-t-elle. Elle se rendit compte qu'elle n'avait pas été aussi près physiquement d'un homme depuis le jour où elle avait quitté le monde des concours de beauté.

« Hé, vous me coupez vraiment le souffle ! », cria Jack par-dessus son épaule.

« Oh, désolée », dit Zoé, embarrassée. Elle essaya de relâcher sa poigne, mais en fut incapable. La main gauche de Jack avait enveloppé ses doigts entrelacés et les tint en place pour une seconde.

Jack rit. « Non, vous devez vous accrocher. Je voulais juste dire que vous êtes réellement forte, c'est tout. Ça ne me fait rien. Je suis juste surpris, parce que vous savez, vous semblez petite… je veux dire… vous devez, vous savez, vous entraîner pas mal, ou quelque chose du genre. »

« La boxe. »

« Qu'est-ce que vous dites? », cria Jack.

Zoé approcha de nouveau sa bouche de son oreille. « J'ai dit que je fais de la boxe comme exercice. Je suis une boxeuse. »

« Une boxeuse. Comme Rocky Balboa ? » Jack rit.

« Ouais, exactement comme Rocky », répondit Zoé, surprise de s'entendre rire elle aussi.

« Donc, si vous êtes une boxeuse, pourquoi avez-vous besoin d'un fusil hypodermique pour assommer un vieil homme amoché comme moi ? »

« Vous aviez un revolver ! Vous étiez devenu fou... Oh, désolée, mais vous étiez... »

« Oubliez ça, je l'ai mérité. Je suppose que j'étais un peu fou. En plus, je n'ai jamais rien senti d'aussi intense depuis... bien depuis un très, très long moment. »

Zoé fit une pause, resserrant quelque peu ses bras autour de lui. « Vous n'êtes pas un vieil homme. »

« Qu'est-ce que vous dites ? »

« J'ai froid, j'ai vraiment froid... mince alors », répondit Zoé, se rendant compte qu'elle ne pouvait s'arrêter de frissonner.

« SDIC. »

« Quoi ? »

« Stress dû à un incident critique. Votre corps essaie de se pro-téger. Votre pression sanguine a baissé, d'où la sensation de froid. En somme, vous êtes en état de choc. Vous venez juste de voir un terrible bordel là-bas, mais je ne peux rien faire pour vous main-tenant. Continuez à vous accrocher, petite, et essayez de vous réchauffer contre moi. Si vous avez le vertige, dites-le-moi tout de suite. »

« Quoi ? Êtes-vous allé à l'école de médecine avant de devenir flic ? »

« Non… mon fils est un… mon fils était un ambulancier para-médical. »

« Oui ? Qu'est-ce qu'il fait maintenant ? »

« Je ne peux en parler. Il faut que je me concentre sur la route. »

Zoé eut l'impression d'avoir ouvert une profonde blessure.

« Je suis désolée », dit Zoé, et elle se tut un moment. Puis, d'une voix douce : « Je sais à quoi cela ressemble de perdre un enfant. »

C'était la première fois qu'elle prononçait ces mots à voix haute; elle ignorait pourquoi elle l'avait fait, et même si Jack l'avait entendue. Elle se remit à frissonner plus violemment et tint Jack plus serré, pressant son visage contre son dos, jusqu'à ce qu'elle se rende compte que son veston de cuir était mouillé. Elle ne s'était même pas aperçue qu'elle pleurait.

Comme ils tournaient vers l'ouest, en s'éloignant de l'East River et se dirigeant vers le tunnel, Zoé jeta un dernier regard par-dessus son épaule en direction du pont brisé, fumant. Elle ferma ensuite les yeux et les tint clos jusqu'à ce qu'elle cesse de pleurer.

Jack n'avait pas menti : sa conduite était rapide, furieuse, et dangereuse. Il grimpait sur les trottoirs, terrorisant les piétons un instant et coupant soudainement un autobus la seconde suivante. Il empruntait les rues à contresens, jouait au premier qui se dégonfle avec la circulation en roulant en sens inverse, et ignorait les panneaux d'arrêt et les feux de circulation.

En cinq minutes, ils furent au cœur du centre-ville.

Zoé ouvrit les yeux et fut stupéfaite de la vue qui s'offrait à elle. Ils étaient à moins d'une douzaine de pâtés de maisons du pont qui brûlait, et pourtant personne ne semblait savoir que quelque chose était arrivé à leur ville. Comme toujours, les rues étaient pleines de gens. Certaines personnes avaient cessé de marcher et levaient les yeux vers la fumée qui s'élevait dans le ciel, à l'est. Mais il n'y avait pas de panique, pas de cris, pas d'hystérie dans une course pour sauver sa vie.

Tout comme le 11 septembre, pensa-t-elle. *Ils ne savent pas, tout comme moi, je l'ignorais.*

Même une accro inconditionnelle des nouvelles comme Zoé avait tardé à comprendre la signification du 11 septembre. Il était prévu qu'elle s'envole pour l'Albanie pour un reportage sur une audience de la Cour suprême liée à des gangs. Elle était assise sur le perron de son appartement, dans le nord de la ville, en attendant une limousine de l'aéroport, tout en sirotant un café et en lisant *The Trumpet,* quand le premier avion avait frappé. Lorsque le deuxième percuta l'autre tour, elle lisait toujours le journal, se demandant pourquoi sa voiture tardait autant.

Elle avait découvert que la ville était attaquée quand le répartiteur de la limousine l'avait appelée sur son téléphone cellulaire, expliquant que sa voiture serait retardée à cause de la mauvaise circulation dans le centre-ville.

Cela lui était toujours resté à l'esprit : *un retard causé par la mauvaise circulation au centre-ville.*

« Ouais, alors, c'est New York. La circulation est toujours mauvaise », avait répondu Zoé.

« Oui, Mademoiselle, c'est vrai… mais les avions qui se sont écrasés sur le World Trade Center ont vraiment tout gâché… »

« *Quoi* ? ! », avait crié Zoé, ne remarquant qu'à ce moment la fumée qui s'élevait du quartier financier de Manhattan.

Elle avait pris son vélo et pédalé comme une folle. Elle habitait à seulement quelques pâtés de maisons du World Trade Center quand la tour sud s'était écroulée; la tempête de poussière l'avait soufflée de son vélo. Sans le savoir, elle était déjà en plein cœur d'une histoire qu'elle a couverte durant toute l'année qui suivit. Malgré la douleur et la perte des gens qu'elle avait interviewés, elle avait évité de se laisser affecter. Elle s'était jetée dans le travail, déterminée à battre la concurrence et à obtenir le plus d'histoires déchirantes possible.

The Trumpet avait offert des séances gratuites de thérapie post-traumatique aux reporters qui avaient couvert les événements, mais Zoé n'avait assisté à aucune d'entre elles. Elle avait traité ce qu'elle avait vu ce jour-là de la même manière qu'elle l'avait fait avec sa soi-disant mère : elle avait tourné le dos et avait laissé tout cela dans le passé, où ça ne risquait plus de la faire souffrir à nouveau.

Mais tout ce dont elle s'était éloignée commençait maintenant à s'infiltrer dans son cœur et dans son esprit, alors qu'elle filait à toute vitesse dans les rues de Manhattan, à la suite d'une autre catastrophe, confiant sa vie à un homme fou qu'elle venait tout juste de rencontrer durant ce qui n'était rien d'autre qu'une fusillade.

Elle se rappelait maintenant que c'était après le 11 septembre qu'elle avait entendu parler de Katherine Haywood pour la première fois. Un de ses collègues de bureau avait un ami qui avait vu le médium perdre connaissance durant une lecture de groupe trois jours avant l'attaque, pour s'éveiller avec un horrible mal de tête, et une prémonition d'un écrasement d'avion dans le quartier financier de Manhattan.

À cette époque, Zoé n'avait pas cru à la rumeur d'une auto-promotion de la part d'une femme d'affaires opportuniste qui essayait de tirer profit d'un marché de New-Yorkais endeuillés. Mais des années plus tard, après son assignation à la chronique du *Lucky Stars*, Zoé avait rencontré deux autres personnes qui avaient assisté à la même lecture. Les deux, l'une était un médecin, et l'autre un procureur, avaient juré que Katherine avait prédit l'attaque terroriste.

Oh, mon Dieu, j'ai fait tout ce que je pouvais pour détruire la réputation de cette femme dans mes chroniques, et il est possible qu'elle ait dit la vérité tout ce temps ?, pensa Zoé.

« Jack », cria-t-elle soudainement, « pensez-vous que ce médium puisse être sérieuse ? »

« Quoi ? Aucune chance. »

« Mais comment a-t-elle pu savoir à propos de l'explosion ? Et les choses qu'elle a dites à Dinnick, des choses qu'elle n'avait aucun moyen de savoir... le tramway, les explosions. Comment expliquer cela ? »

« *Je suis* censé être celui qui est fou, pas vous. »

« Non, mais vraiment, et si elle avait raison ? Et si les gens que nous aimons étaient vraiment encore dans les parages et que quelqu'un comme Katherine pouvait leur parler ? »

« Écoutez, tout ce que je sais est ce que je sais. Quand vous êtes mort, vous êtes mort. »

Zoé se pressa de nouveau contre Jack, cette fois murmurant avec urgence : « S'il vous plaît, dépêchez-vous, Jack. »

Comme s'il avait pu comprendre les paroles de Zoé, Jack augmenta le régime du moteur, se faufilant comme un homme ivre dans les rues affairées.

Ils traversèrent à vive allure le centre-ville, en ce qui devait être un temps record, même pour un flic. Mais lorsqu'ils atteignirent Times Square, ils s'arrêtèrent brusquement.

Les nouvelles de l'explosion s'étaient d'abord répandues lentement, s'insinuant sans que leur gravité ne soit décelable, avant d'exploser dans un mouvement de panique qui avait semé le désespoir dans tout le centre-ville. On aurait dit que c'était la veille du jour de l'An, sans les célébrations.

Des centaines de personnes bloquaient les rues, hélant des taxis qui étaient incapables de bouger, ou affluant vers les entrées de métro déjà bondées de migrants journaliers qui évacuaient les stations souterraines.

Les véhicules militaires et policiers bouclaient le square alors que des hélicoptères faisaient du surplace dans le ciel. Des images du pont en train de brûler s'animaient partout, sur les panneaux d'affichage électroniques géants, sur les écrans de télévision de magasins de matériel électronique et enchâssées dans les messages défilant le long des façades des immeubles.

« Nous ne sortirons jamais de ce chaos », dit Zoé.

« Oh oui, nous en sortirons ! », cria Jack. « Ne vous inquiétez pas, je vous sortirai de tout ça. Je ne laisserai rien vous arriver, ma petite. Les flics auront évacué la 42e Rue comme une route d'urgence, à tout juste deux pâtés de maisons au sud d'ici. Tenez-vous bien ! »

Jack emballa le moteur, bondit sur le trottoir et, passant à travers la barrière d'un site en construction, il traversa 43e Rue pour se diriger vers un parc de stationnement qui aboutissait sur 42e Avenue Ouest.

Il fila à toute allure sur la rue, devant les barrages routiers que l'on était en train d'ériger. Jack savait que le tunnel Lincoln serait probablement fermé, mais que la galerie nord serait réservée à l'usage de la police et du service d'incendie; c'était donc là qu'il se dirigeait.

Il descendit la rampe et s'arrêta derrière une limousine noire qu'une troupe de soldats de la Garde nationale contrôlait.

Deux policiers du service de police de la Ville de New York portant deux Glock 17 s'approchèrent de la motocyclette, tandis que deux gardes nationaux braquèrent leurs mitraillettes sur Jack et Zoé depuis l'entrée du tunnel.

« Reculez, reculez maintenant ! », cria l'un des policiers à Jack, son pistolet pointé sur sa poitrine.

« Ne bougez pas, ne remuez même pas », murmura Jack à Zoé, puis il cria : « Je suis policier… puis-je ouvrir mon veston pour vous montrer mon insigne ? »

« Bougez lentement, vraiment lentement », avertit le policier. Son partenaire demeura derrière lui, gardant son arme braquée sur Zoé.

Jack ouvrit son veston juste assez pour montrer l'insigne attaché à sa ceinture. Le policier en chef s'approcha de lui avec hésitation, puis dit : « Jack ? C'est vraiment toi ? »

« Ouais… hé, Bobby, comment ça va, mon gars ? »

« Pas tellement bien aujourd'hui », dit le policier en baissant son fusil. « Je ne peux croire que nous traversons encore une fois cet enfer. Hé, je pensais qu'ils t'avaient éjecté pour avoir abîmé le visage de ce prêtre. »

« Non, ils m'ont juste enseveli sous une montagne de papier. J'ai travaillé sur des cas irrésolus ces cent dernières années. »

« Bien, c'est mieux que d'être un simple agent à cinquante ans. »

« Alors est-ce qu'on peut passer ? J'ai un suspect que je dois vraiment interroger à Hoboken. »

« Désolé, Jack, personne n'a la permission de traverser le tunnel à moins d'avoir une passe militaire. »

« Allez, Bobby, desserre un peu la vis. Je suis sur une piste au New Jersey qui pourrait avoir un lien avec ce chaos. Je dois la suivre. J'ai téléphoné aux fonctionnaires fédéraux, mais aucun des maudits téléphones ne fonctionne. »

« Désolé, mon gars, ils ne font pas d'exception. C'est la Garde nationale qui mène la barque ici. Peux-tu croire ça ? Près de vingt années dans les forces policières, et je prends les ordres d'un marmot de l'armée avec des boutons sur le visage. »

« Je comprends, chum. Hé, comment va ton gars ? Est-ce qu'il travaille toujours avec le crochet et l'échelle ? »

« Ouais, ouais. Écoute ça : le garçon est maintenant capitaine, et il dirige sa propre caserne de pompiers. Tu te rappelles quand lui et Liam jouaient dans ta cour et… euh… Jack, je suis vraiment désolé. Ça fait tellement longtemps que je t'ai vu. Nous étions tous déchirés à propos de Liam… »

« Merci », répondit abruptement Jack, baissant les yeux. « Tout ce chaos fait ressurgir le passé. »

« À qui le dis-tu. J'en ai eu l'estomac barbouillé quand j'ai entendu l'explosion. » Bobby examina Jack et Zoé soigneusement, puis dit : « Tu as vraiment une piste sur ça, quelqu'un de lié à cette affaire de pont ? »

« Je le jure sur le Christ, Bobby. C'est à partir d'un dossier non élucidé sur lequel je travaillais, un fabricant de bombes à Hoboken. Je ne sais pas si ça va marcher, mais si c'est le cas, peut-être que ça pourrait empêcher une couple de nos gars d'être soufflés en enfer. »

« Ouais, je comprends. Mais comme j'ai dit, la Garde est en charge maintenant. Tiens… pour l'amour du bon vieux temps, j'arrangeai ça avec eux. Mais avant que je me mouille, dis-moi carrément la vérité. Es-tu encore fou, Jack ? Je veux dire, te promener sur cet engin comme le damné Peter Fonda ? »

« Non, mon gars. J'ai vu un psychanalyste pendant des années. Je suis bien. Je le jure sur le Christ, je suis au boulot. La Harley est la meilleure manière de traverser la circulation, c'est tout. »

« Qui est-elle ? »

« Elle ? C'est ma petite amie. Maintenant, demande-toi : est-ce qu'un vieux plouc comme moi pourrait accrocher un bébé comme elle si j'étais fou ? »

« Bon point. »

« Je ne voulais juste pas la laisser en ville avec tout ce qui arrive. »

Zoé se pencha en avant et embrassa Jack sur la joue. « Il *est* fou, amoureux fou », dit-elle.

« Hum, hum. Je crois que vous êtes un peu jeune pour lui, chérie, mais qu'importe, nous pourrions tous être morts demain, pas vrai ? Attendez ici. Et Jack, suis mon conseil, ne bouge pas avant que je revienne. »

Jack regarda les jeunes soldats qui jouaient nerveusement avec leur fusil et hocha la tête. « Compris, Bobby. »

« Donc, vous me présentez déjà comme votre petite amie ? », demanda sarcastiquement Zoé, comme Bobby marchait vers les soldats.

« Peut-être aurais-je dû vous présenter comme une cogneuse de flic, une menteuse, une reporter de *tabloïd* ordurier ? »

« Ah, non, petite amie était une bonne idée. »

Jack vit que Bobby discutait avec les soldats. « Cela pourrait prendre un peu de temps », dit-il.

« Jack, je crois que nous sommes justement à court de temps. »

CHAPITRE 22

FRANK SCRUTAIT LA ROUTE À TRAVERS LE PARE-BRISE FÊLÉ DE LA CAMIONNETTE, essayant de voir au-delà de la brume qui s'était élevée devant lui après leur entrée dans le tunnel.

C'était la chose la plus étrange qu'il n'avait jamais vue, comme s'ils avaient pénétré dans un nuage dense et blanc, la visibilité passa de cent pour cent à pratiquement zéro en quelques secondes.

C'est trop bizarre… je ne peux rien voir, pensa Frank. *Rien du tout. Dans quel enfer nous trouvons-nous ?*

… Il n'y a pas d'enfer, Franklin, je t'aime…

Je t'aime aussi, Sarah, pensa Frank, puis il secoua la tête pour se rafraîchir les idées.

Quoi ! Est-ce que j'entends des voix maintenant ?, se demanda-t-il, et il regarda sa fille.

« Est-ce que tu viens juste de me dire quelque chose, Sammy ? »

« Non, je n'ai rien dit, mais ce brouillard est vraiment génial, n'est-ce pas ? »

« Je n'appellerais pas cela "génial". Es-tu certaine que tu n'as pas dit quelque chose comme "il n'y a pas d'enfer"… et "je t'aime" ? »

« Non… Je veux dire, oui, je sais qu'il n'y a pas d'enfer, et *bien sûr* que je t'aime… mais je n'ai rien dit. » Puis elle le regarda soudainement avec excitation.

« Oh, papa, est-ce que tu commences à entendre le langage de Dieu, toi aussi ? »

« Quoi ? Le "langage de Dieu" ? Non, Sammy. Ç'a été une longue, longue journée et… d'où diable ce brouillard vient-il ? ! », cria Frank, désorienté par l'étrange brume, et irrité de devoir avancer si lentement. Il alluma ses phares, mais le nuage ne fit que réverbérer le faisceau lumineux dans ses yeux.

Il baissa la vitre et passa la tête à l'extérieur. La brume semblait chaude et douce contre son visage, comme une caresse. Et l'odeur était si… douce, comme le pot-pourri odorant de jasmin que Sarah avait l'habitude de répandre dans la maison, dans ses bols de céramique peints à la main.

Frank rentra sa tête à l'intérieur, pensant : *qu'est-ce que ce truc ?*

Ils avaient parcouru la moitié du tunnel, traversant la frontière New York — New Jersey, et avançaient sous la rivière Hudson, à une trentaine de mètres sous l'eau.

Mais le nuage, ou le brouillard, ou quoi que ce put être, les enveloppait de plus en plus étroitement, jusqu'à ce que Frank ne vit plus rien du tout.

Grâce à Dieu, ils ont fermé le tunnel, ou nous aurions déjà eu une collision frontale à ce moment-ci.

Il savait qu'ils devaient être près de la sortie du New Jersey, mais il dut ralentir le camion jusqu'à rouler au pas.

« Dépêche-toi, papa. Ils nous attendent », dit impatiemment Samantha.

« Qui attend ? »

« Eux tous… »

« Bien, les personnes dont tu parles, Sammy, devront attendre un peu plus longtemps. Ce brouillard… je n'ai jamais rien vu de tel. Je dois arrêter pendant quelques minutes jusqu'à ce qu'il se disperse, ou je frapperai quelque chose. »

Frank alluma ses feux de détresse, se rangea sur ce qu'il croyait être le bord de la route, mit la transmission au neutre et arrêta le moteur. Il alluma la radio pour vérifier s'il pouvait obtenir un rapport sur l'origine du brouillard dans le tunnel, mais il n'y avait que de l'interférence. Puis la radio s'éteignit, et les phares avant aussi. Il essaya de partir le moteur, mais plus rien ne se produisit.

Maintenant, la batterie est morte ? Confus, Frank regarda sa fille et lui dit : « Écoute, Sammy, si tu n'as pas d'autre sujet de prière en ce moment, tu pourrais envisager de prier pour qu'il n'y ait pas de voitures derrière nous, parce que... »

Mais avant qu'il n'ait pu terminer sa phrase, le camion fut embouti par derrière avec une telle force qu'il fut propulsé de plusieurs mètres en avant.

La poitrine de Frank rebondit contre le volant.

« Enfant de chienne ! », cria Frank, en regardant dans le miroir arrière, à la limousine qui les avait heurtés. Sa colère fut instantanément remplacée par la panique lorsqu'il vit que Samantha avait défait sa ceinture de sécurité juste après l'impact, s'était glissée sur le plancher et était maintenant enroulée en position fœtale.

Frank tendit les mains vers elle, la prit dans ses bras et cria : « Sammy ! Sammy ! Réveille-toi ! S'il te plaît, parle-moi. S'il te plaît, ma chérie ! »

Les yeux de Samantha étaient fermés serré. Il ne pouvait comprendre pourquoi elle était inconsciente, il s'agissait d'une collision très mineure, pas plus grave qu'un mauvais accrochage.

Frank la secoua doucement, des larmes mouillant ses yeux. « Allez, Sammy », supplia-t-il. « Pour papa, s'il te plaît. Ouvre les yeux. »

Ses yeux s'ouvrirent. Elle fixa le visage de son père et sourit. « Je vais bien, papa. J'ai juste un très, très mauvais sentiment à propos de ce qui est derrière nous, et je suppose que j'ai eu peur pendant une seconde. Je vais bien maintenant. »

Frank sourit de soulagement, et l'embrassa partout sur le visage et sur le front.

« Quand je t'ai vu étendue sur le plancher, j'ai moi aussi eu un mauvais pressentiment », dit-il, vérifiant instinctivement son cou et sa clavicule pour des fractures. Elle semblait bien… plus que bien. Son visage avait pris des couleurs, et elle était plus chaude qu'elle l'avait été durant toute la journée. Il vérifia son pouls; il était fort et régulier. En fait, elle paraissait mieux et semblait plus vivante qu'elle ne l'avait été depuis des mois.

« Es-tu blessée quelque part, ma chérie ? Ta tête ? Ton ventre ? Ton dos ?

« Non, papa. Comme je t'ai dit, j'ai juste eu peur… et cela m'effraie même plus, parce que tu sais que je n'ai presque jamais peur. »

« Je sais, Sammy. C'est ce brouillard dans lequel nous sommes pris. Il semble sinistre.

« Oh non, ce n'était pas le brouillard. Le brouillard est un ami, il nous aime. C'est ce qui nous a frappés qui me fait peur. »

« Le brouillard nous aime ? Tout ce qui te plaira, petite. Peux-tu rester tranquille pour une minute ? Je dois vérifier les passagers à l'arrière, puis je verrai qui nous a frappés pour m'assurer qu'ils ne sont pas trop malfaisants, d'accord ? »

« D'accord, mais s'il te plaît, sois prudent. »

Comme Frank débarquait du camion, les lumières qui couraient sur la longueur du plafond du tunnel s'éteignirent les unes après les autres, comme une ligne de deux kilomètres et demi de dominos fluorescents s'évanouissant au loin. Il aurait dû se tenir debout dans la complète obscurité, mais une lueur pâle émanait du brouillard lui-même, comme si la brume était chargée d'une quelconque source d'énergie interne.

C'est complètement bizarre, pensa Frank, regardant à nouveau Samantha. À voix haute, il lui dit. « Maintenant, je suis sérieux, Sammy. Tu restes juste là, tu ne bouges pas jusqu'à ce que je vérifie tout. »

« *See ya later, alligator** », Samantha rit. « Mais tout va bien maintenant, j'ai compris que nous sommes en sécurité. Nous sommes ici... nous sommes finalement ici. »

Nous sommes pris *ici, ça, c'est certain*, se rendit compte Frank, se dirigeant vers l'arrière du camion.

Il regarda sur le plateau du camion et vit Katherine et Conrad s'extirpant d'une pile de tourbe.

« Tout le monde est vivant derrière ? », demanda Frank, plongeant ses mains dans un rouleau épais de tourbe et le poussant de côté.

« Je crois que nous allons bien », dit Conrad. « Cette pelouse nous a vraiment servi de coussin. Qu'est-ce que vous avez frappé ? »

« Je n'ai rien frappé ; quelqu'un nous a frappés », dit Frank, marchant déjà vers la limousine, qui s'était arrêtée quelque cinq mètres plus loin dans le tunnel, et qui était à peine visible dans la lumière brumeuse.

Les poils de sa nuque se dressèrent et ses instincts de survie de soldat se mirent en haute alerte lorsqu'il vit « BioWorld » gravé sur la plaque d'immatriculation.

BioWorld ? Pourquoi ces types continuent-ils à bousiller ma vie ? Est-ce que j'ai à la fois les flics et les hommes de main de BioWorld qui me pourchassent ?

---

* NDT : Expression utilisée en anglais avec les enfants ou avec les amis, signifiant littéralement : « À plus tard, crocodile ». Une formule de politesse pour dire « À plus tard, mec », « Au revoir », « À bientôt »...

Quand Frank arriva à la limousine, il vit le sang éclaboussé à l'intérieur, sur le pare-brise, et le corps du conducteur effondré sur le volant.

Merde ? Est-ce qu'il s'est écrasé la tête contre la vitre ?

Il essaya d'ouvrir la porte, mais elle était verrouillée. Il commença alors à frapper sur la vitre.

« Hé, mec, vous allez bien ? », demanda-t-il.

L'homme ne bougeait pas. Frank se pencha plus près et remarqua un trou sur le côté de la tête du conducteur, et un revolver sur le siège du passager.

Frank bondit vers l'arrière.

Qu'est-ce qui se passe ici ? Pourquoi ce type s'est-il tiré ? C'est trop incroyable…

Les autres vitres de la limousine étaient teintées trop sombres pour qu'on puisse voir à l'intérieur, et toutes les portes étaient verrouillées. Frank donna des coups sur le toit, mais il n'obtint aucune réponse.

Il regagna la camionnette et trouva Conrad et Katherine agenouillés sur le plateau du camion, balayant la poussière de leurs corps respectifs.

« Qu'est-ce qui est arrivé ? », demanda Conrad à Frank.

« C'est à vous de me le dire. C'était une de vos sacrées limousines de sécurité qui nous a heurtés. »

La fenêtre arrière du camion s'ouvrit et le visage de Samantha apparut. Elle examina l'arrière du camion, puis regarda Katherine et lui demanda : « Êtes-vous Kathy ? »

« Oui, c'est moi », répondit Katherine, rampant jusqu'à la fenêtre. Elle toucha doucement le visage de la petite fille et demanda : « Es-tu blessée, ma chérie ? »

« Non, juste très, très malade. »

« Je sais », dit Katherine, grimaçant pendant quelques secondes, alors qu'une douleur brûlante traversait tout son corps. « Tu souffres depuis un bon moment, n'est-ce pas ? »

« Ouais, mais ma maman m'a dit que je ne souffrirais plus longtemps et elle m'a dit que vous m'aideriez. »

« Ta maman... Sarah, c'est ça ? » Comme Katherine prononçait les mots, elle se rappela l'Italie et sut instantanément que cette petite fille était la même que celle qu'elle avait vue dans la vision qui l'avait ramenée à New York.

« Ouais, Sarah est ma mère », dit Samantha.

« Elle est avec nous. »

« Elle m'a parlé toute la journée dans le langage de Dieu. »

« Bien, maintenant, elle me montre un panier de pique-nique. Sais-tu ce que ça veut dire ? », demanda Katherine.

La main de Frank atterrit lourdement sur l'épaule de Katherine, et il l'écarta de la fenêtre.

« De quoi parlez-vous avec ma fille ? ! », cria Frank. Il regarda Conrad avec colère. « Qui diable cette femme pense-t-elle être ? »

« C'est un médium. Elle est... *bizarre*. Bon Dieu, je n'en sais pas plus. Je crois qu'elle pourrait même être sincère. »

« Ouais, bien, elle devrait se tenir loin de ma fille. » Se retournant vers Katherine, il lui dit d'un ton furieux : « Qu'est-ce que *vous* savez sur Sarah ? »

« Peu de choses. Je ne fais que ressentir son énergie maintenant. Elle était drôle et très généreuse, elle se donnait aux autres, et elle vous aimait, tous les deux, très profondément. Je sais cela. Elle me montre un vieux poêle ventru... un poêle Franklin... est-ce votre nom ? » Katherine fit une pause et regarda Frank dans les yeux. « Avez-vous une idée à quel point la foi de votre fille a aiguisé sa réceptivité au monde spirituel ? »

Frank la fixa avec incrédulité.

« Je sais ce que vous ressentez, Frank », sympathisa Conrad. « Mais c'est le genre de personne que vous finissez en quelque sorte par apprécier après un moment. »

« Merci beaucoup », dit Katherine d'un air narquois. « Mais c'est un compliment plutôt facile de la part d'un multimilliardaire. »

« Vous avez raison, vous méritez mieux », dit Conrad, étendant le bras et retirant une motte de gazon de ses longs cheveux roux. Puis il se retourna et regarda l'anneau brillant de brume blanche qui les entourait. « Où sommes-nous ? Qu'est-ce que tout ce brouillard ? »

Katherine n'était pas certaine de ce que c'était, mais elle sentait l'énergie de ce brouillard la pénétrer dans tout son être. C'était la même impression que lorsqu'elle dirigeait une lecture de groupe très chargée d'émotion.

« Nous sommes presque rendus au bout du tunnel, mais la batterie du camion est morte. Nous devons marcher jusqu'à l'extérieur et faire de l'auto-stop pour nous rendre à Hoboken », dit Frank.

Puis, ils entendirent une porte de voiture s'ouvrir et le général Wilson sortit de l'arrière de la limousine en disant : « Nous sommes les seuls qui se rendront à Hoboken. Aucun de vous n'ira nulle part, *jamais* ! » Il avait un porte-documents dans une main et son pistolet argenté dans l'autre.

« Wilson ? Que faites-vous, je vous ai dit de demeurer dans la tour BioWorld pour rester avec Daniel. »

« Je crains que la tour soit fermée pour un siècle au moins, M. Dinnick, et je *suis* avec Daniel… *monsieur.* »

Le jeune homme sortit de la limousine, derrière Wilson.

« Danny, pourquoi es-tu ici ? Qu'est-ce qui se passe ? », demanda Conrad, complètement perplexe.

« Jj… j'ai… de mauvaises nouvelles… Ppa-pa. »

Katherine descendit du camion, frottant ses yeux alors qu'elle fixait Daniel, mais la vision était toujours là. En surimpression, juste au-dessus de sa tête, il y avait une image de l'archange Michel.

« *Michael* », murmura-t-elle.

CHAPITRE 23

« Vous êtes un homme difficile à tuer, M. Dinnick », dit Wilson, pointant son revolver vers Conrad à travers la brume. « J'aurais dû me charger moi-même de vous. J'ignore comment vous vous y êtes pris pour survivre à l'*accident* d'hélicoptère que j'avais orchestré pour vous, mais je vous assure, vous ne vous échapperez pas de ce tunnel. »

Frank s'avança, se plaçant rapidement entre Wilson et Samantha.

« Personne ne bouge, incluant vous, jardinier. À moins que vous ne vouliez que je délivre immédiatement votre fille de son calvaire. »

« Reste dans le camion, ma chérie », ordonna Frank à Samantha, par-dessus son épaule, ne quittant pas des yeux l'homme au revolver. Frank lui dit : « Je vous connais. Vous êtes le général John Wilson… vous m'avez embauché pour faire l'aménagement paysager de l'île. »

« Exact, sergent Dell. Étonnant ce qu'on peut apprendre d'une personne à partir du simple profil psychologique de l'armée, n'est-ce pas ? Le vôtre titrait simplement : *un bon pigeon*. Si nos plans avaient échoué à n'importe quelle étape, tout ce qu'il nous restait à faire, c'était de jeter tout le blâme sur vous, l'expert en explosifs aigri, un sympathisant de l'Islam, les finances à sec, une fille mourante et une animosité extrême contre le gouvernement américain qu'il tient responsable de la mort de son épouse. Vous étiez *parfait*. »

« Vous m'avez tendu un piège ? » Frank était incrédule.

« Votre profil disait aussi que vous n'étiez pas le chien le plus rapide de votre race. Maintenant, servez-vous de votre main gauche pour retirer ce revolver dépassant de vos pantalons. Laissez-le tomber sur le sol et frappez-le d'un coup de pied pour qu'il vienne vers moi. Et n'oubliez pas, je peux tirer votre fille aussi facilement que je peux vous tirer. »

Frank laissa tomber le revolver et lui donna un bon coup de pied. L'arme résonna avec fracas sur le pavé et disparut dans l'écran de brume.

Wilson regarda sa montre, puis Daniel. « Je n'ai aucune idée de la nature de ce brouillard, ni de son origine. Peut-être est-ce un tuyau de vapeur crevé. Il semble que notre voiture soit hors service. Et je me suis occupé de ce chauffeur incompétent. Mais si nous prenons leur camionnette, il nous sera toujours possible d'arriver à temps à notre rendez-vous. Nous serons là en moins de 10 minutes, nous ferons la livraison, nous prendrons l'argent, puis nous attraperons notre vol. »

« Le téléphone satellite ? », demanda Daniel.

« Il cherche toujours un signal. Il nous laissera savoir aussitôt qu'il trouvera un satellite en état de fonctionnement et il établira aussitôt une communication. Après, ce sera le compte à rebours. Mais alors, le porte-documents sera à Hoboken, et nous, en plein ciel. »

« De quoi parle-t-il, Danny ? Quel argent ? Quel vol ? ! », demanda Conrad, sautant du plateau du camion. « Dans quoi avez-vous entraîné mon fils, Wilson ? Êtes-*vous* le terroriste ? Je vous ai confié la tâche d'assurer la sécurité de mon entreprise, de mes laboratoires, de mes fils, de ma vie. Vous êtes général dans l'armée américaine, pour l'amour de Dieu, un soldat américain, un *patriote*. Mais je suppose que vous n'êtes rien de plus qu'un traître meurtrier répugnant, n'est-ce pas ? *Mon Dieu ! Le pont, le tramway... tous ces gens !* »

« Un traître ? », dit Wilson en riant. « Et j'aurais trahi *quoi* ? Un pays sans valeurs morales, où les présidents ont des rapports sexuels avec des stagiaires dans le bureau ovale, où les femmes sont promues pour devenir des généraux cinq étoiles au-dessus d'hommes comme moi, où les gais se marient, et où 70 % de nos citoyens sont trop lâches ou trop gros pour se battre pour leur drapeau ?

« Je n'ai rien trahi, ce sont les patriotes comme moi qui ont été trahis. Mais grâce à vous et à votre argent, M. Dinnick, je peux bâtir ma propre armée, créer un État qui réunira et défendra les vrais Américains et les valeurs américaines. »

« De quoi parlez-vous ? »

« Rien que vous puissiez comprendre, M. Dinnick, *monsieur* », proféra amèrement Wilson. « Franchement, vous m'avez toujours dégoûté. C'est pourquoi je vous ai choisi, il y a des années, pour financer mes plans. Vous croyez que vous êtes un dieu, mais tout ce que vous avez fait avec votre argent, votre privilège et votre pouvoir, c'est de saper la sécurité et les valeurs d'un pays qui a un jour été une grande nation. »

« Je n'ai rien fait d'autre que de servir ce pays et sauver des vies pendant toute ma carrière », dit Conrad, secouant la tête avec incrédulité.

« Vous n'avez rien fait d'autre que de vous enrichir à nos dépens ! », lui cria Wilson. « Vous avez convaincu notre soi-disant gouvernement que vos sciences biologiques et vos vaccins pouvaient nous défendre contre les terroristes. Le président aurait plutôt dû détruire tous les États terroristes et soumettre, il y a des années. C'était notre seul moyen de défense sûr. Mais ce fou n'aurait pas porté attention à quelqu'un comme moi parce qu'il écoutait des gens comme vous. Maintenant, il est persuadé que nous sommes protégés contre une guerre bactériologique, quand ce n'est vraiment qu'une question de temps… »

« Oh, mon Dieu ! », cria Katherine, ses oreilles résonnant au rythme insupportable d'une procession de bottes, et l'esprit ébranlé par la vue et le son de soldats, d'enfants qui hurlaient, de batailles dans les rues, de tanks… une ville en flammes. « Il est en train de planifier une sorte de coup… pour renverser un gouvernement… quelque part… »

« Fermez-vous, médium ! Pour quelqu'un qui gagne sa vie à vendre des prévisions, vous avez omis d'apercevoir le plus grand avenir jamais imaginé », dit Wilson, le sourire en coin.

Il se retourna vers Conrad. « Vous avez dit que j'étais un soldat américain. Bien, je le *suis*, mais *ceci* n'est plus mon Amérique. Grâce à votre argent et à l'inventivité de votre fils, je gouvernerai bientôt mon propre pays en Amérique du Sud, toujours un pays *américain,* mais une nation qu'un homme peut être fier d'appeler son chez-soi. »

« Vous êtes complètement dément ! Et vous êtes fou de croire que je financerais un quelconque complot pervers que vous essayez de machiner ! », hurla Conrad.

« Vous n'avez pas à le faire, parce que votre fils s'en est déjà occupé. N'avez-vous aucune idée du nombre de mercenaires que je peux acheter avec trente milliards de dollars ? »

« Quels trente milliards de dollars ? De quoi est-ce qu'il parle, Daniel ? »

« Pas Daniel… *Michael* », corrigea Katherine, qui se tenait à côté de Conrad.

« Katherine, *s'il vous plaît*, je vous l'ai dit. Michael est mort et disparu. Daniel est le seul fils qu'il me reste. »

« Non ! *Daniel* est mort, mais faites-moi confiance, il n'est pas *disparu*, il est ici avec nous maintenant. »

« Votre temps est expiré, madame », dit Wilson à Katherine, orientant le revolver vers elle. « Je ne sais pas comment ni pourquoi vous vous êtes retrouvée dans la tour ce matin, mais vous n'avez causé que des ennuis. Ce sera un plaisir de vous envoyer, comment appelez-vous ça, de l'*Au-delà* ? »

Le porte-documents dans la main gauche de Wilson bipa trois fois et une voix faible, électronique, annonça : *Satellite fonctionnel détecté. Temps estimé pour la connexion… cinq minutes.*

Wilson tendit le porte-documents à Daniel, gardant son revolver braqué sur Katherine et les autres. « C'est presque le temps, mon fils. Dans quelques minutes, nous appuierons sur le commutateur et nous sortirons d'ici. »

« Oui, monsieur », annonça Daniel d'une voix ferme, s'agenouillant sur la chaussée et ouvrant la valise.

« Daniel, qu'est-ce que tu fais… »

« Bien, c'est comme M. Wilson me le répète depuis ces deux dernières années, papa. Aujourd'hui, c'est le Jugement dernier. »

« Je ne comprends pas… »

Daniel regarda son père avec mépris, et lorsqu'il parla, sa voix était claire et non saccadée. « Papa, peux-tu m'expliquer comment il se fait que quelqu'un qui a conseillé le président et obtenu deux prix Nobel puisse être aussi aveugle et stupide ? » Il rit d'un ton sarcastique.

« *Michael* ? », haleta Conrad. Il regarda Katherine, qui hocha la tête vers lui avec sympathie, puis il se retourna vers son fils.

« Michael, c'est vraiment toi ? »

Michael sourit. « En chair et en os, de retour de la mort, et à jamais délivré d'elle. »

CHAPITRE 24

Totalement confus, Conrad dévisageait le jeune homme en face de lui, essayant désespérément de comprendre ce qui se passait. « Mais… si tu es Michael… alors Danny est… »

« Mort, bien sûr », dit Michael d'un ton monocorde.

« L'as-tu… »

« Tué ? Non, il s'est suicidé. Je ne dirais pas que je suis *complètement* innocent. Nous avions fait un marché : je le laisserais te voler de l'argent, et il me laisserait… »

« Danny, me voler ? C'est impossible. Il n'aurait pas su comment, et ça aurait été complètement contre sa nature. »

« Ça te ressemble tellement, papa. Tu n'as jamais donné aucun crédit à Danny, n'est-ce pas ? Il était en réalité assez brillant, même audacieux. Un Robin des bois des temps modernes. Tu le regardais et voyais un perdant bègue, mais, pendant des années, il te siphonnait tranquillement des milliards pour bâtir des usines dans des pays en voie de développement pour qu'elles fabriquent leurs propres médicaments à prix abordables, au lieu de les acheter de BioWorld. Ainsi, non seulement il a pris ton argent, mais il s'en est servi pour inonder ta plus grosse base de clientèle avec des médicaments à prix modiques offerts sur le marché noir. »

Conrad était sidéré. Ce que disait finalement Michael avait du sens. Ses comptables lui avaient annoncé seulement ce matin que d'énormes sommes d'argent étaient « manquantes » et que les ventes lucratives de médicaments antiviraux dans le monde en développement s'étaient effondrées au cours des dernières années. Cela expliquait aussi l'intérêt soudain de Danny à travailler au laboratoire d'Hoboken après la mort de Michael, ou ce qu'il *croyait* qui avait été la mort de Michael.

« Tu as prétendu être Danny depuis deux ans pour pouvoir mener tes propres expériences à Hoboken ? ! », demanda Conrad, incrédule.

« Ah, l'aveugle commence à voir », dit calmement Michael, prenant plaisir à la rage de son père. « Mais comme je le disais, j'ai une certaine responsabilité dans le suicide de Danny. Il savait que mes expériences étaient illégales, et j'étais au courant de son vol. Nous avons donc accepté de fermer mutuellement les yeux… à la condition qu'il me laisse l'utiliser pour quelques expériences du projet PAT. »

« Mon Dieu, Michael, tu n'as pas fait ça ! PAT est à des années d'être testé sur des humains. J'ai construit le Supercomputer Re-Creation Center pour cette raison, pour le tester. Injecter Danny l'aurait… »

« Tué ? Non, je l'ai testé sur moi-même plusieurs fois d'abord, et je vais parfaitement bien. Mais le pauvre Danny a malheureusement développé une tumeur maligne au cerveau et ne pouvait affronter une longue et douloureuse mort. »

« Quoi ? Non… si tu t'es injecté le PAT, ton cerveau pourrait être tellement mêlé, ton esprit tellement confus. Oh, Michael, tu t'es rendu tellement malade. Qu'as-tu fait ? », s'écria Conrad.

« Ne t'inquiète pas de ce que j'ai fait dans le passé. C'est ce que je fais maintenant qui va vraiment t'impressionner, papa. Ton projet PAT est un jeu d'enfant, rien qu'une blague. Ma recherche est à des années-lumière de la tienne. Ne l'as-tu pas nommée PAT, pour *Project Æternus Eternus*, la vie éternelle ? Mais tu ne peux juste pas imaginer cela, n'est-ce pas ? Tout ce que tu peux imaginer est de "créer" des organes de transplantation, ou développer des vaccins, ou guérir des maladies. Rappelle-toi quand je t'ai dit que la mort était la maladie avec laquelle il fallait en finir ? Ceci aurait dû être le dessein de PAT ! Eh bien, ça fait des années que je travaille là-dessus, et je le ferai, j'en finirai avec la désintégration cellulaire et j'arrêterai le tic-tac de l'horloge biologique, il n'y aura plus de mort. »

« Michael, mon fils... seul un homme fou essaierait de complètement *arrêter* le processus de vieillissement. PAT a été créé pour guérir la maladie, pour permettre aux gens de vivre plus en santé, d'être plus productifs, et oui, même de vivre des vies *plus longues*, mais pas pour conquérir la mort. C'est insensé de seulement penser que c'est possible... »

« Non, papa. Je suis complètement sensé, et *c'est* possible, ce que je prouverai dans seulement deux ou trois ans. Tout ce dont j'ai besoin, c'est de mon propre laboratoire, où les gens ne remettront pas continuellement mes méthodes en question. Et avec l'aide de M. Wilson, dans quelques jours, j'aurai ce laboratoire et... »

« Wilson ? Comment t'aidera-t-il à faire quelque chose, mis à part de détruire ta vie ? C'est un paranoïaque, un fou dangereux. »

« Peut-être bien, mais vous feriez mieux de vous rappeler que le revolver de ce "fou" est pointé sur vous », interrompit Wilson. Il regarda Michael. « Coupons ça court, mon fils. Je peux maintenant régler leur compte à tous et nous prendrons la route. »

« Pourquoi continuez-vous à l'appeler "mon fils", vous, un psychopathe ? », hurla Conrad.

« Wilson a été un père plus que tu ne l'as jamais été !, cria Michael à Conrad. « Et qui es-tu pour désigner n'importe qui de dangereux ? Tu as tué tout ce que Danny et moi n'avons jamais aimé. D'abord, tu as poussé mère hors de nos vies pour toujours, puis tu as *assassiné* grand-mère. »

Conrad blêmit. « De quoi parles-tu ? »

« Danny a dit que tu l'as tuée, il t'a vu insérer une aiguille dans son bras et lui injecter plein de poison jusqu'à ce qu'elle arrête de respirer. Il m'a tout raconté, l'image l'a hanté pendant toute sa vie, et il n'a plus jamais été le même ensuite. Pourquoi crois-tu qu'il a commencé à bégayer ? Il avait l'habitude d'avoir une voix si douce. Rappelle-toi comment il avait l'habitude de chanter régulièrement pour nous ? Mais tu as aussi tué ça. »

« Non, non, non, Michael ! Personne n'a vu cela… vous les garçons, vous étiez dans… »

« Comment sais-tu où nous étions ? Tu ne nous as *jamais* porté attention ! »

« Je ne l'ai pas tuée. Elle était si malade… elle souffrait tellement. J'ai simplement augmenté la dose de médicaments qu'elle prenait déjà. Elle me suppliait de la libérer ! » Conrad pleura, visiblement troublé par le souvenir.

« Non ! Tu jouais le rôle de Dieu, comme toujours », dit Michael.

« Non, il ne jouait pas le rôle de Dieu », répliqua Katherine, alors qu'elle posait une main réconfortante sur le dos de Conrad. Elle recevait une image fugace de Conrad au chevet de sa mère, insérant une aiguille dans son bras, ses yeux remplis de larmes alors qu'il l'embrassait pour lui dire au revoir, et de sa mère qui le remerciait avec effusion.

« Conrad, vous avez fait ce qu'il fallait faire pour votre mère, soulager sa douleur », dit Katherine. « Elle vous remercie d'avoir écourté ses souffrances. J'ai eu la vision que vous aviez causé sa mort lorsque nous étions dans l'hélicoptère, mais je ne voyais pas comment, jusqu'à ce moment... Elle me montre son symbole d'amour pour vous, Conrad : des roses bleues. »

Katherine se tourna vers Michael : « Votre grand-mère veut vous aider à soulager *votre* douleur, aussi, Michael. Elle me montre l'obscurité autour de vous... vous avez attiré une terrible maladie sur vous... mais j'ai l'impression que l'obscurité n'est pas permanente, que vous pouvez trouver de l'aide... que vous devez... »

« Mme Haywood », dit Michael d'un ton hargneux et dégoûté, « je crois fermement au potentiel inexploité de l'esprit. Je suis persuadé que vous possédez une habileté unique. Vous avez fait preuve d'une prescience consistante et extraordinaire tout le long de la journée. Bien sûr, il n'y a pas de vie après la mort, mais il est évident qu'un secteur de votre cerveau s'est davantage développé que chez la plupart d'entre nous. J'aimerais prélever votre cerveau et le préserver pour des études futures. »

« Je n'en ai pas vraiment fini avec lui », se hérissa Katherine.

« Ce sera bientôt le cas ! », lui dit Wilson, tandis que la voix informatique du porte-documents au-dessus duquel Michael était penché annonçait : *Communication satellite établie. Fonction déclenchement opérationnelle.*

« Bien, Michael, c'est notre signal. Il est temps de partir. Allume le commutateur. Je sortirai le colis de la limousine et nous serons hors d'ici », dit Wilson.

« Juste quelques minutes de plus, M. Wilson ? », demanda Michael, paraissant soudainement défaillir et tenant sa tête.

« Qu'est-ce qui ne va pas avec toi ? », demanda Wilson.

« Rien. Je vais bien... je veux dire... », répondit Michael, retrouvant son calme. « Je veux dire, j'aimerais quelques minutes avec mon papa, une sorte de cadeau de départ. Il était censé avoir été tué dans l'hélicoptère, mais par une certaine coïncidence incroyable, je l'ai rencontré une dernière fois dans ce tunnel... »

« Les coïncidences n'existent pas. Le fait que votre assistante de production m'ait trouvée en Italie et m'ait dit de revenir ici en est une preuve », précisa Katherine.

« Bien, le destin nous a réunis, peu importe. C'est ma chance de montrer à mon père ce que je vais réussir après sa mort. À quel point je suis un plus grand savant qu'il ne l'a jamais été. »

« Michael, tu es malade », annonça Conrad. « Toutes ces injections ont altéré ton jugement et Wilson t'a évidemment fait subir un lavage de cerveau, mais je peux t'aider. Nous pouvons embaucher des spécialistes... »

« M'aider à quoi ? À découvrir la vraie *Æternus Eternus*, à trouver l'immortalité ? Parce que c'est ce que je suis sur le point de découvrir moi-même, papa. C'est probablement une partie de la raison pour laquelle Danny s'est suicidé, il s'est rendu compte qu'après toutes ces années de disputes avec moi, j'avais raison, Dieu n'était vraiment qu'un mythe. Cela devait être trop lourd à porter pour lui.

« Il a laissé une note de suicide. Veux-tu savoir ce qu'elle disait, papa ? *"Tu peux manger des fruits de tous les arbres du jardin, mais de ceux de l'arbre de la connaissance du bien et du mal, tu ne mangeras pas..."* Après toutes ces années à l'école de Dieu, tu penses qu'il serait venu avec des mots plus poignants à son départ. Regardons la vérité en face, papa, Danny n'avait juste pas notre estomac pour le fruit défendu, ce désir de taquiner les secrets cachés de la double hélice. »

« C'est tiré de la Bible, ce qu'il a dit... La Genèse, 2:16-17 ! », cria Samantha, en descendant de la cabine de la camionnette.

Wilson tourna son revolver dans sa direction et Frank bondit devant elle, implorant : « S'il vous plaît, ne faites pas ça. C'est juste une enfant ! »

« C'est une sale petite môme précoce à turban qui refuse de mourir. J'ai mémorisé votre profil, jardinier, et le cancer aurait dû l'avoir tuée il y a des années. »

« Vous avez raison, peut-être est-ce une sale môme. Elle possède une mémoire photographique et aime citer la Bible. Elle est très, très bavarde, mais elle n'est qu'une petite fille. »

« Je n'ai pas peur de lui, papa. Maman me dit de ne pas avoir peur. »

« Tais-toi, Sammy ! », implora Frank.

« Non, je ne me tairai pas. Ce que l'autre homme dit à propos de goûter le fruit défendu, c'est seulement une partie du verset. Cela se termine par : "… *car le jour où tu en mangeras, tu mourras.*" »

Frank plaqua sa main contre la bouche de Samantha.

« Arrangez-vous pour que cette enfant se taise ou elle mourra sûrement *sur-le-champ* », dit Wilson à Frank. Puis il regarda Michael : « La lumière est verte, alors abaisse le commutateur. Nous devons partir bientôt ou nous risquons de manquer notre contact. »

« M. Wilson, s'il vous plaît. J'ai fait tout ce que vous m'avez demandé et tout est enclenché… encore juste quelques instants », dit Michael, regardant Samantha. « C'est vrai, petite fille », lui dit-il. « Si tu connais l'histoire du jardin d'Eden, je suis certain que tu sais que Dieu n'a pas défendu à Adam et Ève de manger le fruit parce que cela les aurait tué, mais plutôt parce qu'Il avait peur que cela leur donne la même connaissance qu'Il possédait. Cela aurait fait d'*eux* des dieux. »

Samantha écarta la main de son père de sa bouche.

« Non, Monsieur, c'est juste ce que le diable a dit pour duper Ève. Dans la Genèse, 3:4… »

« *Sammy, tais-toi maintenant !* », hurla Frank.

« Ça va, laissez-la parler. Elle me fait penser à moi, à son âge. N'avez-vous jamais fait tester son QI ? », demanda Michael, détournant son attention du porte-documents.

« Quoi ? », demanda Frank.

« Son QI… l'avez-vous jamais fait tester ? »

« Qu'est-ce que ça… »

« Pour l'amour du Christ, répondez-lui ! », cria Wilson avec impatience. « Si vous dites *quoi* encore une fois, je la tuerai. »

« Oui, oui, oui, nous l'avons fait tester… c'était au-dessus de 200 », cracha Frank. « Ils ont dit que ce devait être une erreur. Ils voulaient la tester de nouveau, mais elle est tombée malade et je ne les ai pas laissé faire. »

« Au-dessus de 200 ? Juste comme Conrad, là-bas, et juste comme moi. Vous savez comment ils appellent ça, jardinier, d'avoir un QI de plus de 200 ? »

« Oui, une certaine forme de génie », répondit Frank, ses bras protecteurs entourant Samantha.

« Une certaine sorte de génie ? C'est votre brillant résumé ? On nous appelle les génies insondables. J'ai eu un résultat de 212. Depuis la thérapie des gènes, j'ai grimpé à 280. »

« Impossible », murmura Conrad.

« Très possible, papa. Et c'est seulement le commencement. Le potentiel de PAT est incommensurable. » Le haut-parleur du porte-documents ponctua sa phrase. *Prêt pour le déclenchement : en attente.*

« Qu'est-ce que *c'est* ça ? », dit Frank, fixant les lumières clignotantes et les fils à l'intérieur de la serviette, en craignant déjà le pire.

« C'est tout à fait votre rayon, M. Dell », dit Wilson. « C'est un détonateur pour une bombe bactériologique qui se trouve dans le sous-sol de la tour BioWorld. Je voulais quitter ce pays en m'assurant que non seulement Conrad Dinnick était mort, mais aussi que le monde ne s'en souviendrait pas comme étant le grand homme de la science médicale qu'il prétendait être. Au lieu de cela, on s'en souviendra comme de l'homme responsable du dégorgement de radiations en plein cœur de Manhattan. »

« Comment avez-vous fait entrer une bombe bactériologique dans New York ? Avec toutes les nouvelles mesures de sécurité, c'est impossible. », dit Frank.

« Pas impossible pour un général de l'armée américaine », dit hargneusement Wilson.

« Est-ce pour cela que tu te sers de mon argent, Michael ? », demanda Conrad, incrédule. « Pour faire exploser New York et tuer des milliers d'innocents ? »

« Quoi ? » Michael semblait confus et tint de nouveau sa tête entre ses mains. Il fixa le porte-documents, puis Wilson, et finalement son père. « Non… Non… la tour a été évacuée et scellée, continua-t-il. Personne ne sera blessé… c'est seulement l'immeuble qui sera contaminé. N'est-ce pas vrai, M. Wilson ? »

« Oui, c'est vrai, mon fils », dit Wilson. « Mais ne commence pas à t'égarer maintenant, Michael. Garde tes sens jusqu'à ce que nous ayons fait la collecte et la livraison à Hoboken. »

« Une collecte à Hoboken ? Michael, s'il te plaît, dis-moi que tu n'as rien pris dans le laboratoire du niveau 4 », supplia Conrad, d'une voix de plus en plus paniquée.

« Bien, papa, j'ai déjà donné à M. Wilson tout l'argent restant après le vol de Danny pour que nous puissions embaucher des soldats et construire mon laboratoire en Amérique du Sud; nous avions donc besoin d'une monnaie d'échange à donner aux terroristes en échange de la bombe. »

« Des terroristes ? Oh, Dieu du ciel ! Michael, tu n'as pas donné un de nos virus aux terroristes ? Tu n'aurais pas fait cela ? »

« Pas un de *nos* virus, et pas un de *tes* virus. C'est *ma* propre création », dit Michael, tel un fier petit garçon.

« Dieu, non… Qu'est-ce que tu as fait ? »

« Je l'appelle le Septième Ciel, papa. »

« Le Septième Ciel ? »

« C'est une superbe bestiole ; tu en serais fier. Une nouvelle recette de famille. La technique était délicate, mais fondamentalement, il s'agit simplement de sept virus extrêmement mortels : agent d'Ebola, variole, fièvre hémorragique Marbourg, hantavirus, SRAS, virus de Lassa et une goutte de grippe espagnole. Vous les mélangez ensemble, puis vous les réduisez en aérosol et alors vous l'avez le Septième Ciel. »

« Non, non, non », marmonna Conrad, ses épaules s'affaissant en se rendant compte de ce que son fils avait fait. « S'il te plaît, dis-moi que tu n'as pas fait ça… »

« Oh, mais je l'ai fait, et c'est adorable. Un virus aérogène qui se répandra comme un feu de broussailles par grand vent et dont le taux de mortalité est de 95 %. J'ai même préparé le vaccin. Pas en quantité suffisante encore, mais ce sera fait aussitôt que… » La voix de Michael s'estompa, comme s'il sombrait dans la stupeur.

Conrad se ressaisit et cria : « Michael, écoute-moi ! Où l'as-tu entreposé ? Si quelque chose comme ça s'échappe… s'il te plaît, dis-moi qu'il est entreposé en sécurité ? »

« Euh ? Quoi ? Bien sûr, je l'ai entreposé en sécurité, papa, », répondit Michael, retrouvant ses esprits, « C'est verrouillé dans le niveau 4 d'Hoboken, et bien sûr, j'en ai l'unique accès. De fait, nous nous y rendons pour récupérer le nouveau virus et le donner à nos amis. Et ensuite nous laisserons le porte-documents dans le laboratoire pour nous assurer que tous tes immeubles les plus précieux seront détruits. Trente minutes après que j'aurai actionné ce petit commutateur, le monde se souviendra de toi comme ce doit être, exactement comme l'a dit M. Wilson : non pas le brillant savant, mais le Monstre de Manhattan. »

« Tu ne peux faire ça ! Mon fils, tu as besoin d'aide ! Nous te guérirons, je le jure. Je déplacerai ciel et terre pour t'aider. Je resterai à tes côtés jusqu'à la fin. »

« Vraiment, papa ? »

« *C'est la fin !* », interrompit Wilson, giflant Michael au visage. « Retrouve tes sens, garçon. J'ai *besoin* de toi pour pénétrer dans le laboratoire. Souviens-toi que notre plan, notre mission n'est pas encore complétée. »

Wilson tendit le bras vers le porte-documents, mais Michael repoussa sa main. « Non, c'est à moi… je le ferai. Je jouerai le rôle de Dieu », gémit-il, ressemblant encore plus à un petit garçon.

« Alors tais-toi et fais-le ! », grogna Wilson.

« Qu'est-ce que vous avez fait à mon fils ? », demanda Conrad.

« Rien. Rien du tout. Ce qu'il est maintenant, c'est *vous* l'avez rendu ainsi », cria Wilson. Puis il hurla de nouveau à Michael : « Fais-le maintenant ! »

Au son de l'ordre brutal, Michael sortit soudainement de son état d'ahurissement. Il posa son doigt sur le commutateur doré.

« Attendez, monsieur », dit Samantha. « Vous ne voulez pas tout détruire, n'est-ce pas ? »

Michael s'immobilisa, regardant Samantha. « Je ne détruis pas, petite, je crée. Ça ne te tenterait pas de jouer au petit jeu auquel mon frère et moi nous adonnions lorsque nous étions enfants ? Nous appelions cela "Création". Je disais que tout commençait par le Big Bang. Il disait que tout commençait par Dieu. Sais-tu quelque chose sur les mythes de la création ? »

« Ouais, beaucoup, et mon prénom est Samantha, pas petite ».

« D'accord, *Samantha*, les Égyptiens croyaient que… »

« Ils croyaient que Nun, le Dieu de l'eau noire du chaos avait créé le… »

« Très bien », dit Michael, caressant le commutateur du doigt. « Et que dire des Africains ? »

« Lesquels ? »

« Oh, disons… les Zoulous. »

« Ils affirmaient que le créateur Unkulunkulu avait emmené les gens sur la Terre », répondit Samantha.

« Hé, jardinier, votre enfant est vraiment tout un cerveau, dommage qu'elle soit en train de mourir. J'aurai besoin de gens intelligents comme elle, quand j'organiserai mon nouveau monde », dit Wilson à Frank. « Elle doit avoir hérité son intelligence de sa mère à turban, parce que vous êtes clairement un débile. »

« Ma mère dit que vous êtes un homme méchant, méchant ! », annonça la fillette.

« Vraiment ? Tu lui parles ? », demanda Wilson avec une lueur dans son œil. « Bien, dis-lui bonjour pour moi. La dernière fois que je l'ai vue, c'est quand j'ai donné l'ordre de la tuer pour que je puisse me servir de ton père. Ne t'inquiète pas, je me suis cependant assuré qu'elle meure rapidement. »

« Vous, sacré bâtard de meurtrier, vous avez tué Sarah ? », hurla Frank, se précipitant sur Wilson.

Wilson arma le chien de son revolver qu'il pointa sur la tête de Samantha.

« Frank, arrêtez ! Votre enfant ! », hurla Conrad.

Frank arrêta net, haletant, les yeux bouillant de rage.

« Vous pouvez ne pas être très intelligent, Dell, mais vous êtes un expert en armes. Dites-moi… qu'est-ce que je tiens dans ma main ? », demanda Wilson.

« Un Magnum 44 », grinça Frank, la mâchoire serrée.

« Est-ce une arme efficace ? »

« Très. »

« Alors si vous ne voulez pas que je m'en serve contre votre enfant, je suggère que vous vous reculiez contre le camion et que vous ne bougiez plus. Laissons Samantha et Michael finir leur délicieux petit bavardage de manière à ce que je puisse le sortir d'ici avant qu'il n'ait complètement perdu ses esprits. »

« Il ne s'agit pas d'un gentil bavardage », dit Samantha à Wilson. « Et ma mère dit que vous êtes plus malade que je ne le suis, et qu'elle a hâte de vous voir en personne. »

« N'est-ce pas mignon », commenta Wilson avec un petit sourire satisfait.

Le cercle de brouillard qui les entourait se resserra, devenant plus dense et plus brillant.

Michael fixa les yeux noirs de Samantha. « Tu as du courage, enfant, je te l'accorde. Maintenant, allez, terminons notre jeu... qu'en est-il du Bouddhisme ? »

Samantha croisa les bras sur sa poitrine. « Je ne joue plus », dit-elle.

« Samantha, s'il te plaît, *pour moi* ? Réponds-lui ! », supplia Frank.

« D'accord... pour toi, Frank. Bouddha a commencé son voyage vers l'illumination après avoir quitté son palais en tant que petit prince et a erré parmi les pauvres et les malades et... »

« Tout à fait juste. Et les Hindous ? »

« Les Hindous croient que le Dieu aux mille bras de l'immortalité, Purusha, a enroulé ses bras... »

« Tu as presque gagné le grand prix », félicita Michael.

« Monsieur, peu importe ce que différentes personnes dans différents endroits pensent à propos de la création du monde. Presque tous croient que notre esprit passe de ce monde au suivant. C'est comment nous vivons notre vie, et non comment elle a commencé, qui est important, et que... »

« Maintenant, tu parles comme mon frère », dit Michael d'un ton las. Il secoua la tête. « J'ai juste une dernière question pour toi, Samantha. Qu'en est-il des Juifs et des Chrétiens ? »

Elle répondit : « Depuis les ténèbres et le chaos, Dieu a dit : "Que la lumière soit." »

« Encore une bonne réponse », dit Michael. « Maintenant, voici ton prix. Quelque chose que tu n'as jamais lu ou entendu, nulle part, non pas un mythe de création, mais un *fait* de création. Ça va comme suit : *Et dans le tunnel profondément sous les vagues, Michael Dinnick enroula son doigt autour du commutateur et dit : "Que le Nouveau Monde commence."* »

Il s'apprêtait à pousser le commutateur lorsqu'il s'arrêta. Il se leva, regarda autour de lui, perdu et déconcerté. Il regarda son père, puis se tourna vers Wilson.

« Je ne peux pas », dit-il. « Des gens… des gens… seront *blessés*… M. Wilson… s'il vous plaît, ne m'obligez pas à faire ça. »

« Toi, lavette de pleurnichard ! », cria Wilson, le poussant hors de son chemin tout en se penchant. Il inséra sa main dans le porte-documents et actionna le commutateur. Puis, il se retourna et fit face au groupe. Pointant le revolver vers Conrad : « Vous y allez le premier, Dinnick. »

Mais avant qu'il n'ait eu la chance d'appuyer sur la gâchette, un rayon de lumière perça le brouillard, suivi du son aigu d'un moteur emballé à plein régime qui s'approchait rapidement.

Wilson protégea ses yeux de la lumière aveuglante des feux de route de la moto. Il pointa le revolver vers la lumière et appuya sur la gâchette.

Le coup résonna dans le tunnel.

La lumière intense bleue, provenant de la lueur de bouche d'un calibre 38 perça l'épais brouillard.

En un éclair, Wilson porta ses mains à sa poitrine, piaffant brièvement devant la blessure ouverte qui lui transperçait le cœur, avant de s'affaisser sur le pavé.

La Harley surgit du mur de brouillard. Jack tenait son revolver de service dans une main, essayant de contrôler le guidon de la moto de l'autre. Zoé s'accrocha à Jack alors qu'il mettait les freins, faisant déraper la moto dans un crissement de pneus. L'énorme machine tomba sur le côté et glissa vers eux dans une pluie d'étincelles rouge et orange.

« Papa ! », cria Samantha.

Frank attrapa sa fille et bondit à l'arrière du camion.

Le pneu avant de la moto frappa Michael juste sous les genoux, le projetant haut dans les airs.

Il disparut dans le brouillard.

CHAPITRE 25

« SAMMY, EST-CE QUE TU VAS BIEN ? »

« Tu m'étouffes, Frank. »

« Désolé. »

Frank se redressa rapidement et remarqua que le brouillard s'épaississait autour d'eux. Il souleva sa fille et la tint fermement contre lui. Elle semblait de nouveau avoir froid, et son pouls était faible. Il aurait voulu courir hors du tunnel avec elle, mais il ne pouvait rien voir au-delà de la brume qui les enveloppait.

Samantha commença à s'étouffer, et elle haletait. Remarquant que sa peau pâle bleuissait, Frank déchira une bande de tissu de son pan de chemise et l'enroula autour de sa bouche.

« Respire à travers ça, ma chérie. Peut-être que ça t'aidera. »

Il chercha à discerner quelque chose dans l'obscurité. Rien, que le son rauque de la respiration laborieuse de sa fille.

« Y a-t-il quelqu'un d'autre de vivant ? », cria-t-il. Sa voix résonnait, assourdie et terne dans le brouillard.

« Je vais bien, je suis juste derrière vous. Je ne suis pas blessée », dit Katherine.

« Essayez de grimper sur le plateau du camion. Dieu sait ce qui arrivera si un autre véhicule se présente ici », dit Frank. « Conrad, êtes-vous là ? Allez-vous bien ? »

Ils pouvaient l'entendre quelque part dans le lointain, appelant son fils.

« Michael, où es-tu ? »

Il n'y avait pas de réponse.

« Conrad, revenez au camion ! Ne vous perdez pas dans la brume, il y a quelque chose de très étrange qui arrive ici ! », appela Katherine.

La voix de Conrad se fit plus faible. « Michael… où es-tu, mon fils ? Michael… reviens-moi, reviens vers ton père. »

« Conrad, revenez ici ! », cria Frank. « Jésus, je ne peux voir plus loin qu'à trente centimètres devant mon visage. Nous avons besoin de lumière. »

Les quintes de Samantha se firent plus fortes, un râle profond résonnant dans sa poitrine.

Frank entendit quelqu'un qui pleurait quelques mètres plus loin et appela : « Qui est là ? »

Les pleurs s'arrêtèrent. Une douce voix de femme suppliait doucement quelqu'un de se lever. Puis la douceur disparut, et la voix devint progressivement sévère et implorante. « Arrêtez ça, Jack ! M'entendez-vous ? Vous avez dit que vous m'aideriez à traverser cette épreuve. Maintenant, dites-moi quelque chose immédiatement ! Réveillez-vous ! Réveillez-vous, espèce de fou ! »

Ils entendirent le bruit d'une main giflant la peau.

« Ouch ! Jésus-Christ, on m'a tiré dessus. Vous n'aviez pas à me frapper en plus, n'est-ce pas ? »

« Oh, Jack, grâce à Dieu, vous êtes vivant », cria Zoé. « On vous a atteint ? Où ? Je ne touche pas de sang. »

« J'ai été tiré assez souvent pour savoir quand j'ai reçu une balle et… ouch, ouch ! »

« J'ai trouvé où la balle vous a atteint. »

« J'ai remarqué. Hé, surveillez vos mains, femme ! »

« Détendez-vous. J'ai besoin d'enlever votre ceinture pour m'en servir comme garrot. Vous avez été atteint à la cuisse droite et il y a beaucoup de sang. Mais vous êtes chanceux : je pense que la balle a manqué l'artère fémorale. »

« Vous êtes médecin, tout à coup. »

« Une formation de base sur le terrain, donnée par la Croix-Rouge, et j'ai l'habitude de passer pas mal de temps à la morgue. »

« La morgue ? Je ne veux pas entendre ça... mais comment pouvez-vous dire que la balle a manqué mon... comment vous appelez ça ? Mon artère immorale ? »

« Artère *fémorale*. Je sais que ce n'est pas grave parce que si c'était le cas, vous auriez déjà saigné à mort. Mais elle pourrait être entaillée, alors taisez-vous pendant que je serre la ceinture. » Zoé poursuivit son travail auprès de lui.

« Oubliez-moi. Comment allez-*vous* ? »

« Je vais bien. J'ai fait comme vous m'avez dit et je me suis accrochée uniquement à vous. Les seules choses qui ont frappé le sol ont été mon sac à dos et ma tête. Si je n'avais pas eu votre casque... mais quel spectacle inspiré du Far West avez-vous donné avant l'accident ? Qui êtes-vous, Quick Draw McGraw ? Vous n'êtes pas en train de faire un autre accès de folie, n'est-ce pas ? »

« Non... j'ai vu un type avec un revolver, et quelque chose ou quelqu'un a guidé ma main. Croyez-le ou non, après toutes ces années comme policier, c'est la seule fois où je me suis servi de mon arme de service. »

« Bien, qui que ce soit, vous aviez seulement une balle, celle avec votre nom dessus. Donc, je suppose que vous ne *vous* tuerez pas bientôt ? »

« Prenons tout cela une balle à la fois », grimaça Jack, pendant que Zoé tirait sur la ceinture.

Frank avait entendu la conversation sans avoir une idée nette d'où venaient les voix. Il se sentait comme s'il était perdu en mer, incapable de s'orienter.

« Où êtes-vous, *qui* êtes-vous, là-bas ? », demanda de nouveau Frank.

« Mon nom est Zoé Crane. Je suis reporter, et un policier blessé est avec moi. Son nom est Jack Morgan. »

« Est-ce que le phare de votre moto fonctionne ? Nous avons besoin de lumière », demanda Frank.

« Pas de chance, mon ami. Il est plus bousillé que moi », dit Jack d'un ton narquois. D'un ton plus doux, il demanda à Zoé : « Avez-vous des allumettes ? »

« Non, mais j'ai une lampe de poche dans mon sac. Juste une seconde… oh merde ! Elle est écrasée. Oh, attendez, il y a un projecteur sur mon ordinateur de poche ! », cria Zoé.

Une lueur orange apparut près de Frank.

« C'est votre projecteur ? », demanda-t-il, incrédule.

« Non, c'est la lumière d'enregistrement actif. La caméra enregistre, mais le projecteur est brisé… et les sacrés fumeurs au bureau doivent avoir volé mes allumettes et mon briquet. »

« Donc, nous devons trouver notre chemin vers la sortie dans le noir ? »

Zoé claqua des doigts. « Peut-être pas. Je viens juste de me rappeler que j'ai quelque chose d'autre dans mon sac qui pourrait fonctionner. »

Il y eut un bruit, puis un petit filet de lumière rouge jaillit dans l'obscurité.

Fusée routière éclairante, se rendit compte Frank, en baissant les yeux vers Samantha. Il posa sa main sur sa poitrine, bouleversé par son faible mouvement de flux et reflux. Enlevant la serviette de coton du visage de sa fille, il examina ses yeux autant qu'il pouvait le faire dans la faible lumière. Ses pupilles étaient vitreuses et vagues.

« Oh, ma chérie, tiens bon », murmura-t-il.

Elle prit une inspiration crépitante, et le cœur de Frank s'accéléra. Le sifflement dans ses poumons était identique au bruit que faisait la respiration d'un soldat blessé qu'il avait un jour transporté jusque dans un hôpital de campagne. L'homme, ce n'était qu'un garçon, vraiment, avait les deux poumons perforés et peinait à respirer. Exactement comme Samantha maintenant. Le soldat était mort dans les bras de Frank.

« Nous sommes presque à la maison, maintenant, c'est vrai, papa ? »

« Presque, Sammy. Tiens bon encore un petit moment. »

C'était difficile pour Frank de reprendre son souffle. Il se sentait étourdi et luttait pour évaluer rationnellement la situation. *Nous crèverons tous ici comme des rats. Oh, Sarah, s'il te plaît, aide-moi.*

« N'aie pas peur », murmura Samantha. « Maman t'entend. »

Sa voix était tellement faible que Frank ne pouvait comprendre ce qu'elle disait. « Ne parle pas, Samantha, épargne ton souffle », lui dit-il, puis il se tourna dans la direction de la fusée éclairante qui illuminait Zoé et Jack.

« Hé, madame, euh… je veux dire, Zoé. Avez-vous d'autres fusées avec vous ? », demanda Frank.

« Non, juste celle-là, et elle est vieille. Elle peut durer 20 minutes, tout au plus », répondit Zoé.

« Pourquoi transportez-vous cette fusée de sécurité, de toute façon ? »

« Parce que je suis un reporter, et j'ai couvert le 11 septembre à Ground Zero avec seulement un cahier de notes et une plume. Après cela, je me suis juré de ne plus jamais aller nulle part dans cette ville sans ma trousse d'urgence. »

« Qu'est-ce que vous avez d'autre là-dedans ? »

« De quoi avez-vous besoin ? De l'eau, des pansements, du désinfectant, une couverture thermique, un radiomètre, des cachets antiradiation, une matraque paralysante, de la colle extra-forte, un tube de rouge à lèvres Chanel, deux tampons, une bouteille métallique d'oxygène, un sifflet... »

« De l'oxygène ? »

« Ouais, une bouteille de 30 minutes. »

« S'il vous plaît, ma fille est incapable de respirer... »

« Une seconde », dit Zoé, resserrant la ceinture de Jack juste sous la cuisse. « Vous ne bougez pas », lui dit-elle, apportant son sac vers la camionnette et jetant son premier regard sur Samantha.

« Oh, elle a l'air vraiment malade... », dit aussitôt Zoé, tendant à Frank le petit cylindre d'oxygène.

« Je dois la sortir d'ici, mais avec ce brouillard... je ne peux avancer nulle part, et je ne parviens pas à m'imaginer ce que c'est, ni d'où ça vient », dit-il, appliquant le masque à oxygène sur la bouche de Samantha.

Frank commença à tourner le minuscule bouton de débit d'air à l'extrémité du cylindre. « Merde, c'est coincé ! De quel côté on le tourne ? », demanda-t-il nerveusement. « Je ne veux pas le casser net... j'ai besoin de plus de lumière ! »

« Attendez », dit Zoé, en sortant sa caméra du sac. « Je ne parviens pas à arrêter ce sacré enregistreur vidéo numérique, donc l'enregistrement se poursuit, mais l'écran LCD devrait être un peu plus brillant. »

Elle tint le minuscule écran luisant de l'ordinateur portable au-dessus de la bouteille, donnant à Frank assez de lumière pour qu'il puisse voir la flèche pointant vers la gauche. Il tourna le bouton, et le cylindre siffla doucement.

La respiration de Samantha se détendit. Ses yeux s'attachèrent à ceux de Frank, et elle lui sourit.

« Maman dit : "Allo", papa, et... elle t'a entendu. »

« Oui ? Dis-lui "Allo" en retour. Mais pour le moment, j'ai besoin que tu demeures immobile et que tu respires lentement et profondément », dit Frank à sa fille, en l'installant sur le hayon arrière. Il prit deux rouleaux de tourbe, les jeta vers la fusée de sécurité, et se tourna vers Katherine.

« S'il vous plaît, surveillez-la juste une seconde. Je vais essayer de l'installer le plus confortablement possible, jusqu'à ce que cette vapeur, ou quoi que ce soit, se dissipe. »

« Bien sûr », répondit Katherine.

« Je vais te fabriquer un petit lit de pâturin du Kentucky, d'accord, Sammy ? Je serai rapidement de retour auprès de toi. »

« Ça, c'est vraiment super cool !», sourit Samantha.

Katherine s'accroupit à côté d'elle et prit sa main.

« Sarah est avec toi, n'est-ce pas, ma chérie ? », murmura Katherine.

La petite fille hocha la tête et sourit. Puis elle pointa l'ordinateur de Zoé.

« Qu'est-ce que c'est ça ? », demanda Katherine à Zoé, alors qu'elle fixait son ordinateur de poche.

« Un ordinateur de poche. C'est nouveau, c'est un ordinateur, un téléphone, une caméra vidéo… »

« Non », dit Katherine. « Je veux dire, qu'elle est cette image sur l'écran ? »

Zoé baissa les yeux. « C'est la dernière image dans la mémoire de photographies. Je l'ai prise juste avant de quitter le bureau ce matin. Je l'ai oubliée tout ce temps ! C'est une photographie du mannequin que la police a trouvé sous le pont Queensboro avant l'explosion. Peut-être que c'est là que la bombe a été placée. »

« Pouvez-vous l'agrandir ? », demanda Katherine.

« J'ai payé 18 000 $ pour cette chose, elle est mieux de me permettre d'agrandir des images ! », dit Zoé, pressant un bouton. La mise au point se fit instantanément sur l'image peinte sur le torse du mannequin.

Katherine haleta. « La carte de la tour ! C'est la raison pour laquelle je suis ici. »

CHAPITRE 26

« C'EST UNE CARTE DE TAROT ! », LAISSA ÉCHAPPER ZOÉ, se rappelant la leçon que lui avait donnée son assistante à propos des outils anciens dont se servaient les médiums pour accomplir leur travail.

« Et pas n'importe quelle carte de tarot, l'une des plus puissantes de l'arcane majeur », expliqua Katherine.

« Pourquoi croyez-vous que quelqu'un l'aurait peinte sur le mannequin ? »

« Je n'en ai aucune idée, mais si c'était là la bombe qui a détruit le pont et le centre informatique, peut-être était-ce une dernière plaisanterie destinée à Conrad, l'homme qui a construit la plus grosse tour du monde. »

Les deux femmes fixèrent l'image effrayante qui remplissait l'écran de l'ordinateur, un éclair frappant une tour grise, qui ressemblait à un immense phare, fracassant son sommet et l'incendiant. La couronne d'un roi basculait sur le sol alors que des gens tombaient à pic dans l'air vers la terre.

« Dieu, on dirait que c'est ce qui est arrivé au World Trade Center », murmura Zoé.

« Bien, c'est souvent ce que représente la carte : un changement soudain et imprévu, souvent destructif et irréversible. »

« Exactement comme ce qui arrive maintenant. »

« Ça pourrait être ça », convint Katherine. « Mais la carte de la tour peut aussi signifier un changement positif quand les choses semblent être à leur pire, comme l'arrivée d'un nouvel enfant, ou le début d'une phase plus heureuse dans notre vie. C'est un éclat d'énergie universelle, une force qui affecte un important point tournant sur le chemin d'une personne. Une amie m'a dit un jour que je devrais aider à interpréter cette carte, et je crois que je suis à ce point maintenant. »

« Je crois que nous le sommes tous », répondit Zoé.

Katherine fixa Zoé comme si elle la reconnaissait soudainement. « Vous êtes cette reporter qui gagne sa vie à écrire des choses méchantes sur les médiums, incluant moi, n'est-ce pas ? », demanda-t-elle.

« Bien, il ne s'agissait pas tellement d'un gagne-pain », répondit Zoé.

« Peut-être cela changera-t-il… nous devons attendre et voir », dit Katherine.

Frank revint vers le camion. « Comment va ma fille ? », demanda-t-il.

Zoé leva le pouce. Il hissa Samantha hors du camion, s'assurant que son masque à oxygène ne glissait pas.

« Rassemblons-nous autour de cette fusée et essayons d'imaginer ce que nous devrions faire pour sortir d'ici », dit Frank.

« Bonne idée », acquiesça Zoé, en déposant son ordinateur de poche sur le capot du camion. La petite lumière orange de l'enregistrement brillait comme un minuscule fanal dans la brume.

Ils se déplacèrent tous vers la lueur rouge de la fusée de sécurité, à l'endroit où Jack était assis, appuyé contre la carcasse de sa Harley. Frank étendit soigneusement Samantha sur le matelas de graminées qu'il avait préparé pour elle. Zoé s'accroupit à côté de Jack pour vérifier sa jambe. Même si aucune artère ou veine importante n'avait été touchée, il s'agissait d'une mauvaise blessure et elle saignait toujours abondamment. Elle fouilla dans son sac pour trouver sa trousse de premiers soins et en retira d'épais bandages de coton et un rouleau de gaze.

« *Aye de mi* ! On dirait qu'un requin vous a rongé », marmonna-t-elle, plaçant les pansements sur la blessure et enroulant la gaze tout autour une douzaine de fois. « Jack, posez votre main sur le bandage et continuez à mettre de la pression, d'accord ? Maintenant, vous perdez beaucoup de sang, alors je vais serrer la ceinture autour de la blessure, et cela vous fera très mal. »

Zoé le regarda dans les yeux, et Jack lui sourit. Elle tira la ceinture aussi fort qu'elle le put, et il continua à sourire.

« Votre seuil de tolérance à la douleur est incroyable. »

« Vous n'avez aucune idée », dit-il, tendant le bras pour écarter les cheveux de Zoé de devant ses yeux. « Toutes les infirmières dans ce tunnel sont-elles aussi jolies que vous ? »

« Jack Morgan, vous *êtes* fou. Plus tôt ce matin, vous aviez l'intention de vous faire sauter la cervelle et maintenant vous flirtez avec une parfaite étrangère. »

« Je ne flirte pas, et une fois que vous êtes montée à l'arrière de ma Harley, vous n'êtes plus une étrangère. »

Dans la lumière faible, elle pouvait à peine voir son visage. Elle toucha sa main et murmura : « Jack, j'ai vraiment peur. »

« Ne vous inquiétez pas. Je vous ai dit que je ne laisserais rien vous arriver. Vous voyez comment je vous protège bien ? Vous êtes enfermée à trente mètres sous l'eau avec un vieux flic handicapé, respirant une vapeur faite de Dieu sait quoi... »

« Arrêtez ! Je vous l'ai dit. Vous n'êtes pas *vieux*. »

Elle s'assit à côté de lui. Le groupe avait formé un petit cercle autour de la fusée comme des enfants assis autour d'un feu de camp.

Ils restèrent assis en silence, enveloppés par le brouillard persistant et ne sachant aucunement quoi dire ou faire à propos de la situation surréaliste dans laquelle ils étaient piégés. Pendant ces quelques moments, le seul son dans le tunnel était le sifflement constant de la petite bouteille d'oxygène de Samantha. Puis, ils entendirent Conrad, émergeant du brouillard, appelant pour de l'aide. Son fils était hissé sur son épaule droite, et il tenait le porte-documents de Wilson dans sa main droite.

« Il a été gravement blessé. S'il vous plaît, aidez-moi à le déposer au sol », implora Conrad, pénétrant dans le petit cercle de lumière. Frank se leva d'un bond et l'aida à poser Michael au sol.

« Est-il vivant ? »

« Oui, mais il n'a pas l'air bien. Il était à peine conscient quand je l'ai trouvé… et Wilson est mort », dit Conrad en faisant une pause. Puis il se ressaisit et pointa le porte-documents. « Et il s'agit d'un très, *très* sérieux problème », précisa Conrad, déposant la valise sur la route et l'ouvrant.

Une voix électronique les surprit : *T-moins 25 minutes.*

« Si ce qu'a dit Michael est vrai, alors dans moins d'une demi-heure, cette chose va faire exploser une bombe radioactive dans ma tour, *au milieu de Manhattan !* » La voix de Conrad s'éleva. Il semblait de plus en plus paniqué.

Frank s'agenouilla et examina le porte-documents. Vingt-six fils, chacun étant marqué d'une lettre différente de l'alphabet, courant du téléphone satellite à un bloc d'explosifs de plastique aussi épais qu'un bottin téléphonique et deux fois plus large. Les numéros au néon de l'horloge numérique fixée sur le dessus du plastique clignotaient de façon rythmique, effectuant un compte à rebours vers zéro.

« C'est un DDE », dit Frank.

« Qu'est-ce que ça veut dire ? », demanda Conrad, d'une voix maintenant grêle et faible.

« Un dispositif de déclenchement d'explosifs. Quand le compteur arrive à zéro, le téléphone commande à un récepteur de faire exploser ce à quoi il est branché, et ensuite ce transmetteur s'auto-détruira. Cela signifie que ce porte-documents éclatera. Et il y a assez d'explosifs ici pour percer un trou de la taille d'une maison à travers ce tunnel et permettre à l'entière rivière Hudson de se déverser sur nous. »

« Pouvez-vous l'arrêter ? », demanda Conrad, s'agenouillant à côté de Frank.

« Non. »

« S'il vous plaît… vous le devez… » Il attrapa le bras de Frank et le serra.

« J'aimerais le faire, mais je ne le peux pas. J'emmène ma fille au New Jersey dans un hôpital. Et loin de vous et de Manhattan et de tout ce chaos que vous avez créé… »

« Non, Frank, s'il vous plaît ! On me dit que vous devez le dé-sactiver maintenant ! », dit fermement Katherine, posant sa main sur son épaule. « Il y a une énergie puissante autour de moi. Je sens la présence d'un personnage féminin, une femme mariée… c'est un lien amoureux. Et elle a un nom avec un "s"… comme Susan, oui, Susan. Mais le nom de votre femme est Sarah, je suis confuse. Il y a deux noms qui commencent par "s", deux énergies de femmes qui arrivent ensemble… »

Frank repoussa sa main. « Et qui exactement vous dit tout cela ? »

« *Elles* me disent tout cela, les esprits. »

« Écoutez, Katherine », proféra Frank avec colère, « il y a 26 fils ici ! Si je coupe le mauvais fil, cette chose va exploser et nous serons tous morts. Donc si vos supposés esprits peuvent me dire quels fils couper, combien en couper, et dans quel ordre, alors je le ferai. Autrement, Sammy et moi, nous partons. »

Le porte-documents émit un son rauque : *T-moins 21 minutes.*

« Non ! Vous devez écouter. Elles insistent. *Vous êtes capable de le faire.* Vous pouvez désamorcer ceci avant qu'il soit trop tard. Sarah dit… »

« Ne prononcez plus le nom de ma femme encore une fois ! Elle est morte. Je ne crois pas en ce que vous faites, et je n'ai pas de temps à perdre. Cette bouteille d'oxygène est tout ce qui garde ma fille en vie et l'approvisionnement en air s'arrêtera bientôt ! », cria Frank, des larmes chaudes coulant de ses yeux alors qu'il regardait Samantha qui reposait sur le matelas de pâturin.

« Savez-vous ce qui arrivera si vous partez sans au moins *essayer* d'arrêter cette chose ? », supplia Katherine.

« Oui, je le sais, et je sais aussi ce qui arrivera si je demeure », répondit Frank, observant Samantha qui toussait dans son masque, de petites bulles roses se formant au coin de sa bouche.

Pour la seconde fois depuis qu'ils étaient entrés dans le tunnel, il ferma les yeux et demanda silencieusement de recevoir de l'aide, une aide dont il refusait de croire l'existence.

S'il te plaît, Sarah, montre-moi quoi faire !

CHAPITRE 27

LA FUSÉE ÉCLAIRANTE GRÉSILLA ET S'ÉTEIGNIT, les laissant complètement dans l'obscurité, sauf pour les étranges lueurs sinistres de la brume qui tourbillonnaient autour d'eux. Le sifflement de la bouteille d'oxygène de Samantha s'arrêta abruptement.

Puis le tunnel fut soudainement animé de voix. Le brouillard s'épaissit et un éclat éblouissant de lumière aveuglante inonda le groupe. Des rayons de milliers de couleurs chatoyèrent autour d'eux, comme s'ils se trouvaient au centre d'un prisme de cristal.

Une couche épaisse de brume déferla sur eux, si impénétrable que Frank perdit de vue tout le monde, même Samantha, qui était étendue juste à côté de lui.

Puis il entendit sa voix, à quatre mètres de lui. Il bondit sur ses pieds et courut vers le son en même temps que le brouillard se déplaçait autour de lui comme une rivière, remplie de bassins changeants et de tourbillons. Pendant un moment, l'air se dégagea, et il vit Samantha sautillant en cercles près de l'extrémité du banc de brouillard le plus épais.

« Papa, papa… nous sommes à l'intérieur d'un arc-en-ciel », dit-elle avec un petit rire nerveux, avant d'être à nouveau enveloppée de brume. Il entendait clairement sa voix, mais ne pouvait que capter des visions fugitives d'elle alors qu'elle se mouvait à travers le nuage.

« Sammy, reste tranquille une minute. Laisse-moi te regarder », dit-il en riant. « Tu as l'air tellement… tellement… en santé ! Est-ce que tu te sens mieux ? », lui demanda-t-il émerveillé, tendant les bras vers elle pour une étreinte.

« Tu es idiot. Bien sûr, je me sens mieux », répondit-elle en continuant de sautiller. « Je te l'ai dit : nous sommes *ici.* »

« Je sais que nous sommes ici, ma chérie; nous sommes toujours pris dans le tunnel. Mais je peux entendre des voix et voir des lumières, il doit donc y avoir une équipe de sauvetage tout près. Alors viens ici et donne-moi cette étreinte. »

« Frank ? », dit prudemment Katherine.

« Pas maintenant », répondit Frank avec une certaine impatience, se délectant à la vue de sa fille bondissante et heureuse.

« Papa, tu n'oublieras pas, n'est-ce pas ? »

« Oublier quoi, ma chérie ? »

« À propos de mon banc à Central Park. »

« Je promets, Sammy, mais tu n'auras pas besoin de ce banc, pas pour un long, long moment. Viens maintenant. »

« Frank… », insista Katherine.

Samantha fit une petite pirouette et une révérence.

« Merci, gentil monsieur », dit-elle, riant encore.

« Frank, *s'il vous plaît* ! », pressa Katherine une troisième fois.

« Écoute Katherine, papa. Elle parle à maman. Je ne vais nulle part encore. »

« Elle "parle à maman" ? », demanda Frank. Il regarda Katherine, qui fixait Samantha avec stupéfaction. Le visage du médium luisait, un sourire serein illuminant son visage alors que des larmes roulaient sur ses joues.

« Qu'est-ce qui ne va pas ? Pourquoi pleurez-vous ? », demanda Frank, confus.

« C'est si magnifique, plus magnifique même que je ne l'ai jamais imaginé », murmura-t-elle. « Je peux les entendre si clairement… c'est comme la plus merveilleuse des musiques… »

« Qui pouvez-vous entendre ? »

« Ce sont ceux à qui vous avez pensé, Frank. C'est une équipe de sauvetage, mais ce n'est pas la sorte de sauvetage que vous escomptiez », expliqua doucement Katherine.

« Que voulez-vous dire ? Sammy, où es-tu ? Où es-tu allée ? »

Frank était soudainement seul avec Katherine, mais demeurait vaguement conscient que les autres étaient toujours là, debout dans le bassin lumineux.

« Écoutez, Frank, *tout le monde*, écoutez-moi », dit gentiment Katherine. « Il y a un voile entre ce monde et l'autre, un voile très ténu. Peu de gens se rendent compte que les énergies de l'Au-delà essaient continuellement de communiquer avec nous. Soit que nous les refoulons parce que nous sommes trop effrayés pour écouter, soit nous refusons simplement de croire qu'elles existent. Mais maintenant, juste dans ce tunnel, quelque chose d'incroyablement spécial arrive que je n'ai jamais expérimenté auparavant, *quelque chose de merveilleux*. Le voile est soulevé. »

Elle se tourna vers Frank, prenant ses deux mains dans les siennes. « Frank, votre fille possède un merveilleux cadeau qu'elle essaie de partager avec vous depuis très longtemps, mais vous ne vous êtes jamais permis d'ouvrir votre esprit, d'ouvrir votre cœur et d'accepter son offre. Elle a été un professeur patient, mais vous avez été un pauvre élève. Vous avez permis à votre douleur et à votre chagrin de construire un mur entre vous et l'amour que vous n'avez jamais vraiment perdu, l'amour de votre famille… l'amour de Sarah. »

« Qu'est-ce que vous êtes en train de me dire ? »

« Je vous dis que vos yeux étaient ouverts, mais vous avez omis de voir ce que Sarah essayait de vous montrer : qu'elle est là pour Sammy, prête à l'aider à traverser de l'Au-delà et à commencer son nouveau voyage. Tout comme la mère de Sarah, Fatima, était là pour l'accueillir quand elle est décédée. »

Frank regarda Katherine, la panique s'insinuant en lui.

Elle n'avait aucun moyen de savoir que le nom de la mère de Sarah était Fatima… à moins qu'elle ne puisse réellement parler aux morts. Il était terrifié, non seulement à cause de l'énormité de ce qu'il entendait, mais à cause de toutes les années où il avait refusé de croire Samantha lorsqu'elle insistait pour dire que Sarah était encore avec eux.

« Vous êtes prêt, Frank. Retournez-vous », dit doucement Katherine.

Frank se retourna, sans pouvoir comprendre ce qu'il voyait. « Non », murmura-t-il, et il ferma les yeux. *Ce n'est pas réel, ce n'est pas réel, c'est seulement un rêve.* Il ouvrit ses yeux, puis fit quelque chose qu'il n'avait pas fait depuis des années : il esquissa le signe de la croix.

Debout devant lui, se tenait son épouse, son superbe visage encadré par de soyeuses boucles noires… ses yeux le regardant avec tellement d'amour.

« Sarah », marmonna-t-il. « Oh, je suis désolé, je suis tellement désolé… tellement désolé », ajouta Frank, tombant sur les genoux.

« Sarah, mon tendre amour, où étais-tu ? Pourquoi es-tu partie ? S'il te plaît, reviens… reviens à la maison avec moi. Tu me manques, tu me *manques*… J'ai essayé d'être un bon père pour Sammy, de l'élever comme tu l'aurais voulu, mais c'était si difficile sans toi… elle a été tellement malade depuis ton départ, et elle a besoin que sa mère revienne… oh s'il te plaît, Sarah. » La gorge de Frank était saturée de mots et de sentiments qu'il avait enfouis si profondément et qui avaient brûlé en lui à force de ne pas avoir été exprimés depuis si longtemps.

Sarah lui sourit, mais demeura silencieuse.

« Elle vous entend, Frank, et je l'entends… plus nettement que je n'ai jamais entendu quelqu'un de l'Au-delà. Elle dit que vous avez été un père merveilleux, et elle sait à quel point vous l'aimez. Elle a emporté votre amour lorsqu'elle est morte et elle le ressent encore. Elle dit que votre amour la remplit… mais elle dit aussi que vous avez délaissé quelque chose à cause d'elle, et que cela la chagrine. Elle dit que vous devez embrasser cette chose de nouveau, Frank. Vous devez retrouver ce qui a été perdu. »

« Je ne comprends pas. » Frank secoua la tête, confus.

L'image de Sarah commença à vibrer, se retirant lentement dans la brume.

« Attends… oh Dieu, pas encore, ne me quitte pas encore une fois ! »

« Elle doit partir, Frank. Qu'est-ce que vous voulez lui dire ? »

« Que je suis désolé. Je suis désolé d'avoir été en colère contre elle lorsqu'elle est partie… Oh, Sarah, s'il te plaît pardonne-moi de ne pas t'avoir dit adieu… »

Le visage translucide de Sarah n'était soudainement qu'à un souffle de celui de Frank. Il la regarda dans les yeux et sentit le feu de ses lèvres effleurer les siennes, puis elle partit… et Frank s'écroula sur le sol, couvrant son visage avec ses mains, riant et pleurant, pleurant et riant.

« Papa ? »

Frank leva les yeux. À travers ses larmes, il fixait Samantha qui lui envoyait un baiser.

Oh, Sammy, je devais danser à ton mariage, pensa-t-il.

Samantha lui fit un clin d'œil et dit : « Ne t'en fais pas, papa, moi et maman danserons à *ton* mariage. »

Puis Sarah prit la main de Samantha dans les siennes, et ensemble, elles lui sourirent… et s'éloignèrent dans la brume.

LES AUTRES AVAIENT OBSERVÉ LA SCÈNE, muets de stupeur.

Katherine pivota et regarda Jack. « Entendez-vous cela, capitaine ? »

Jack entendit le bruit métallique de la cloche d'un camion d'incendie résonnant au loin dans le tunnel. Pas un vrai camion d'incendie, mais un jouet, comme celui qu'il avait donné à Liam un matin de Noël, il y a bien des années. Il ne pouvait rien voir dans le brouillard blanc jusqu'à ce que Katherine s'avance devant lui.

« Il y a deux énergies fortes qui viennent pour vous. La première est le personnage d'une compagne féminine qui a traversé plus tôt aujourd'hui. » Katherine sourit : « Maintenant je comprends pourquoi deux énergies féminines aux prénoms commençant par "s" se manifestaient à moi : premièrement Sarah pour Frank, et maintenant *Susan* pour vous.

« Elle rit de vous... elle dit que votre dos ne ferait pas si mal si vous cessiez de dormir sur le sofa-lit dans la chambre d'invités. »

« Susan... Susan... », répéta doucement Jack, observant, sans trop croire ce qu'il voyait, alors qu'elle se matérialisait lentement devant lui. Elle portait sa robe de mariage et tendait sa main gauche, pointant le minuscule diamant dont il avait orné son annulaire lorsqu'ils avaient échangé leurs vœux.

« Elle dit : "Le plus petit diamant émet la plus grande lumière." Elle rit encore, comme elle possède une énergie bonne et drôle, Jack. Et tendre... tellement tendre. Mais elle s'inquiète pour vous. Elle dit que vous devez vivre votre vie, et non pas la gâcher. »

« Je la vois, je la vois tellement nettement », dit Jack. « Mais je ne peux entendre sa voix. »

« Elle vous entend, Jack, et elle répète ce qu'elle a dit ce matin : "Pardonne-toi... cesse de mourir et commence à vivre"... maintenant elle rit à nouveau. »

Puis, pour la première fois depuis qu'ils avaient grimpé dans ce carrosse à Central Park, la nuit où elle avait été assassinée, Jack entendit la musique de l'apaisante et aimante voix de Susan.

« Je peux l'entendre… je peux entendre son rire doux et charmant… je peux entendre ma superbe épouse ! »

« Elle veut savoir avec qui vous batifoliez sur la Harley… Elle ajoute qu'elle est jolie », dit Katherine en riant. « Susan croit que vous devez aider la jolie fille à trouver ce qu'on lui a pris, et vous découvrirez ce dont *vous* avez besoin. Son énergie se retire. »

Jack tendit le bras pour caresser le visage de Susan alors qu'elle commençait à s'estomper dans l'air. Il la toucha, et son corps tout entier fut rempli de chaleur. Pour la première fois depuis des années, il ne sentait aucune douleur physique.

« Ne pars pas ! », supplia-t-il, tendant la main dans le brouillard pour toucher Susan une dernière fois. Au lieu de cela, il trouva la main de Zoé qui l'attendait, il la prit donc et la serra très fort.

Puis, Susan fut là encore une fois, tenant un petit garçon par la main. Elle s'évanouit, laissant le garçon avec Jack.

« Liam, c'est mon fils ! Je le vois, mais… c'est juste un garçon. Liam ! » Jack regarda fixement le petit garçon, qui portait ses pyjamas favoris de cowboy et qui tenait le nouveau camion de pompiers devant un arbre de Noël.

« Vous le voyez de la manière dont vous aimez le plus vous souvenir de lui », expliqua Katherine. « Mais je vois aussi un uniforme, des flammes… un écrasement d'avion. Il est décédé violemment, mais très, très rapidement. C'était un passage honorable. Il était, oh, mon Dieu, lorsqu'il est mort, il était dans… »

« Le World Trade Center. Il était l'un des premiers pompiers dans l'immeuble. Nous ne l'avons jamais retrouvé », pleura Jack, sa poitrine se soulevant et s'abaissant alors qu'il pressait la main de Zoé.

L'image du petit Liam se transforma en un beau jeune homme en uniforme de pompier.

« Il me montre cette journée. Il a transporté beaucoup de gens hors de la tour. Il a continué à y retourner… c'était un héros, Jack. Il veut que vous sachiez qu'il ne sent aucune douleur, et aucun regret. Il est mort en faisant ce qu'il voulait faire, sauver des vies. Mais il dit qu'il ressent *votre* douleur, il dit qu'elle l'environne. Il souhaite que je vous dise que le suicide n'est jamais la solution. Que vous finirez seulement par blesser les autres et vous-même. »

« Mais j'ai l'impression que je l'ai *vraiment* blessé. La dernière fois que nous avons parlé, j'étais fâché contre lui. Je ne lui ai même pas dit au revoir. »

« Portez-vous quelque chose qui lui appartenait ? Il me montre un insigne, ou une sorte de médaille. »

Jack entra la main dans sa poche et en retira la médaille qu'il avait reçue après la mort de Liam. Il voulut la montrer à Liam, mais lorsqu'il leva les yeux, son fils était parti.

« Il la voit, Jack. Et il me demande de vous dire de vous rappeler la signification de cet insigne, pour honorer sa mémoire et son sacrifice, non pour laisser la douleur de son départ vous détruire. Il répète les paroles de Susan : *Pardonnez, vivez, aimez.* »

Jack ne pouvait voir Liam, mais il entendait le son de sa voix aussi clairement que si le garçon était debout à ses côtés.

« Je sais à quel point tu m'as aimé, papa, et à quel point tu es fier… mais tu t'es enfermé dans ta maison, à l'extérieur de ton cœur. Cela change aujourd'hui. C'est mon dernier sauvetage. Laisse-moi *te* sauver, papa. »

Liam réapparut pendant un moment. Il sourit à Jack, puis regarda Zoé et dit : « Vous serez une mère extraordinaire. »

L'image de Liam commença à s'estomper. « Rappelle-toi… tout change aujourd'hui, papa. »

« Zoé, il y a une énergie féminine ici, pour vous », dit Katherine. « C'est une énergie de mère, mais pas une mère naturelle. Vous avez été adoptée », précisa Katherine avec une soudaine compréhension.

« Moi ?… Oui, j'ai été adoptée », dit Zoé, se sentant profondément mal à l'aise.

« Cette énergie, c'est tellement lourd… Je peux à peine soutenir le poids de son remords… son nom est Abby… ou… »

Zoé vit une ombre planer derrière Katherine. « Son nom est Abigail, et elle peut aller en enfer, si elle n'y est pas déjà ! », cria-t-elle.

« Elle comprend votre colère, Zoé. Elle me montre une couronne, comme une tiare. Cela signifie habituellement la victoire et la réussite pour moi… mais cette tiare est noire… de la peine et de la souffrance et du chagrin… elle est rattachée à une telle perte. Y comprenez-vous quelque chose ? »

« Vous parlez si je comprends », dit amèrement Zoé.

« Ce n'était pas une personne gentille… elle n'était pas une bonne mère pour vous », continua Katherine.

« Elle était malfaisante. »

« Elle veut que vous lui pardonniez, Zoé. Elle sait à quel point elle vous a fait du mal, qu'elle a blessé votre cœur et rendu difficile pour vous de faire confiance à… l'amour. »

« C'est typique d'elle, elle veut mon pardon, mais elle ne me montrera pas son visage pour le demander elle-même. »

« Elle veut vous le montrer Zoé, mais même ici, dans ce tunnel de lumière, vos émotions sont tellement sombres qu'elles la repoussent », dit Katherine.

« Dites-lui de me laisser tranquille ! Je ne suis pas intéressée à ce qu'elle a à dire ! », sanglota Zoé, pressant la main de Jack, qui n'avait jamais délaissé les siennes.

« Elle me montre un hôpital… une maternité… Vous a-t-elle obligée à abandonner un enfant ? »

« S'il vous plaît, arrêtez, Katherine ! Je ne veux pas me souvenir. »

« Elle ne s'attend pas à ce que vous lui pardonniez, Zoé, même si elle le souhaite ardemment. Elle accepte la responsabilité de ce qu'elle a fait, mais elle veut vous aider. Elle dit qu'un poney est venu récemment vers vous… ou quelque chose par le service Pony Express. Est-ce que ça signifie quelque chose pour vous ? »

« Un poney ? Oui, une image d'un poney dans une lettre. Elle est arrivée dans le courrier, et je l'ai épinglée au-dessus de mon bureau… mais pourquoi voudrait-elle… »

« Avez-vous une fille ? »

« Non, je n'en ai pas… je veux dire, je ne sais pas, je ne suis pas certaine… ils ne m'ont pas laissé voir… » Zoé commença à pleurer. « J'ai eu un bébé ! J'ai eu un bébé, et on me l'a enlevé. Je ne sais pas si j'ai eu un garçon ou une fille. Tout ce que je sais, c'est que j'ai eu un bébé et que je ne l'ai jamais tenu dans mes bras. »

« Elle dit de chercher la fillette qui vous a envoyé la lettre, la petite fille au poney, et vous trouverez votre fille… c'est la manière d'Abigail de vous témoigner son amour, Zoé. »

L'ombre sombre derrière Katherine jeta une brève lueur d'un rose vibrant avant de disparaître dans la brume.

Un chien aboya à distance. « Rewrite ? C'est Rewrite ! C'est mon petit chien », dit Zoé avec étonnement.

« C'est une manière de plus pour Abigail d'essayer de vous atteindre avec son amour. Elle veut que vous sachiez que Rewrite va bien… et qu'il vous attend. »

KATHERINE REGARDA FRANK, JACK ET ZOÉ. Elle sentait une impression de paix chez eux, mais elle pouvait ressentir une vague de douleur derrière elle. Elle fut attirée vers Conrad et Michael, dont elle connaissait le besoin qu'ils avaient d'elle.

Conrad regardait fixement la brume qui vacillait et l'étrange vapeur qui l'isolait du groupe. La voix de Katherine venait à lui dans toutes les directions, alors qu'au-dessus de lui, il entendit le rire joyeux d'un enfant.

Conrad tenait la tête de Michael sur ses genoux, caressant le visage contusionné et meurtri d'un homme, mais se souvenant de lui comme d'un garçon, spécialement les yeux remplis de confiance que son fils avait toujours levés vers lui.

J'ai poussé trop fort pour que tu réussisses. Je t'ai poussé trop loin, au-delà de la limite de l'équilibre mental, pensa Conrad. *Et Danny, pauvre Danny, je l'ai repoussé. Tout ce qui m'importait, c'était mon travail, et tout ce que j'ai réussi, c'est d'avoir tué tout ce que j'ai aimé.*

Il leva les yeux. Katherine était à côté de lui, souriante. « Vos *fils* sont ici; les deux sont avec vous maintenant. Un de ce côté-ci, l'autre de l'Au-delà. Et il y a l'énergie maternelle qui est demeurée autour de vous tout ce jour... qui est toujours autour de vous... »

« Non, ce n'est pas possible. Il doit s'agir d'une fuite de gaz... je dois halluciner. Cela ne peut arriver », murmura Conrad. Mais il leva ensuite les yeux, et son cœur commença à fondre.

« *Mère ?* »

Il la vit à travers le brouillard, assise sur son banc de travail dans la serre, là-bas dans l'Iowa. Ses cheveux étaient remontés, comme elle le faisait toujours lorsqu'elle travaillait; et elle luisait de la beauté vibrante et riche de la jeunesse et de la santé.

La scène était trouble, comme celle que l'on verrait dans le liquide tourbillonnant d'une boule à neige que l'on vient tout juste de secouer. Mais à mesure que sa vision s'éclaircissait, Conrad reconnut le moment exact dans le temps : c'était son huitième anniversaire... elle avait seulement trente ans, et elle était si jolie… puis il était à côté d'elle. Elle lui montrait une fleur… il pouvait entendre ses paroles qui résonnaient en lui, du passé…

C'est à ton tour d'essayer, Connie. Si la femme d'un fermier peut jouer le rôle de Dieu, je ne vois pas pourquoi le fils d'un fermier n'en serait pas capable, qu'en penses-tu ?

Son cœur battait la chamade… c'était son cadeau d'anniversaire, sa première incursion fugitive dans le merveilleux monde de l'ADN, dans les secrets de la vie elle-même. La vision se voila, s'estompant…

« Elle a un grand regret, Conrad. Elle dit qu'elle a eu tort de vous dire de jouer le rôle de Dieu », dit Katherine. « Elle aurait souhaité vous avoir dit d'*embrasser* Dieu, de n'importe quelle manière et sous n'importe quelle forme possible… que tout ce que vous avez eu besoin de savoir se trouve dans cette étreinte. »

Michael remua sur les genoux de Conrad et se redressa, regardant Katherine, stupéfait.

« Elle se retire… elle vous envoie de l'amour, me montrant des roses bleues… de nouveau, elle vous remercie d'avoir soulagé sa douleur, de l'avoir aidée à mourir. Elle est partie, mais elle nous apporte une énergie masculine… une très vieille âme. Son énergie est aussi demeurée avec nous toute la journée. »

« Où ? Je ne peux rien voir », dit Conrad.

« Il dit qu'il est désolé d'être parti de la façon qu'il l'a fait, de la douleur qu'il a causée en se suicidant. Il demande que vous ne vous souveniez pas de la manière dont il est décédé… mais de la chanson. »

« Est-ce que c'est Danny ? Quelle chanson ? De quelle chanson parle… »

Soudain, Conrad était assis dans l'auditorium d'une école, il y a plus de trente ans, avec un jeune Michael à ses côtés. Il s'agissait d'une soirée spéciale, une occasion rare où il avait réservé du temps en dehors du travail pour assister à l'un des événements scolaires de ses fils. Danny était debout au centre de la scène, son visage brillant de fierté alors qu'il s'adressait à la foule.

Je dédie ma chanson à Conrad Dinnick, mon papa, et à mon meilleur ami dans tout le monde, mon frère, Mike, avait dit Daniel, d'une voix claire, sans aucune trace de bégaiement.

« Michael, regarde, c'est Danny… regarde là… Danny est de retour ! », s'exclama Conrad.

Les yeux de Michael s'agrandirent. Il murmura : « C'est la chanson de Danny. »

Danny commença à chanter dans une voix lyrique et douce qui saisit le cœur de Conrad.

> *Oh Danny Boy, les pipeaux, les pipeaux appellent*
> *D'une vallée à l'autre, et le long du flanc de la montagne*
> *L'été s'en est allé et toutes les roses tombent*
> *C'est toi, toi qui dois partir et je dois demeurer.*
> *Mais reviens quand l'été reviendra au pré…*

« Danny, je te prie de me pardonner », marmonnait Michael, s'agenouillant. Conrad sanglotait, tandis que la lumière sur la scène s'illuminait si intensément que Danny paraissait translucide.

> *Mais lorsque tu viendras et que toutes les fleurs mourront*
> *Et que je serai mort, aussi mort que je peux l'être*
> *Tu viendras et tu trouveras l'endroit où je repose*
> *Et tu t'agenouilleras et réciteras un « Ave » pour moi.*
> *Et j'entendrai, malgré la douceur de ton pas au-dessus de moi*
> *Et mes rêves tout entiers se réchaufferont, s'adouciront*

Si tu n'omets pas de me dire que tu m'aimes
Je reposerai simplement en paix jusqu'à ce que tu viennes à moi*.

La lumière de la scène diminua. Danny, maintenant un homme adulte, se tenait devant son père et son frère, les bras croisés sur sa poitrine, les mains serrées au-dessus de son cœur.

« Il dit qu'il est en paix, mais il vous demande de lui pardonner, et il veut que tous les deux, vous vous pardonniez à vous-mêmes et l'un à l'autre », dit Katherine.

« Danny ! », crièrent Conrad et Michael à l'unisson.

« Il me montre qu'*il* est guéri, mais il a besoin de savoir que vous pouvez vous guérir l'un l'autre, il n'est pas trop tard. Vous *pouvez* trouver la guérison dans l'étreinte. Il s'en va... il est parti... » La voix de Katherine se tut.

KATHERINE S'ÉCROULA SUR LA CHAUSSÉE DU TUNNEL, seule dans la brume, complètement épuisée.

Jamais dans sa vie avait-elle ressenti l'énergie des esprits se révéler à travers elle avec une telle force et une telle puissance. C'était comme si elle avait pénétré de l'Au-delà, et pour quelques brefs et glorieux moments, avait marché parmi eux, leur parlant

---

* NDT : Traduction libre des paroles de la populaire chanson traditionnelle irlandaise *Oh Danny Boy.*

Oh Danny boy, the pipes, the pipes are calling
From glen to glen, and down the mountain side
The summer's gone, and all the flowers are dying
'Tis you, 'tis you must go and I must bide.
But come ye back when summer's in the meadow

And if you come, when all the flowers are dying
And I am dead, as dead I well may be
You'll come and find the place where I am lying
And kneel and say an "Ave" there for me.
And I shall hear, tho' soft you tread above me
And all my dreams will warm and sweeter be
If you'll not fail to tell me that you love me
I'll simply sleep in peace until you come to me.
I'll simply sleep in peace until you come to me.

sans effort, les entendant avec une totale clarté. Elle avait ressenti leurs pensées et leurs émotions à mesure qu'elles se manifestaient.

Elle comprit que l'Au-delà avait eu besoin d'elle ici, pour qu'elle soit un canal permettant de rejoindre les gens dont la route avait croisé la sienne aujourd'hui. Sa présence avait été nécessaire, mais tout cela avait sollicité chaque parcelle de ses habiletés de médium. Elle savait que c'était un honneur, mais un honneur qu'elle ne voulait plus jamais se voir conférer.

Les énergies s'étant retirées, elle se retrouvait avec seulement le silence... et le sentiment d'une incommensurable solitude. Elle était plus épuisée qu'elle ne l'avait été en Italie, plus fatiguée qu'elle ne l'avait jamais été dans toute sa vie.

Elle avait à peine assez d'énergie pour garder les yeux ouverts.

Je traverse, pensa-t-elle. *Je suis épuisée... je suis finie.*

CHAPITRE 28

« HÉ, KATHY. IL Y A QUELQU'UN QUI VEUT VOUS PARLER. »

Katherine ouvrit les yeux et vit le visage souriant de Samantha qui la regardait d'en haut. Une expression intense, mais charmante animait les yeux de l'enfant. Sa peau brillait d'une nuance rosée dans la lumière changeante.

« Sammy, est-ce que je… », commença à demander Katherine.

« Bien sûr non. Ne soyez pas idiote », se moqua Samantha.

« Êtes-vous… »

« Tellement de questions de la part de quelqu'un ayant un visiteur qui veut la voir », dit-elle en riant.

« Quel visiteur ? »

« Elle », dit Samantha, pointant derrière Katherine. Mais le médium, épuisée, continuait de regarder fixement le brillant sourire de la fillette. Puis elle sentit une présence derrière elle, émanant un amour si intense qu'elle eut peur de se retourner. Elle ferma les yeux, alors que les accords familiers de Sinatra remplirent son esprit.

... des cerfs-volants colorés, ces jours et ces nuits filèrent...
... puis plus doux qu'un joueur de flûte, un jour il t'appela...
... et je t'ai perdue, dans le vent d'été*...

« N'aie pas peur, Kathy », dit doucement Samantha.

Katherine ouvrit les yeux et vit l'amie qu'elle avait aimée plus que toute autre, la personne qui avait cru en elle et ouvert son esprit à un monde de livres et de musiques et d'émerveillement. La personne qui l'avait guidée dans l'œuvre de sa vie et dont l'absence avait laissé un vide lancinant.

« Julia », murmura-t-elle, « où étais-tu ? Pourquoi n'es-tu jamais venue vers moi ? Pourquoi m'as-tu laissée toute seule ? »

« Elle dit que vous devriez savoir pourquoi », dit Samantha. « Vous vous connaissiez si bien toutes les deux que vous n'auriez jamais cru que c'était vraiment elle si elle était venue à vous. Vous auriez pensé que vous vous berciez de l'illusion de sa présence. »

Le rire de Samantha résonna dans la brume. « Elle dit que vous devez être en train de perdre la main, elle vous envoie des messages depuis l'Italie pour vous attirer ici... »

« Les images de la tour ? »

« Vous avez compris ! », s'exclama Samantha.

« Julia, j'ai besoin de toi. Je suis tellement, tellement lasse... Je ne peux plus continuer mon travail. Je n'ai plus rien à donner à personne. »

« Elle me demande qui vous êtes », retransmit Samantha.

« Elle ne peut me voir ? Elle ne sait pas ? », cria Katherine, confuse, les larmes inondant ses joues.

« Oh, elle vous voit, sans aucun doute. Mais elle dit que la Katherine Haywood qu'elle a connue n'était pas une lâcheuse, qu'elle était forte, une guerrière. »

---

* NDT : Traduction libre d'un extrait des paroles de la chanson *Summer Wind* de Frank Sinatra.

...painted kites, those days and nights they went flying by...
...then softer than a piper man, one day it called to you...
... and I lost you, to the summer wind...

« Je ne suis plus capable de me battre… je ne suis plus capable d'aider qui que ce soit. »

« Elle dit d'arrêter ça. Vous avez aidé *tout le monde*. Vous avez tourné la carte de la tour, vous avez tiré la lumière de l'obscurité, changé les forces négatives en énergie positive… et maintenant elle dit de tendre le bras. »

« Tendre le bras où ? »

« Vers *elle*, idiote. Elle dit de tendre votre main. »

Katherine offrit sa main à sa vieille amie et sentit un courant électrique parcourir son bras et son crâne. Un éclair de lumière blanche explosa dans son cerveau, et elle put sentir la présence de Julia dans chaque cellule de son corps, pendant que la force et l'énergie circulaient à travers elle.

Pendant un moment, elle vit son père et sa grand-mère debout à côté de Julia.

« Je t'avais dit que tu étais spéciale, ma chérie », lui dit son père, rayonnant. « Tu n'avais qu'à apprendre à tirer toutes les ficelles de ton précieux don. »

« Rappelle-toi de regarder des deux côtés avant de traverser la route, petite Kathy », gloussa doucement sa grand-mère.

« Oh, papa, grand-mère… je vous aime », murmura Katherine, alors que sa famille disparaissait de sa vue. Elle déploya largement ses bras et respira profondément, se sentant renouvelée et régénérée.

« Mon Dieu, je ne me suis jamais sentie si… vivante », dit-elle, émerveillée.

« C'est son cadeau pour vous », expliqua Samantha, en souriant, « mais elle a encore quelque chose à dire à tout le monde ici. »

L'image de Julia devint plus brillante que tout ce qu'ils avaient vu jusque-là, et soudainement ils pouvaient tous entendre sa voix : « Chacun d'entre vous a reçu un cadeau. Vous avez entrevu un monde que peu de gens verront avant d'être d'abord frappé par la mort. Vous avez été réunis pour accéder à la guérison, pour découvrir que vous pouvez avancer et pour comprendre que vous devez utiliser le temps qui vous est imparti sur ce plan physique pour grandir, pour apprendre et pour aimer. Ce sont des leçons que vous devez partager avec d'autres au-delà des murs de ce tunnel, spécialement les leçons d'amour et de pardon, parce que c'est la seule chose qui dure et qui cimente toutes nos énergies. »

« Mais… », commença à dire Zoé, incertaine de bien comprendre la signification de cette vision.

« Ta question est à propos de *lui* », dit Julia, regardant à travers la brume qui se dissipait le corps sans vie de Wilson, à peine visible quelques mètres plus loin.

« Oui », dit Zoé. « Comment pouvons-nous aimer quelqu'un comme lui ou lui pardonner… est-il en enfer ? Ou est-ce que l'énergie du mal existe où vous êtes ? »

« Son enfer, c'est de se rendre compte, de revivre et d'expérimenter la même douleur qu'il a infligée aux autres. Il doit expier ses actions… et il a beaucoup à racheter… mais il y arrivera. »

Katherine leva les yeux vers Julia alors que l'image commençait à vaciller et à s'évanouir.

« Julia ! Est-ce que je t'entendrai encore ? ! », s'écria Katherine.

« Nous sommes toujours ensemble, Katherine, et nous serons de nouveau réunies, mais pas maintenant. Ton travail est loin d'être terminé. Rappelle-toi ce que je t'ai dit la première journée où nous nous sommes rencontrées. Même le tunnel le plus obscur peut s'ouvrir sur la plus brillante des lumières, et, en ce moment même, il y a beaucoup de tunnels sombres dans le monde. New York n'est que le commencement; ta mission te destine à te rendre en de nombreux endroits. Tu possèdes une lumière, Kathy, et tu dois la laisser briller », dit Julia, après quoi elle partit.

Un brouillard enveloppa le groupe, laissant tout le monde, sauf Katherine, dans un état semi-conscient.

Katherine tourna son regard vers Samantha pour la remercier d'avoir ramené Julia. La fillette était partie, mais elle pouvait entendre sa voix.

« S'il vous plaît, Kathy, aidez mon papa. »

Quelque part dans le tunnel, une voix électronique annonça : *T-moins cinq minutes.*

« RÉVEILLEZ-VOUS, RÉVEILLEZ-VOUS, FRANK ! », cria Katherine, le secouant violemment par les épaules.

« Qu'est-ce qu'il y a, Sarah ? », demanda Frank sur un ton endormi. « C'est samedi matin, c'est mon tour de dormir, c'est *ton* tour d'emmener Sammy au temple... »

« Ce n'est pas Sarah, Frank, c'est Katherine. Levez-vous, la bombe est sur le point d'exploser ! »

« Quoi... qu'est-ce qui arrive ? », dit Frank, confus, se redressant et regardant autour, la tête vacillante. « Sammy... où est Sammy ? »

« Elle est en sécurité, Frank... mais le reste de nous ne l'est pas. »

« Quoi ? ! », s'exclama-t-il, maintenant complètement alerte.

« Frank... la bombe ! », hurla Katherine.

T-moins deux minutes.

« Oh mon Dieu ! Deux minutes ? Jésus, il est trop tard pour qu'aucun de nous ne puisse partir ! », réalisa Frank en se traînant vers le porte-documents. Il scruta alors les nombreux fils et les lumières clignotantes à l'intérieur. « Je ne suis pas capable... je ne suis pas capable... »

« Oui, vous le pouvez, Frank. Sarah me dit que vous devez trouver ce que vous avez écarté lorsqu'elle est morte. »

« Je ne sais pas ce que vous voulez dire ! Je n'ai aucune idée ! La bombe… son mécanisme est trop compliqué. Je dois penser… je dois penser. »

« Vous pensez trop, Frank. Écoutez votre cœur », lui dit Katherine. « Pensez à ce que vous avez perdu lorsque Sarah est décédée. »

Frank pensa aux funérailles de Sarah. Il se rappelait être demeuré debout près du corbillard, laissant tomber son crucifix à l'intérieur avant qu'il ne referme le couvercle, le crucifix que sa mère lui avait donné avant sa première communion, gravé avec les mots : *Franco, non perda mai la vostra fede.* « Frank, ne perds jamais ta foi ».

Il inséra la main dans ses jeans, en retira son couteau de poche et le tint au-dessus de la masse de fils.

T-moins une minute.

Frank ouvrit la lame et la plaça sous le fil sur lequel la lettre *F* était gravée. Il hésita. Puis il crut entendre la voix de Samantha derrière lui.

« C'est dans ton cœur, papa. »

T-moins 30 secondes.

Il prit une profonde respiration et coupa le fil *F*. Rien n'arriva.

Il déplaça son couteau d'une main experte et coupa le fil *O*, puis le fil *I*.

Il y eut un brusque clic métallique et le haut-parleur dans le porte-documents annonça : *compte à rebours interrompu à T-moins neuf secondes.*

Le brouillard commença à se lever.

« Je ne comprends pas ce qui arrive », dit Frank, regardant derrière lui à travers la brume qui s'amenuisait en direction du petit morceau de pelouse où il avait laissé Samantha. Là, il vit son corps sans vie, avec le masque à oxygène encore attaché sur son visage.

Un hurlement se souleva du tréfonds de son être, bouillonnant dans ses entrailles jusqu'à ce que la douleur le projette dans sa gorge tel un coup de poing, éclatant dans sa bouche et perçant sur toute la longueur du tunnel comme le cri d'un animal blessé.

Un unique « Noooooooooooooooooooooooooon ! » à vous briser le cœur.

« Shhhhhhhhhhh, Frank, ça va aller. » Katherine essaya de le réconforter tout en s'agenouillant près de lui.

« Oh, Dieu, Sammy, ne pars pas, ne me laisse pas ici seul… ne pars pas… »

« Elle est déjà partie, Frank, mais vous savez qu'elle ne vous a pas quitté », lui dit Katherine avec conviction, posant sa main sur son cœur. « Elle dit qu'elle sera toujours ici… ne perdez simplement pas la foi. »

Frank s'évanouit sur l'asphalte.

ÉPILOGUE

IL FUT RÉVEILLÉ PAR L'ÉLECTRICITÉ STATIQUE PROVENANT DE LA RADIO DANS LA CAMIONNETTE.

Frank roula sur le côté et vit que le camion était revenu à la vie. Ses phares avant dessinaient une double voie de lumière menant à la fin du tunnel et illuminaient les corps éparpillés sur la route. La radio émit un faible bourdonnement crépitant.

Comme il marchait vers le matelas de pelouse, il entendait tout le monde respirer et les vit tous commencer à bouger. Tout le monde, sauf Samantha.

Frank s'agenouilla à côté d'elle et enleva doucement son masque à oxygène, essuyant les traces de sang de ses lèvres et de son menton.

« Sammy », fut tout ce qu'il put dire, se penchant pour embrasser son front et croiser ses mains contre sa poitrine.

Sa main droite était refermée en un poing. Il ouvrit délicatement ses doigts et vit ce qui brillait dans sa paume : la croix qu'il avait laissé tomber dans le cercueil de Sarah.

Ce n'est pas possible... ce n'est juste pas possible... mais la voici !

Les larmes aux yeux, Frank prit le crucifix de sa main et l'embrassa. Puis il glissa la chaîne en or autour de son cou et inséra la croix dans sa chemise.

Il sentit la main de Katherine sur son dos. « Le monde est rempli de miracles, Frank, grands et petits. Nous n'avons qu'à les rechercher. Elle va bien, vous savez. Elle est heureuse, elle est en sécurité et elle est avec Sarah. »

« Je sais qu'elle l'est », admit-il, les yeux baignés de larmes, se levant sur ses pieds et regardant le médium.

« Mais vous… allez-*vous* bien, Frank ? »

Les larmes coulèrent sur son visage. « Non, je ne vais pas bien… mais je sais que je vais bien aller. Elle m'a appris à vivre, et à croire. Mais c'est si difficile. C'est si difficile de savoir *en quoi* croire. »

Katherine enveloppa ses bras autour de lui, l'étreignant très fort pendant qu'il sanglotait sur son épaule.

« Cela prendra du temps, mais ça vous viendra », dit Katherine avec compassion.

Derrière eux, Zoé était penchée pour aider Jack à se lever, mais il bondit sur ses pieds avant qu'elle en ait la chance de faire quoi que ce soit.

« Hé, faites attention, Jack, votre jambe ! Vous allez vous blesser en vous levant si rapidement. Est-ce que ça va ? », demanda-t-elle.

« Je ne me suis jamais senti aussi bien de ma vie », lui dit-il. Il jeta un œil à sa jambe, sa blessure était guérie. Puis il plongea son regard dans les doux yeux verts de Zoé, prit ses mains dans les siennes, et les embrassa.

« Wow », dit-elle en souriant, surprise.

« Merci », lui dit-il, alors qu'il la contemplait avec gratitude.

« Pourquoi ? »

« Pour tout ce que vous avez fait pour moi, en commençant par la matraque paralysante, quand vous m'avez secoué et ramené dans le monde des vivants. »

« Bien, vous êtes le bienvenu, et merci à *vous !* »

« Pourquoi ? »

« Pour tout ce que vous *allez* faire pour moi… parce que je sais que vous allez m'aider à trouver mon bébé… ma fille. »

Conrad avait levé Michael sur ses pieds et il marchait avec lui vers les autres. Michael semblait hébété.

« Qu'est-ce qui est arrivé, papa ? Où sommes-nous ? »

« Tu as été malade, Michael… et tu as eu un accident. Mais nous veillerons à assurer ta guérison, je te le promets. Je sais précisément quoi faire. Tu vas aller bien, tous les deux, nous irons bien. »

Conrad et Michael se tinrent à côté de Frank et de Katherine.

Conrad baissa les yeux vers Samantha. « Oh, non ! Frank, je suis si désolé. Oh, mon Dieu… je sais à quel point c'est douloureux de perdre un enfant… et de presque en perdre un autre. Je… je ne sais que dire », dit Conrad en l'étreignant.

Zoé courut vers Frank et lança ses bras autour de lui. « C'était une merveilleuse, merveilleuse petite fille ! », s'exclama-t-elle.

« Elle *est* une merveilleuse petite fille. Elle *est* », dit Frank.

« J'ai traversé ce que vous traversez, et je sais qu'il n'y a pas grand-chose à dire pour soulager votre peine, sauf qu'elle fait maintenant partie de nous tous, et en fera toujours partie », lui dit Jack.

Frank remercia Jack d'un signe de tête, et ensuite ils se tinrent tous en silence, les yeux baissés vers Samantha, lui disant tous au revoir, chacun à leur manière.

Puis ils se regardèrent les uns les autres, n'étant pas vraiment certains de savoir quoi dire, ni par où commencer.

« Savons-nous tous ce que nous venons juste de traverser ? », demanda Katherine.

Chacun hocha la tête.

« Mais personne à l'extérieur de ce tunnel ne le croira jamais », dit Jack.

Ils redevinrent tous silencieux.

« Alors n'en parlons à personne. Ce qui est arrivé dans le tunnel demeure ici », suggéra Frank.

« Sauf que j'ai ceci », dit Zoé, récupérant son ordinateur du capot du camion. « J'ai écrit sur ces trucs depuis tellement longtemps, mais je n'ai jamais cru un mot de ce que j'écrivais... et maintenant que j'en ai finalement la preuve, je n'en ai plus besoin. »

Elle fit sortir le disque de son petit ordinateur. « Tout a été enregistré pendant tout ce temps. Tout ce qui est arrivé est probablement documenté sur ceci, c'est l'histoire de toute une vie. »

Ils la regardèrent tous, attendant, espérant.

Zoé prit une profonde respiration et soupira. « Oh, bien. Ce matin, mon horoscope me disait de faire un acte désintéressé, et que c'était le temps d'un changement de carrière. » Elle rit, tendant le disque à Katherine. « Il est à vous pour que vous en fassiez ce que vous voulez. »

Katherine sourit, insérant le disque dans sa poche. « Bienvenue à votre carrefour », dit-elle à Zoé.

« Attendez, tout le monde, c'est loin d'être terminé ! », dit Conrad. « Simplement pour commencer, il y a un nouveau virus dans mon laboratoire que je dois détruire, et personne à l'extérieur de ce tunnel ne devra savoir qu'il a existé. D'accord ? »

« D'accord », promirent-ils tous.

« Il y a aussi une bombe bactériologique dans ma tour à Manhattan que nous devons essayer de désamorcer calmement pour ne pas semer la panique dans toute la cité. »

« Je devrais être capable de m'en charger », dit Frank en se portant volontaire, « mais quelque chose d'aussi grave sera difficile à cacher. »

« J'ai des amis qui occupent des postes importants et qui sont capables d'étouffer cela. Ce n'est pas quelque chose qu'ils ont envie de rendre public », dit Conrad, en regardant le corps de Wilson sur la route. « Concernant mon fils, il devra rendre des comptes quant au rôle qu'il a joué dans ce qui est arrivé au pont et à tout autre crime qu'il a commis. Et finalement, il y a un groupe de terroristes à Hoboken qui attendent que Wilson se pointe avec un colis. »

Conrad se tourna vers Jack et lui dit : « Je n'ai jamais eu la chance de vous remercier de m'avoir sauvé la vie. Donc merci. Êtes-vous vraiment policier ? »

Jack vérifia sa montre. « Je suis sur la liste de paie jusqu'à cinq heures. Mais je donnerai l'information sur les terroristes et sur Wilson aux bonnes personnes : la police, le FBI, qui que ce soit. »

« D'accord, mais avant toute chose, il nous faut sortir de ce tunnel », dit Frank. « Aucun de ces véhicules ne va nulle part, on dirait donc qu'il faudra marcher. »

Conrad marcha en tête de file, entourant Michael de ses bras pour le soutenir alors qu'ils amorçaient leur départ.

Zoé se tourna vers Jack. « Avez-vous besoin d'aide pour marcher ? »

« Ai-je l'air d'un vieil homme à vos yeux ? Je vous défie à une course jusqu'au New Jersey. »

« Non, ne faites que marcher près de moi, Jack », lui dit Zoé, prenant sa main.

Frank se pencha et leva Samantha dans ses bras.

« Voulez-vous un peu de compagnie, ou préférez-vous que je vous laisse seul ? », demanda Katherine.

« Non, je vous en prie, marchez avec nous », dit Frank, alors qu'il commençait le voyage final avec sa fille, vers l'extrémité du tunnel. « Elle vous a vraiment aimée, Katherine, vous l'avez si bien comprise. J'aurais aimé l'avoir fait plus tôt. »

« Oh non, Frank, ne regrettez rien. Tout ce que je pouvais voir, c'était à quel point elle était près de l'Au-delà. Vous aviez son amour, et vous connaissiez son cœur. »

« Ce sera difficile sans elle… ne pas entendre sa voix. »

« Vous savez, Frank, vous *entendrez* encore Sammy. »

« Je sais que je l'entendrai », dit Frank, puis il sourit. « Sammy rirait si elle m'entendait citer la Bible, mais il y a quelque chose qu'elle avait l'habitude de me dire tout le temps qui a surgi dans ma tête : *Il y a des choses qui durent toujours : la foi, l'espérance et l'amour. Mais le plus grand de tout est l'amour.* »

ÉCLAIRÉES PAR LES FEUX DE ROUTE DU CAMION, leurs silhouettes se profilaient devant la lumière grandissante au bout du tunnel.

L'électricité statique à la radio était lentement remplacée par la voix nette et claire d'un reporter féminin :

« … *s'améliore à mesure que l'orage solaire s'éloigne de l'atmosphère terrestre et gagne l'espace intersidéral. Le réseau électrique est graduellement remis en état de marche et les liaisons entre les systèmes de communication autour du monde semblent se rétablir.*

« *Ici à Action News Radio, nos reporters sur le terrain commencent à nous rapporter des histoires étonnantes. Comme je l'ai déjà dit, ce fut une journée phénoménale à New York. La principale explosion sur le pont Roosevelt, qui a sérieusement endommagé le pont Queensboro, a été éteinte, et les ingénieurs de la Ville mentionnent comme première estimation qu'on pourrait complètement réparer le pont d'ici six à huit mois.*

« *Le maire, le gouverneur et un bon nombre de membres du conseil municipal ont été traités pour des abrasions et des fractures après que le tramway de l'île Roosevelt dans lequel ils se trouvaient ait atterri en toute sécurité sur une barge à sable qui passait sous le pont quelques instants avant son écroulement.*

« *Encore une fois, aussi remarquable que cela puisse paraître, tous ceux qui se trouvaient sur le pont au moment de l'explosion semblent s'en être tirés avec des blessures mineures, et même si, à ce moment-ci, nous n'avons pas le décompte final, nous n'avons pas de confirmation de pertes humaines. Il semble n'y avoir aucun mort.*

« Il est très rare d'entendre un présentateur de nouvelles s'exprimer ainsi, mais, mes amis, si on me demandait de résumer les événements d'aujourd'hui en un seul mot, ce mot serait : miraculeux ! *»*

REMERCIEMENTS

SANDRA, TON AMOUR INCONDITIONNEL ET TON SOUTIEN me permettent de faire tout ce que je fais.

Justin, tu es la raison pour laquelle j'ai si hâte de revenir à la maison… rappelle-toi toujours que papa t'aime.

Carol, si je pouvais t'empêcher de voler des plumes à l'hôtel et sur mon bureau… on pourrait te considérer parfaite.

Isobel, Lucille, John, Ruth, Phil, et Kelly, un merci spécial et toute ma reconnaissance à vous qui allez toujours au-delà dans tout ce que vous entreprenez.

Joanne, tu seras toujours le Roi de la forêt pour moi.

Jolie et Roxie, vous êtes toujours mes petites filles.

Jon, woooooooooooooooooooooooooooooooooosh !

Stacy, merci pour ton soutien, ton amitié et… tu sais pourquoi !

Reid Tracy, merci… encore et encore et encore.

Jill Kramer, pour tout ce que tu fais.

Gina Rugolo, ton enthousiasme et ton énergie m'aident tellement à réaliser mes objectifs professionnels.

Marc Chamlin, merci pour tes sages conseils et pour ton indéfectible présence.

Corinda Carford, tu es ma sage.

Jili Fritzo, pour ton dur labeur, ton soutien et ton amitié.

Natasha Stoynoff, il y a quelques années, tu es arrivée dans ma vie pour écrire une histoire sur la vie après la vie. Cette rencontre s'est transformée en une grande amitié qui nous a fait voyager autour du monde, où tu m'as aidé à écrire la troisième partie de mon voyage dans cette œuvre. Maintenant... je crois que nous avons découvert un endroit extraordinaire où nos deux esprits créatifs se sont réunis pour raconter une histoire qui sera à la fois divertissante et instructive. J'ai hâte à la prochaine...

Steve Erwin, (no, pas le gars du crocodile !), merci pour toute l'aide incroyable que tu as donnée à ton épouse, Natasha, dans son aventure spirituelle.

Il y a tellement d'autres personnes que je pourrais mentionner ici, mais cela tiendrait dans un autre livre. Je sais que vous savez tous qui vous êtes...

John

––––––––––

Merci à mes merveilleux collègues du magazine *People* qui m'ont couverte quand j'entrais furtivement en retard, dévastée par mes séances nocturnes d'écriture.

Grands mercis à Lou Stanek pour ses conseils si nécessaires.

Grands mercis à Jill Kramer, qui ne se plaignait pas quand je le suppliais de prolonger mes heures de tombée, et qui devait alors faire des miracles.

Ma grande reconnaissance à la gentille Mlle Mellie, alias Norris Mailer, pour son encouragement constant et son inspiration. Mets Paris et notre épopée dans le Sud sur la liste des choses à faire...

Merci aux êtres aimés de l'Au-delà qui nous manquent terriblement à Steve et à moi, et qui ont contribué à l'écriture de ce livre. Vous savez qui vous êtes. Venez nous rendre visite plus souvent.

Merci à John Edward, un collègue numéro « 9 », qui a obtenu qu'un film inspiré de ce roman soit réalisé avant même que nous n'en ayons écrit le premier mot ! Merci pour ton amitié, ta patience, ta confiance inestimables, et tes intuitions sur l'Au-delà ! Tu as enrichi ma vie.

Et plus que tout, merci à mon cher époux, Steve, dont le talent, les idées, la recherche, l'énergie, la foi, la passion inépuisables et trop d'années à regarder les films de Bad-Brother nous ont aidés à construire les meilleurs moments de cette histoire.

Natasha

À PROPOS DES AUTEURS

John Edward est un médium internationalement acclamé et auteur des livres à succès du *New York Times : One Last Time, Crossing Over, Après la vie*, et *Et si Dieu était le soleil ?* En plus d'animer sa propre émission télévisée vendue sous licence, *Crossing Over with John Edward*, John a fréquemment été invité à *Larry King Live* et à quantité d'autres émissions-débats. Il a aussi figuré dans le documentaire de HBO *Life After Life*. Il publie son propre bulletin et donne des ateliers et des séminaires partout aux États-Unis. John vit à New York avec sa famille.

Pour plus d'information, visitez le site Internet de John à :
www.johnedward.net.

Natasha Stoynoff est une correspondante attitrée du magazine *People*, et il s'agit de son quatrième livre écrit en collaboration, après *Life's Little Emergencies* avec la supermodèle Emme; *Never Say Never* avec l'ancienne commentatrice sportive de CBS, Phyllis George; et *Après la vie* avec John Edward. Elle a travaillé comme reporter et photographe de nouvelles pour le *Toronto Star* et comme chroniqueuse pour le *Toronto Sun*. Ses textes ont aussi été publiés dans des articles-vedettes du magazine *Time*. Natasha vit à Manhattan avec son mari, l'écrivain et journaliste Stephen Erwin, et travaille actuellement sur son premier scénario de film.

AUTRES LIVRES DE JOHN EDWARD
AUX ÉDITIONS ADA